U0772411

国家社科基金
GUOJIA SHEKE JIJIN HOUQI ZIZHU XIANGMU
后期资助项目

德国精神的向度变型

——以尼采、歌德、席勒的现代中国接受为中心

The Dimensional Transformation of German Spirit

—Focused on the reception of Friedrich Nietzsche, Johan Wolfgang von Goethe and Friedrich Schiller in modern China

叶 隽◎著

中央编译出版社
Central Compilation & Translation Press

国家社科基金后期资助项目
出版说明

后期资助项目是国家社科基金设立的一类重要项目，旨在鼓励广大社科研究者潜心治学，支持基础研究多出优秀成果。它是经过严格评审，从接近完成的科研成果中遴选立项的。为扩大后期资助项目的影响，更好地推动学术发展，促进成果转化，全国哲学社会科学规划办公室按照"统一设计、统一标识、统一版式、形成系列"的总体要求，组织出版国家社科基金后期资助项目成果。

全国哲学社会科学规划办公室

目　录

下篇　三种镜像

序　言

经历十年"文化大革命"之后，中国的一切都进入了一个新阶段。回首故往，我们或许可以说，这个国家从那时开始就卷入了全球化的发展之中。技术人员与学者被派往西方国家，以重建被中断的联系与新建各种关系。正是在这种背景下，著名的中国诗人、在海德堡大学博士毕业的日耳曼学界领袖人物冯至教授，当时作为中国社会科学院外国文学研究所所长访问了欧洲的德语国家。在同一时段，海德堡汉学教授德博与蒙特利尔的日耳曼学家夏瑞春正开始合作，准备开辟德中精神与文学关系的研究领域。夏瑞春于1980年由中国社科院外文所邀请在北京进行了三个月的客座研究，这就使得这两种趋势得以交融并汇流发展。最初的成果就是第一次、具有开辟性意义的、关乎双方精神关系的德中国际研讨会，1984年在海德堡以"歌德与中国，中国与歌德"为主题召开。冯至教授率领了一个小型的由北京学者组成的中国代表团参加了这次研讨会。也正是以出版这次精神交流的成果为契机，我们创建了欧华丛书（*Euro-Sinica*）。为了表示对这一项目的全力支持，著名的书法家、作家、博学之士钱钟书教授，用中文题写了"欧华丛书"的名字。冯、德博与夏三位合作者的努力，在中国与欧洲的德语国家形成了一定的学风流派。从此以后，在中国与德语国家之间，两种文化实体的精神交融日益繁荣，它同时也在欧洲范围内寻求同样的深度。

叶隽博士已经因其在中国发表的数量丰硕、相当重要的著作而建立了学术声誉，现在他又承继起冯至与外国文学研究所的优良传统。2006年，在我于蒙特利尔所主持的"非基督教文化中的浮士德接受"的国际研讨会上，他发表了"作为现代中国民族建构发展镜像的浮士德接受之变型（1920—1940）"的报告，其论述之深度与史料彻底性让我印象极为深刻。对我而言，如同春风拂面。因为，在过去的25年间，虽然有很多中国的日耳曼学者在德国学习和获得博士学位。但遗憾的是，他们中的绝大部分人或多或少都处理了类似的题目，诸如布莱希特、德布林、歌德、克拉邦德、黑塞（或许是最引人注目的）及其与中国的关系，尤其是像席勒、海涅和茨威格，总是不断地被重复处理。其结果就是，封面各自不同，但其知识水平却始终如一。相反，叶隽博士及其志同道合的同事们却开辟了一个崭新的领域，或许我们可以称之为双重转型（doppelte Transformation）。我们知道，接受就如同一种化学过程，在这个过程里一种新的成分——也就是接受者——被加入到现有的成分之中。由此而产生另一种产品。最终产品与本来原物之间的差异程度取决于这个添加物的新颖程度。以前人们研究德国作家对中国文化的接受，认为其使得一个新型的、陌生化的中国产生了。现在经由第一批中国日耳曼学家陌生化与转化后的德国精神，也被进行了认真的研究。他还进一步深入分析了中国人希望在德国精神里寻找什么，以及在其中传送些什么，以使得其服务于自己的目标。就像第一次转化后产生了一个欧洲化的中国（Euro-China）那样（我将这种现象称之为 Chinesien），那么现在的第二次就出现了一个汉化的德国（Sino-Deutschland）。

叶隽博士是一个追求彻底性的分析家。他的研究集中于三位德国精神伟人，即尼采、歌德与席勒。这从其章节划分中就可以清楚地看出，这是根据中国的历史进程以及接受的重要程度作出的选择。这一事实本身就已经使得读者获得一种新奇感。苏鲁支（查拉图斯特拉）对中国人来说比浮士德更为根本，而后者又要优于威廉·退尔。从另一方面来看，则三个方程式（等式）的列出是特别有趣的：尼采＝苏鲁支，歌德＝浮士德，席勒＝退尔。从本质上来说，这关系到一个简化过程。或许这是一种本质认知的简化法，或许是镜像辨识的不可避免的伴同现象，尤其是在经由另一种文化的接受转型的过程中。因为不仅是中国的日耳曼学家对德国精神史的"三驾马车"如此接受，而且还有那些曾在日本和英语国家的留学者对他们也同样有所认知、有所研究。对中国读者来说，这无疑是一种很有趣的现象。不管怎样，这也折射出中国心理与精神史的发展过程。但我可以推想的是，德国人对此也会同样感到饶有兴味。因为这从根本上关系到（原型的）变型能力，同时它也展现了德国精神影响史上富有启发性的一章。故此，使得德国读者能有机会阅读到这部著作将是很有价值的工作。

夏瑞春（Adrian Hsia）

加拿大麦吉尔大学（蒙特利尔）

（作者为加拿大麦吉尔大学德语系教授、

香港大学荣誉教授、国际著名日耳曼学者）

（叶隽译，译文经夏瑞春教授审定）

VORWORT

Nach der zehnjährigen Kulturrevolution begann allseits eine neue Phase in China. Rückblickend kann man vielleicht sagen, dass das Land jener Zeit erneut an die Entwicklungen der Globalisierung angeschlossen hat. Funktionäre und Wissenschaftler wurden ins westliche Ausland geschickt, um unterbrochene Bindungen wiederherzustellen und neue zu knüpfen. So besuchte mehrmals der berühmte chinesische Dichter und führende, in Heidelberg promovierte Germanist Professor Feng Zhi in seiner Eigenschaft als Leiter des Instituts für fremdsprachige Literaturen der Chinesichen Akademie der Sozialwissenschaften das deutschsprachige Europa. Um die gleiche Zeit taten sich der Heidelberger Sinologe Professor Günther Debon und der Montrealer Germanist Adrian Hsia (Xia Ruichun) zusammen, um die deutsch-chinesischen Geistes- und Literaturbeziehungen zu erforschen. Da der letztere 1980 vom obengenannten Institut für fremdsprachige Literaturen zu einem dreimonatigen Forschungsaufenthalt nach Beijing eingeladen worden war, trafen damals die zwei Stränge der Entwicklung zusammen. Die Frucht war das erste, bahnbrechende deutsch-chinesische Symposium, das sich der beiderseitigen Geistesbeziehungen widmete und 1984 in Heidelberg unter dem Thema *China und Goethe, Goethe und China* stattfand. Professor Feng Zhi leitete eine kleine Delegation von Beijinger Germanisten, die an diesem Symposium teilnahmen. Um die Resultate dieses ersten Geistesaustausches zu publizieren, wurde eigens die Schriftenreihe *Euro-Sinica* gegründet. Und um seine Unterstützung für das Projekt vollends zu bekunden, schrieb der renommierte Kalligraph, Romancier und Polyhistor, Professor Qian Zhongshu, die chinesischen Zeichen OUHUA CHONGSHU für das Titelblatt der Veröffenlichungen dieser Schriftenreihe. Die Bemühungen des dreier Gespanns Feng, Debon und Hsia machten Schule in China und im deutschsprachigen Europa. Seitdem florierte der Geistesaustausch der beiden kulturellen Entitäten, China und des deutschen Sprchgebiets, dessen Intensität ihresgleichen in Europa sucht.

Dr. Ye Jun, der sich bereits durch zahlreiche, wichtige Publikationen in China einen Namen gemacht hat, setzt heute die Tradition Feng Zhis und des Instituts für fremdsprachige Literaturen fort. Als ich 2006 ein internationales Symposium zur Faustrezeption in nicht-christlichen Kulturen in Montreal veranstaltete, hielt er einen Vortrag zum Thema Die Veränderung der Faust-Rezeption als Spiegel der Entwicklung des nationalen Aufbaus im Modernen China (1920 – 1940)", von dessen Tiefgründigkeit ich sehr beeindruckt war. Es kam mir wie ein frischer Wind vor. Denn in den letzten fünfundzwanzig Jahren haben zwar viele chinesische Germanisten in Deutschland studiert und promoviert. Leider haben aber die meisten von ihnen mehr oder weniger dieselben Autoren wie Bertolt Brecht, Alfred Döblin, Goethe, Klabund, Hesse (um die augenfölligsten zu nennen) und ihre Beziehungen zu China bzw. Schiller, Heine und Zweig immer wieder bearbeitet. Folglich sehen die Verpackungen vielleicht jeweils anderes aus, aber der Wissensstand ist doch ungefähr konstant geblieben. Dagegen bearbeiten Dr. Ye Jun und seine gleichgesinnten Kollegen ein frisches Forschungsgebiet, das man vielleicht als doppelte Transformation bezeichnen kann. Wir wissen, die Rezeption ist vergleichbar mit einem chemischen Prozess, in dem eine neue Ingredienz-nämlich der Rezipient-zu dem vorhandenen Stoff beigemischt wird. Dadurch entsteht ein anderes Produkt. Der Grad des Unterschieds zwischen ihm und dem zugrunde liegenden Original hängt davon ab, wie neuartig der Zusatz ist. Früher hat man die Rezeption chinesischer Kultur durch deutsche Autoren studiert, die ein neuartiges, verfremdetes China entstehen ließen. Jetzt wird der deutsche Geist, der durch die Perspektive der ersten chinesischen Germanisten verfremdet und transformiert wird, untersucht. Analysiert wird, was die Chinesen im deutschen Geist zu finden hofften bzw. was sie hinein projizierten, um ihn für ihre Zwecke dienstbar zu machen. Wie die erste Transformation ein Euro-China herstellte (ich nannte dieses Phänomen Chinesien), so lässt die zweite nun ein Sino-Deutschland entstehen.

Dr. Ye Jun ist ein gründlicher Analytiker. Seine Studien konzentrieren sich auf drei deutsche Geistesgrößen, nämlich Nietzsche, Goethe und Schiller. Schon die Reihenfolge der Aufzählung der Namen lässt erkennen, dass es um die chinesische Chronologie und um die Wichtigkeit der Rezeption geht. Diese Tatsache allein macht schon den Leser neugierig. Zarasthustra ist den Chinesen wesentlicher als Faust, während dieser wieder vor Wilhelm Tell steht. Andererseits sind die drei Gleichungen auch äußerst interessant: Nietzsche = Zarathustra, Goethe = Faust, Schiller = Tell. Im Grunde handelt es sich dabei um einen Reduzierungsprozess. Vielleicht ist die Reduktion auf eine Wesenseinheit oder vielleicht eine Identifikationsfigur eine unvermeidbare Begleiterscheinung der rezeptorischen Transformation durch eine andere Kultur. Denn nicht nur die chinesischen Germanisten haben das Dreigespann der deutschen Geistesgeschichte so rezipiert, sondern auch diejenigen, die in Japan und den englischsprachigen Ländern diese drei Autoren kennen gelernt und studiert haben. Dies ist ein Phänomen, das sicherlich die chinesischen Leser interessiert. Immerhin reflektiert es die chinesische Psyche und die Entwicklung der Geistesgeschichte. Aber ich könnte mir ebenso vorstellen, das es die Deutschen nicht weniger interessieren wird. Es geht ja um die Transformationsfähigkeit überhaupt und stellt damit ein aufschlussreiches Kapitel der Wirkungsgeschichte des deutschen Geistes dar. Man sollte dieses Buch deshalb auch den deutschen Lesern zugänglich machen.

Adrian Hsia (Xia Ruichun)
McGill University, Montreal

第一章 绪 论

一、德风东渐与异国资源之侨易

如果将东方与西方看作太极图中的"阴—阳"二元，则"东学西渐"与"西学东渐"则可视为彼此不再孤立、静止而"刚柔相通"、"动静相生"的互动两极之"流力"（流动之活力）因素，甚或视作最终能在"阴阳二元"基础上最后产生出那种"三元"可能的关键所在。居于最高处的还是那个"道"，道之为何？值得追问。但大体而言，不妨将其定义为那代表最高的宇宙原则的抽象之理。而在认知整体东—西方二元的基础上，深入把握"流力因素"，即提供交域可能的"东学西渐"与"西学东渐"无疑极为必要。

20 世纪下半期后兴起的全球史（global history，又称"新世界史"，new world history），其核心观念强调互动（interaction），主张以此代替原有的"主导—传播模式"（pattern of dominance and diffusion）[1]。而"文化全球化"（Kulturelle Globalisierung）的概念也甚嚣尘上[2]，在多样性的全球化背景下提出其"文化动力"问题也同样饶有趣味[3]。其实，不管是在历史、文化的层面提出全球性概念，还是原有的政治、经济层面的全球化事实，没有争议的就是世界交通不但成为可能，而且日益演变成

---

[1]　刘新成：《中文版序言》，见〔美〕杰里·本特利等（Bentley, Jerry H.）：《简明新全球史》（Traditions & Encounters: A Brief Global History），魏凤莲译，北京：北京大学出版社，2009 年，第 III—VI 页。

[2]　Wagner, Bernd（Hg.）: *Kulturelle Globalisierung-Zwischen Weltkultur und kultureller Fragmentierung.* Essen: Klartext, 2001.

[3]　〔美〕塞缪尔·亨廷顿（Huntington, Samuel P.）、彼得·伯杰（Berger, Peter L.）：《全球化的文化动力——当今世界的文化多样性》（Many Globalizations），康敬贻等译，北京：新华出版社，2004 年。

一种地球村。尽管如此，无论黑格尔（Hegel, Georg Wilhelm Friedrich）的世界历史四阶段论①，还是斯宾格勒（Spengler, Oswald）的"文化形态论"②，都将关注的中心最后落实到了论者本人所在的本民族文化身上，虽然这样一种"主体意识"可以理解，但却并非完全出自客观立场，实质并不可取。事实上，如此立论，虽也能立一家之言，但却并不能让人信服与接近客观真理。

相比之下，汤因比（Toynbee, Arnold）虽颇受斯宾格勒影响，但他具体研究各种文化，总结出 26 种文明（civilization），并总结出一套规律称三阶段说：文明的起源、生长和衰落。最后落实为西方文明的领导地位，幸则未说是英国；却似乎认为西方文明独一无二，不会经历他所总结的三阶段规律之毁灭阶段③；亨廷顿（Huntington, Samuel P.）不但提出"文明的冲突"（The Clash of Civilizations）这样的理论概念，而且具体分析了作为当代世界组成的七个或八个文明，即：中华文明、日本文明、印度文明、伊斯兰文明、西方文明、东正教文明、拉丁美洲文明、非洲文明。④ 其重大判断则是"权力正在从长期以来占支配地位的西方向非西方的各文明转移"⑤。而季羡林则强调四种文化体系说（概念是历史悠久、影响广被、至今依然存在），即所谓中国文化体系、印度文化体系、伊斯兰文化体系、西方文化体系。他同时承认东方文化—西方文化

① 黑格尔将其划分为：东方世界—希腊世界—罗马世界—日耳曼世界。他强调："'精神的光明'从亚细亚洲升起，所以'世界历史'也就从亚细亚洲开始。"见〔德〕黑格尔：《历史哲学》，王造时译，上海：世纪出版集团/上海书店出版社，1999 年，第 106 页。

② 斯宾格勒的《西方的没落》，把文化看作一个有机体，作为历史研究的单位。强调每种文化都有其周期，即青春、生长、成熟、衰败。人类历史并不存在，只有各个文化的历史。但归根结底还是对德国承担世界文化历史使命的强调，关心的本质上还是德国国家与文化的命题。〔德〕斯宾格勒：《西方的没落——世界历史的透视》，齐世荣等译，北京：商务印书馆，1963 年。参见〔美〕阿瑟·赫尔曼（Herman, Arthur）：《文明衰落论》（The Idea of Decline in Western History），张爱平等译，上海：上海人民出版社，2007 年。

③ 关于对汤因比的批评，参见索罗金《汤因比的历史哲学》，见〔英〕汤因比：《历史研究》下册，曹未风等译，上海：上海人民出版社，1997 年，第 452—475 页。

④ 〔美〕塞缪尔·亨廷顿：《文明的冲突与世界秩序的重建》（The Clash of Civilizations and the Remaking of World Order），周琪等译，北京：新华出版社，1998 年，第 29—31 页。

⑤ 〔美〕塞缪尔·亨廷顿：《文明的冲突与世界秩序的重建》（The Clash of Civilizations and the Remaking of World Order），周琪等译，北京：新华出版社，1998 年，第 8 页。西方学者的批评与讨论，参见〔德〕哈拉尔德·米勒：《文明的共存——对塞缪尔·亨廷顿"文明冲突论"的批判》（Das Zusammenleben der Kulturen），郦红等译，北京：新华出版社，2002 年。

的二元构成，前三者构成东方文化。① 但他对西方文化则缺乏深入之区分，在我看来，西方文化也由三元文化体系构成，即日耳曼文化体系、拉丁文化体系、斯拉夫文化体系。这样一种进一步深入的分析，有助于以有机组合的方式去探究异文化的深层结构，更加能够接近事物的本来面目。

故此，西学东渐如作为一个宏观性的整体概念，则应当指西方知识体系之宏观结构向东方的传播输入过程；我们这里所指的，主要还是一个相对狭义概念，即以现代中国为容受语境的"东渐"。可即便如此，我们也仍不能泛泛而论，将内部纷繁多姿、各有妍蚩的文化体系"一锅煮"。故此，将在现代西方世界里具有特殊意味和强烈民族国家特色的德国取出专门对待，不但必要，而且出彩。

具体到德风东渐而言，这里又是一个简约化的狭义概念，即专指德国文化资源进入现代中国语境的过程。大致可以以 19 世纪 70 年代为界，举其代表性事件乃与 1871 年俾斯麦统一德国，随之崛起于欧洲大有关系，1876 年李鸿章即选派 7 名武官随洋员李劢协（Lehmeyer）赴德国学习军事技术②，开启近代中国人留学德国的滥觞③。不过若论及德国文化资源进入中国，却仍是要注意到若干重大关节点的变化。一是从传教士到留学生表现出的主体迁变，即早期在中国语境里传播德国文化的，是以花之安等人为代表的德国传教士，他们不但拥有明确的知识优势，而且也占据了传播场域本身的有利地位。此外，其他群体如外交官、旅行者等也有一定贡献。而这样一种主体地位的转换，一直要到现代中国之留学生负笈海外归来后，才逐渐得以改变。而留学生之走出国门本身，也是与传教士的"循循善诱"密切相关的。二是"西潮却自东瀛来"，中国对西学的接触，虽然早就能在本土语境里通过传教士群体而"见识庐山真面目"，但由于政治体制和中西冲突的本质矛盾，使得这一交流并

---

① 《神州文化集成序》，见季羡林：《中印文化交流史》，北京：新华出版社，1991 年，第 3 页。

② 这七人是：卞长胜、朱跃彩、王得胜、杨德明、查连标、袁雨春、刘芳圃。参见叶隽：《清末至 1949 年以前中国留德学人史略》，载万明昆、汤卫城主编：《旅德追忆》，北京：商务印书馆，2000 年，第 715—768 页。

③ Ying Sun: *Aus dem Reich der Mitte in die Welt hinaus-Die chinesischen Gesandtschaftsberichte über Europa unter besonderer Berücksichtigung Deutschlands von 1866 bis 1906*（从中国走向世界——1866 至 1906 年间中国使节关于欧洲尤其是德国的报告）. Frankfurt am Mainz, 1997, S. 156 - 166。

未如想象中的"一帆风顺"。故此在近代有一个极为重要的现象，就是通过留日学人群体而接触并传播西方文化，这既与近代日本的崛起国势有关，也与中国士大夫领导人物如张之洞的《劝学篇》的大力提倡相关。而德国文化在中国语境的被接受，也不能脱离了这样的大背景的考量。三是留德学人的闪亮登场，对于理解德国文化来说至关重要。因为这"意味着在对象国亲身经历的居留与学习过程并非可有可无（相对于留日学人）"①。

这是以传播主体的话语权变化为标准的一种划分，还有一种路径分类则以传播和主导方式来考量的。如德风东渐的具体进入中国后所产生的影响，主要是器物、制度与文化，而其核心仍在人，因为所谓"德风"的承载者仍是"人"。这里的人物概念，既有生存与活动在其时语境中的真实人物，也应包括为一种文化符号的逝去之历史人物，甚至被典型化之后的文学人物，这样一种广义之人的概念，不仅意味着我们关注和研究范围的扩展，也在某种意义上包含了器物、制度、文化的不同层面。文化交流的多维性，因而得以充分展现。具体言之，我们这里关注的中心不再仅是传播主体的这一向度，而将主要的目光转移到作家与作品身上，在这里的概念是所谓"诗人巨像"与"文学镜像"，也就是说主要从授者角度来考察德风东渐的进行史；当然，传播和接受主体的差异性仍会作为一个根本因素不断出现，这也恰恰证明了它在文化转移过程中的特别重要性。但总体来说，以德风本身层面为基本线索，乃是本书试图在理论上有所发覆的尝新点所在。

异国资源的侨易过程，是特别值得关注的一个点。所谓"侨易"不外乎"物质位移，精神质变"（具体阐述，参阅拙著《侨易学的观念》），因为物质位移发生的时空关系的异质性越大，则精神层面产生激烈冲撞、相抗与融生则越强，乃有质性的变化。在具体分析德国文化资源进入现代中国的过程里，我们也可以感受到这一点。德、中之空间距离固然跨越半球，而文化资源转移的时间距离更是跨越数百年，因为在此之前的中国几乎就是相对封闭的，惯常以"天朝大国"自居为世界之中央，这甚至导致了那一代的精英人物不得不以一种相当被动乃至手忙脚乱的态度来面对如潮涌入的西方文化。张君劢在谈到他们那代人面对西方学说

---

① 叶隽：《另一种西学——中国现代留德学人及其对德国文化的接受》，北京：北京大学出版社，2005年，第10页。

时的盲目，有这样的描述："好像站在大海中，没有法子看看这个海的四周……"① 知海本就无涯，更何况试图游弋其间者未尝充分准备，乃至被耽搁了如此之久呢！

虽然强调德风本身的原相因素乃至其规定性，但我们这里探究的，主要仍是德国文化向中国语境侨易过程的一种相对单向度考察。具体的研究也仅仅是"德诗东渐"过程里若干代表性个案的选择研究而已。对这种局限性我们有清醒的认知，如此立题，并非就敢于漠视"互动"功用之重要性②；而是希望在整体视野的客观审视之下，能比较具体深入地进入到某一个侧面的"堂奥"之中，细究其各种面相与可能。既如此，在一般意义的勤奋读书、史料实证之外，方法论的提升乃是不得不面对的问题。

在比较文学的学术视域里，或谓"影响研究"，或谓"平行研究"，又有所谓"跨文化研究"或"间性研究"的提法，大致背后不乏宏大的理论创新思维，即希望在法国学派、美国学派再辟新径。中国学派是否能够成立，不是当事者可以自判的。但如何拿出新的观点、方法乃至理论，倒是学人应当致力的方向。此处大致提出一个"侨易学"的思维，其思路不外乎是借鉴中国传统思维与相关理论发微，主要探究异质性的个体、群体、文化等的碰撞、迁变、创生过程。不敢说这就是一种成熟的理论，但至少它是在尝试从一种新的视野之中来观察现象、讨论问题、触生思考。其特点在于：（1）注重交域的研究，也就是将研究的主要对象放置在相交的那一部分；（2）关注异质性的部分，有相异之处才能"辨异同"，否则一切相同，又有何比较可言？所谓跨文化、跨学科、跨领域等都包含在此内了；（3）关注主体原则，也就是考察虽然是具体的双边交域、多边交域，但另一只眼总是着眼于其作为交域背后支撑的本体，因为交域毕竟是作为本体之组成才有根本价值。

就根本方法理念上，主要有这三点：（1）凸显《易经》的思维，就是"易"为天下之恒理的几层关键性含义；（2）凸显"侨动"过程的重要性，也就是主张物质位移的枢纽性意义，所谓"树挪死，人挪活"，

---

① 张君劢："西方学术思想在吾国之演变及其出路"，见《新中华》第 5 卷第 10 期，1937 年 5 月。

② 对这个问题，我有过比较详细的阐述，参见叶隽：《主体的迁变——从德国传教士到留德学人群》，上海：上海外语教育出版社，2008 年。

对于有精神性需求的物体来说，物质位移，也即是此处所谓侨动，是具有关键性作用的；（3）尤其注意"侨—易"之间的关系，也就是说易之立名并非非侨不可，但经由侨动，其对"易变"产生的影响可能更为关键。

大体而言，将比较文学简单地规定在文学范畴之内，有些"作茧自缚"。实际上，任何一门学问，它的疆界或许都是无法完全限定的，因为知海无涯。当我们追究其中三昧的时候，我们就必然会不断跨越预设的门槛。但从另一个方面，随着现代社会分工的必然趋势，在学术层面进行学科分野也是不得不为的自然选择。就比较文学来说，我倾向于给它加上一顶"思想史"的帽子，应当努力攀升至"诗—思"对话的思想史高度，开启"以思释诗，化诗入思"的境界，说到底，最高境界的诗（文学）应当蕴含了无穷之哲理可能；而最高明的哲人，也必然是进入了诗化哲人的层次。如歌德、尼采、海德格尔自然是最佳例证。即便在现代西方语境里，德诗境界之高，也当属于巅峰层次的。如果我们能循序渐进，逐步深入"德诗东渐"这样最佳案例的"庭院深处"，用灵钥开启前贤与德诗对话的多种可能与多义空间，其意义当不仅在于追溯历史、缅怀前辈而已，更开辟一种东西方诗思对话、追求原道的崭新可能。

二、文化转移与向度变型——从德国文学之东传到中国主体之呈现

虽然在进入 20 世纪后中国知识阶层对德国文化有了相当程度的关注，但从最初的器物—制度—文化层面的层层递进到学术—哲思—文艺的逐步过渡，仍经历了一定过程。相比较德国学术的逐渐势大，乃至德国哲学的蔚然成为潮流①，德语文学的输入乃是相当滞后的现象，但却颇有后来居上的态势。以文学翻译言，《新青年》（1915—1921）中还没有德国作品出现，而在《小说月报》（1921—1925）里，德国作品的翻

---

① 黄见德：《西方哲学东渐史》2 册，北京：人民出版社，2006 年。

译已在 35 国译作中达到第五位①；如果根据《中国新文学大系·史料索引》所提供的"翻译总目"统计，"五四"以后 8 年内翻译的外国文学作品共 187 部，其中德国的 24 部，居第三位②。

当然仅仅看这些数字并不能说明具体的问题，考察德诗东渐的真正意义，仍需要深入考察中国现代文学的主体人物究竟在多大程度上接收到其影响，并将其运化到自身的创作实践中去。如此则个案考察极为重要。按照姚斯的说法，"接受美学的视点，在被动接受与积极理解、标准经验的形成和新的生产之间进行调节"③。这当然特别凸显了受者本身的主体意义，但从文化转移的角度来看④，则会特别强调民族的主体地位，也就是在自我—他者之间试图发现一种提升自我民族文化的机制性因素。本书意在兼容二者，入手处是个案受者，但希望观照的却是民族文化主体。但所谓"以小见大"，说来容易，为之甚艰。即便是凸显了"另一种西学"（德国文化在西方文化体系中的特殊个性），关注到"主体的迁变"（德国文化在现代中国语境传播过程里由德国传教士到中国留德学人群的主体位置变化），承认了"异文化博弈"（在现代中国语境里，不是某一个特殊的国别"一边倒"似的殖民征服，而是由主要西方现代强国多重文化博弈的过程），可我们也不得不注意到，在具体文化间发生交流、互动、博弈过程中外来文化自身所产生的"向度变型"，所谓"向度"既指一种方向、类型，同时也还带有维度、程度的含义。也就是说这样一种文化变形本身不是毫无目标、方向乃至规律的，而是在某种意义上具有一定程度的可掌控性、可依循性。所以，即便是在强调凸显受者主体功用、汲取外来资源、实习化用创新的主色调的同时，我们也不

---

① 《小说月报》中德国作品有 36 篇，其中小说 33 篇，戏剧 2 篇，诗歌 1 首，分属 7 位作家。参见金丝燕：《文学接受与文化过滤》，北京：中国人民大学出版社，1994 年，第 65—66、81—83 页。《小说月报》1921 年第 12 卷第 8 号还开辟了"德国文学研究专栏"，但都从日人作品译出，如山岸光宣《近代德国文学的主潮》、《德国表现主义的戏曲》、金子筑水《最年青的德意志的艺术活动》、片山孤村《大战与德国国民性及其文化艺术》。之后还有 A. Filippov《新德国文学》（1922 年第 13 卷第 8 号）、Gerhart Hauptmann 原著《新德国文学的新倾向》（1922 年第 13 卷第 12 号）、余祥森《二十年来的德意志文学》（1929 年第 20 卷第 8 号）等。

② 《中国新文学大系·史料索引》，上海：上海文艺出版社，1981 年，第 357—381 页。

③ 姚斯："文学史作为向文学理论的挑战"，载〔德〕姚斯、〔美〕霍拉勃：《接受美学与接受理论》，周宁等译，沈阳：辽宁人民出版社，1987 年，第 24 页。

④ 关于文化转移的理论和操作，参见 Espagne, Michel: *Les transferts culturels franco-alle-mands*（法德文化转移）. Paris: Presses Universitaires de France, 1999。

能忘却背后有其或谓"不变"之规则在作用。说到底，这也正是我们研究文化关系史的意义之所在，正因为是有异质文化之间的交域，所以才有新事物的产生。而挖掘其中的"异者"因素及其内涵的元素，则是我们应努力的方向。从这个意义上来说，本文之强调"德国精神"，并非敢于忽视中国语境的强大融化能量，而是希望相对凸显已被过于忽视的外来和尚的本色所在。

就两种文化的相遇来说，一种具有基本分析功能的范式是交流与互动，即应是在平行的维度中来理解彼此之间的关系，所以有论者甚至进一步发挥，强调"回到中西平等对话的原点"作为一种理论预设①。但这一点做理想容易，落实到具体历史语境往往不太能够那么"符合若节"。所以，在中德两国文化的遭遇过程里，我们现在也仅选择一个相对"强势流向"的时代，做一个断截面的分析，也许它是片面的，但它可以提供相对深入细致的图景。当然，在这里，我们要略微区分一下两个概念，即"向度变型"与"原相变形"，"原相变形"所指主要乃是一种相对自然的情况，就是由原来的授者群体的本来状态而产生的变形情况；而"向度变型"则主要指由于授者原相的规定性因素，并在受者本身的积极接受过程中，而导致其在接受国语境里发生了有限制性的不同维度的"模型式的"变化，或者说就是有些类似符码功能（但不完全是这个意思）的变化。所以我将其命名为"变型"而非简单的"变形"。

举一个简单的例子，蔡元培任北大校长时，引进外来观念成为时髦，北大归来之留学教师往往各自鼓吹留学国之文化。蔡氏对此不以为然，明确表示担心留学生"模仿太过而消亡其特性"，并认为如此只能造成"留德者为国内增加几辈德人，留法者、留英者，为国内增加几辈法人、英人"的结果②。蔡氏这里仅是对这种模仿现象表示批评。其实深入分析，我们会发觉这是一个简单的"原相变形"的结果，即没有经过受者主体有意识地本土化、消化和创化的过程，没有上升到"向度变型"的层面。同样来看一个日本的例子，早在明治时代，植村正久（1857—1925）对日本学界其时模仿他国的现象有如下嘲讽："试看今天大名鼎

---

① 具体论述参见张西平：《中国与欧洲早期宗教和哲学交流史》，北京：东方出版社，2001 年。

② 蔡元培："在清华学校高等科演说词"（1917 年），见高平叔编：《蔡元培全集》第 3 卷，北京：中华书局，1984 年，第 28 页。

鼎的经济学者、法律学者之流吧！他们大都不是搬弄英国的，就是搬弄法国的；不是搬弄法国的，就是搬弄德国的；再不就是搬弄意大利的。……此岂止是经济学、法律学呢！？凡是专门的学问艺术，还没有听说过有日本学者熔铸新创的体系。"不过，日本学者似乎考虑得更全面，接着就追问之所以如此，"……莫非由于独立创新的时期还未到来才这样的吗？抑或由于日本人之轻佻肤浅才这样呢？"并进而判断说："我们想把它的原因归于前者。"① 我们注意到，植村在这里已经注意到较多层面的因素，即追问"模仿"的原因，陈寅恪的"思想上自成系统"在这里已经是日本精英的诉求，但他对模仿的不满并没有令他彻底否定模仿，而是提出了主体创化的阶段分别，即模仿是必经的阶段，而创新需要一个过程，不能一蹴而就，这就接近了我们所说的"向度变型"，即这是经由授者、受者的共谋而达致的一种创造性转化的类型。从来没有仅仅通过模仿而成就自身的创造的；但没有模仿的过程，也很难学到"其中奥义"。这二者之间是相辅相成的关系，故此，理解"向度变型"，是非常之重要的。

具体到中国语境而言，这样一种"模仿向度"如果成立的话，经由留德学人，为中国再增添一些歌德、席勒、尼采，又有什么不好呢？问题在于，我们又何曾拥有这样的一些复制品？更重要的当然是，我们不仅要有这种单纯的"模仿向度"，而且也应当有别的向度，譬如说"创化向度"，如植村颇引以为豪的就是日本基督教新教会的建立，因为其所包含的"日本的独创性""对外国人可稍事夸示"②，在中国语境里则冯至在这方面做得比较出色，其《十四行诗》、《伍子胥》等均资鉴德国而如盐化水不着痕迹，成就经典；还有一种我称之为"变异向度"，就是郭沫若，郭氏的模仿有时相当粗糙，有时相当出彩，但终究他是矛盾的，在一种内在文化资源博弈中往往有些"进退失据"；至于因为政治社会语境的刺激而不得不变者，那就更是变异得不知所云了。

也就是说，即便是具体到中国语境之内，这样一种侨易过程也是相当之复杂的，它所发生的"原相变形"固然是必然的，而其所体现的

---

① 《植村全集》第4卷第138页，转引自〔日〕近代日本思想史研究会：《近代日本思想史》第2卷，李民等译，北京：商务印书馆，1991年，第49—50页。

② 〔日〕近代日本思想史研究会：《近代日本思想史》第2卷，李民等译，北京：商务印书馆，1991年，第50页。

"向度变型"更是我们应当深入分析的。我们应当意识到，这样一种侨易过程，它既体现出无序的一面，也因其"向度变型"的规定性特征而显示出"有序"的一面。就德国文学史、思想史本身的发展轨迹而言，它自有其内在脉络程序可循，然而一旦移植侨易，那可就是"天高任鸟飞"了，其所孕育的可能极为丰富。然而，作为研究者，我们仍需努力发掘其中的可能规律，这或许也就是我们揭示从德国文学之东传到中国主体之呈现、辨析"原相变形"与"向度变型"的意义所在吧！

三、作为比较文学理论资源的侨易学观念①

作为一种基本研究范式，本文虽看重西学东渐的大背景，强调文化转移与向度变型的理论参数，关注异国资源之侨易、德国文学之东传、中国主体之呈现的不同维度，但毋庸置疑的是，本研究的基本范畴仍当归属于比较文学，而且侧重于接受与影响研究（请注意二者不尽相同）。作为一门学科的比较文学，其发展趋势曾经颇受质疑，但当事者仍充满信心，比较有代表性的如达姆罗什（Damrosch, David）的观点："比较文学学科于 19 世纪作为历史语言学的分支而出现，20 世纪成为文学理论的交流中心，而在 21 世纪的今天，该学科正经历着一次重要的范式转换。"应该说这些定位都是准确的，比较文学不是一门元学科（譬如历史学），它只是一门分支学科。但就问题探索而言，任何一门学科都可能别出手眼、有所贡献，关键是要尽可能排除一切功利因素、冷静地在人类的知识谱系和寻道历程中给自己定位，然后踏实行路，从这个意义上来说，达姆罗什对学科面临的挑战的清醒意识是值得称道的："个体的比较学者怎样才能对如此广博和多样的领域获得某种全面的了解？比较研究如何避免要么向模糊和肤浅的全球概观的膨胀，要么内爆成无数微观的比较？随着比较文学协会在数十个国家的建立，接受许多不同民族体系的训练的人能够找到共同的研究基点吗？今天的比较学者需要拥有哪些语言技能呢？是鼓励个体独立从事全面的比较研究，还是应该加强合作？能否比过去更广泛地把译文用于学术研究，还是认为使用译文会造成更大的语言丢失？欧洲的文学理论能否用来阐释非西方的文本？印度、

①　关于侨易学的基本概念，参见叶隽：《侨易学的观念》，见《教育学报》2011 年第 2 期第 3—13 页。

中国和日本的传统美学理论能够代表亚洲和亚洲以外的文学吗？如果比较研究不再是对少数大师的研究，那么，比较学者怎样才能以最好的方式协调他们所比较的传统之间的政治权力和文化权威的失衡？比较学者自己与所研究的各种外来文化之间是一种什么样的政治文化关系？"① 从这样一种自省意识的基础上，我们可以有限度地同意其观点："当前比较文学向全球或星际视野的扩展与其说意味着我们学科的死亡，毋宁说意味着比较文学学科建立之初就已经存在的观念的再生。"②

如果就"寻道"而言，可能真理既不绝对在"法国学派"手中，"美国学派"亦非绝对的一无是处，当然就侨易学观念来看，这两者其实已构成了一种"近一之二"，"影响研究—平行研究"应是一种"二元结构之稳定因素"，而非应当被取代的"过去时"，前人给我们留下的多半并非"垃圾"，即便貌似过时，其中往往有"不可变"的规定性；而强调第三阶段发展也没有错，但其定位可能既非本身立名早就具备的"跨文明研究"，亦非单纯侧重于彼此之间关系的"间性研究"，这二者其实多少已基本包含在法、美学派之立意中，而应当是以影响研究为基础、以平行研究（其背后则是对普世之道的追求）为中端、以寻道为终极诉求的一门大学科。幡还是那个幡，僧还是那个僧，只是究竟是幡动，还是风动？是僧动，还是心动？却值得再三揣摩，把握根本。而如果再将比较教育、比较历史、比较哲学等学科纳入比较视野，则无疑更易获得一种融通的视野，能够将其放置在天地开阔间来测定其作为整体学术分支的意义所在。但要想获得一种清晰的学术谱系与问道简径，仍属困难。虽然近年来新生代学子不断努力在学术史的基础上更进一步，尝试推陈出新③，但总体而言仍属"小荷才露尖尖角"。故此，侨易学观念的提出无疑提供了一种新的尝试之可能。

---

① 大卫·达姆罗什：《前言：21 世纪的比较文学》，见〔美〕大卫·达姆罗什（Damrosch, David）、陈卫国、尹星主编：《新方向——比较文学与世界文学读本》（New Directions-A Reader of Comparative and World Literature），北京：北京大学出版社，2010 年，第 3 页。

② 大卫·达姆罗什："一个学科的再生：比较文学的起源"，载〔美〕大卫·达姆罗什（Damrosch, David）、陈卫国、尹星主编：《新方向——比较文学与世界文学读本》（New Directions-A Reader of Comparative and World Literature），北京：北京大学出版社，2010 年，第 41 页。我们显然也应当意识到比较文学学科发展的另类判断，参见 Spivak, Gayatri Chakravorty, Death of a Discipline. New York：Columbia University Press, 2003。

③ 譬如周云龙尝试提出"公共观演域"的概念，参见周云龙：《越界的想象：跨文化戏剧研究（中国，1895—1949）》，厦门：厦门大学出版社，2010 年。

如果运用侨易学的基本方法来分析之，则必然要首先把握好侨易学的三条基本原则，即："二元三维，大道侨易"，"观侨取象、察变寻异"，"物质位移导致精神质变"。以此为基础，具体考察比较文学的学术现象。这三条中第一条关系到认识论的元思维模式，即以易经的阴阳二元为基本结构，注意阴阳鱼之间的流力平衡关系，背后的指向则借助侨易原则而理解大道可能；第三条是事物发展关系中物质、精神的二元关系问题，强调物质位移（侨）和精神质变（易）之间的因果关系，当然在强调这一点的时候，我们不应忽略在事物结构之中是一个三位一体关系：

> 道（形而上者）—文化—尚辞述言
> 度（形而中者）—制度—尚变循动
> 器（形而下者）—器物—尚象制器

在关注到道、器之间的重要关系时，不能忘记那个"三"的存在，就是作为中间力量的"度"的意义，制度是发挥着重要的流力作用的。这也就是所谓"中"的意义。但对具体研究最有实用操作价值的则是第二条原则，就是"观侨取象、察变寻异"。比较文学的研究对象多半可视为侨易现象，有些规则，有些不规则，但多半具备物质位移的特点，影响研究当然是最好的例子；即便是平行研究，它所追求的其实应是"极高明而道中庸"的境界，就是应在影响研究的基础上从容比较，像钱钟书就给大家做了典范性的工作，其《管锥篇》仿佛是天马行空，但若我们看到他作考证研究（譬如《人生颂》）的扎实基础[1]，就知道其学力深厚之由来有自，常人则难为之。

所以总结之，学术研究的通途不外乎：考其史实，求其问题，问其道焉。没有基本的历史意识和考证功力，是无法在严格的意义上治学的，其所研究的东西也是不成其为学问的；如果没有鲜活的生命感觉和当下的实践关注，是不可能获得明确与敏锐的问题意识的，这就使得学问失去了可以立定根本的基础；而学者的最高境界，还是明确自己的"寻道

---

[1] 钱钟书："汉译第一首英语诗《人生颂》及有关二三事"，载《国外文学》1982 年第 1 期。此处见钱钟书：《钱钟书集·七缀集》，北京：生活·读书·新知三联书店，2002 年，第 133—163 页。

者"意识，追问那个可能永远不能达致但却激励一代代志者勇于向前探索的大道所在，这应该是人类精神生命中必然要保存的部分。这也是在世界文明的竞逐中，任何一个民族国家要想永远不被淘汰所必须学会的一种"自救之法"。从本质上来说，侨易学关注的就是这样一种寻道意识，试图为这样一种可能性寻求和尝试方法，提供一种理论思维的框架。

如果按照比较文学的较早定义，"比较文学就是国际文学的关系史"①，或许较为狭隘，但确实涉及本学科的立身之本，即"以史为基"；而一个基本事实似乎也是，"比较文艺学在其发展之初，无论在欧洲还是北美都曾显示过绝对的理论抱负，寻求过与社会科学或自然科学讨论之间的联系，却在过去数十年中放弃了理论诉求"。② 将这两者结合起来看，其实比较文学曾有过"历史—理论"的良好意识，若能将这两种传统很好地结合起来，其实必然在人类学术发展的求知过程中将大有可为。道理很简单，因为从本质上来说，比较文学还是一门精英学科，其准入条件应是相当严苛。按照法国学者艾田蒲（René Etiemble，中译名又作安田朴、艾田伯，1909—2002）的要求，则似乎更难企及，他特别从学者的语言修养状况具体分析了这个问题："在德国，像'罗曼语言学'这样的学科培养的学生很有条件从事比较文学研究。他们不但懂好几门罗曼语，而且懂拉丁文和希腊文。由于他们的母语是德语，他们不用花多大力气就可以掌握荷兰语、丹麦语、瑞典语、挪威语。英语更不用说，现在人人都能应付。因此，德国的罗曼语学家在西欧的比较文学研究中可以大显身手。……我想出这么一个办法，正在有步骤地加以实行：凡是为了获得国家博士学位而愿意同我一起工作的学生：我要求他们从现在起，不但要学会每人都必会的几种语言，而且必须至少消极地掌握在法国经常用到的两至三门外语，这是进行工作和多少做一点研究所需要的。几个学生学习汉语，几个学习日语，几个学习土耳其语，还有几个学习斯拉夫语，我还想让几个学生学习芬兰—乌戈尔语。这样就可以准备一支比较学者的队伍，过 10 至 15 年，他们就可以组成与我设想的比

---

① 〔法〕马里奥斯·法朗索瓦·基亚（Guyard, M. - F.）：《比较文学》（La Littérature Comparée），颜保译，北京：北京大学出版社，1983 年，第 4 页。

② 《前言》，见〔奥〕彼得·V. 齐马（Zima, Peter V.）：《比较文学导论》（Einfuehrung in die vergleichende Literaturwissenschaft），范劲等译，合肥：安徽教育出版社，2009 年，第 1 页。

较文学的未来相称的学院。"① 就求知本身而言，本无所谓学科之限制，更无所谓学科之栅栏，就寻道而言，大家都是同路人，无所谓"黑白黄赤"，或"文史哲数理化"之分；但毕竟"闻道有先后，术业有专攻"，适当区分任务，使各色人等各尽其才，各就其位，不但属于提高效率的思维方式，也符合社会伦理的分工要求。作为精英学人的艾田蒲的这番条件开设虽然没错，但显然悬得过高，对当下中国学界甚少可操作性。所以，放低门槛也是一种可能性选择，在我看来，如果没有至少两门以上外语的纯熟掌握，确实很难较深地进入堂奥境界。语言条件之外，知识储备尤其重要，再补则为理论资源的资鉴和创化。我无意以侨易学理论来代替具体的比较文学现有理论，其实任何一种理论的意义和局限性都是清楚的，谁都不可能包打天下，我们只是为了寻道而努力寻求可用之资源。正如乔布斯的"苹果时代"给全球各色人等都提供了创新的器物准备，你可以不赞同他的很多东西，但却绝对不能拒绝和否认他给人类提供的创新器物和思维资源。所以，只要这种理论提供了有益的参考维度，我们就不妨拿来为我所用，关键还是"为主为奴，操之在我"。所以，即便是在这样一种研究中，我也是有选择地借鉴侨易学的某种观念和理论，尤其是思维上的认知来展开讨论，而非全盘采之。

四、理论资源与框架设计

本文的研究思路是：凸显全球化与现代性的整体语境，强化"东西"二元的文明太极一体架构，强调"东学西渐"与"西学东渐"作为互动两极之"流力"因素的重要性。在具体设计中，试图在传统的比较文学层面，以影响研究为基础，形成多重层面的二元维度，包括"德—中语境"、"时—空相峙"、"诗人巨像—文学镜像"、"原相变形—向度变型"、"主体原则—资源向度"（本来民族地位—外来思想学说）等。其中既展现冲突、对抗的一面，也注意呈现其融合、化生的成分。本文讨论的现代中国语境里的德国精神向度变型，就自然应将主体研究对象聚焦于国人本身，相比较此前或系统论述或个案研究的研究路径，这里特别关注个案本身之间的相互关联，尤其是在相当数量个案研究积累基础

---

① 《比较不是理由：比较文学的危机》（1960 年代初），见〔法〕艾田伯：《比较文学之道：艾田伯文论选集》，胡玉龙译，北京：生活·读书·新知三联书店，2006 年，第12—14 页。

之上上升到群体层次，注意总结和呈现群体接受的特征，并进而尝试不同群体之间的接受维度比较的丰富场景，既要在具体史实层面尽可能回到现场，同时又能不为现场还原所限，而进一步探讨"致思"的可能。在空间维度上，受制于资料，基本上还是选择精英叙述的"上层阅读空间"，即多半是由教育、文学、思想等不同文化场域的精英分子之发言、讨论；在时间维度上，上溯自 19 世纪 90 年代由留日学人展开的西潮涌动，下延至 20 世纪 50 年代留德学人不得不随之共舞的民众之声①。尽可能在有限的范围之内，凸显现代中国语境的复杂多元与时代迁变。当然如此呈现历史屏幕的大幅跨度，并非敢于"泛泛而论"。所有研究基本都建立在对个案人物的深入探究后的"同情之理解"基础上，即便"虽不能至"，也是"心向往之"。

从理论角度来说，本研究仍以比较文学影响研究为基本理论支撑点，并以文化关系史的研究视域和方法进行把握，同时兼及符号学、侨易学、接受美学的基本观念与理论资源，基本上是一个中德文学关系史框架下的微观研究。但如此整合，并非简单地遵循抽象之理论，而是希望能努力尝试自身阐释方式的建构。即以问题意识之追问为线索，既以一种历史学的基本方法来复原整体语境、凸显交流互动空间，同时又明确外来资源在本国文学史、思想史中的位置及其本身演进程序，在"影响研究"基础上追求可操作的"平行研究"。希望能免去"天马行空"的泛漫无依，而努力追求"由史致思"的澄明之境。

全文共八章，除绪论、结论之外，分上下两篇，上篇三章，以作家本身为中心，试图提供尼采、歌德、席勒这三位在德国文学中具有强大符码形象的大师级人物在现代中国的接受史侧面（注意不是全景），凸显问题意识的引导作用，使史实再现具有有机联系，从而使得外来文化资源对中国现代性建构的有效性参与得以揭示。总体而言，选取不同诗人接受史的问题角度每章有异，不求面面俱到，而是希望凸显问题讨论的相异视角。

第二章梳理"清民之际尼采东渐的三道路径"，对于尼采东渐过程的讨论，基本上是关注到现代中国德国资源（西学）传播过程里的一个

---

① 这里关涉"现代中国"概念的界定，但这里适当模糊其界限，大致定位在 19 世纪 90 年代—20 世纪 40 年代，适当延伸到 50 年代。试图在某种程度上打通国人惯有的"近代"、"现代"、"当代"分野。

重要转折点，即由留日学人到留德学人。选择中国现代知识精英里的留日、留德、留美三个不同群体的代表人物，分析其对尼采的接受，凸显由于留学背景的国别差异导致的文化接受路径的基本区分，同时也进一步凸显个体之主体接受的立场选择对于文化影响之重要性。而尼采东渐三道路径的揭示，对于我们理解德国资源进入现代中国的多元状况有所助益，同时也适当显现文化思想输入的政治社会语境，使之呈现某种程度的交融。作为具有强烈可操作性与接受性的尼采思想，确实也在政治社会层面产生强烈的语境功用乃至反作用。

第三章对歌德的讨论，则聚焦于现代留德学人群本身。选择其中若干代表性人物为例，分别讨论其核心思想形成中的歌德资源的功用。既有历时性的代表性个案的考量，同时也呈现一定程度的张力对比功用。如强调马君武对歌德的译介的贡献，就强调其在"侠骨柔情"与"用世启蒙"之间的思想取向；对宗白华的歌德观的分析主要凸显在其文化建国理想的"精神支柱"功用方面。而具体讨论西南联大时代冯至、陈铨对歌德的不同诠释，则为了凸显国难时代背景下的路径抉择之别，即：救亡与沉潜。

第四章对席勒的研究，则进一步缩小范围，仅仅以作为日耳曼学家的冯至在20世纪50年代的接受为研究个案，这样一种呈现出逐步缩小的接收者范围，为的既是略微"翻新花样"，更重要的当然还是试图通过这样一种深度的个案研究，来揭示接受史上的某种紧张，以及一座诗人巨像难免的"文化利用"遭遇。

下篇三章选择三位作者的三部以人物为中心的名篇，即《苏鲁支语录》、《浮士德》、《威廉·退尔》，聚焦于三部文本的"文学镜像"（广义）呈现及其在现代中国的象征意义。这三大文学镜像（形象），即苏鲁支、浮士德、退尔。相比较对于作者本人的接受更多需要那种"理解之同情"，那么对文学镜像的选择无疑在更大成分上取决于受众本身的审美趣味与现实需要，这样它们也就有了更多的可变换的空间和可能。即便就这三位大家的作品来说，诸如维特、麦斯特、华伦斯坦也都可列为重要的文学镜像。尽管如此，我仍作出了以上选择，一方面承认其相对主观性，但另一方面这几个案例也确实在相当大的程度上具有代表性。

第五章讨论"作为文化符码的《苏鲁支》"。一方面凸显从鲁迅、郭沫若的发凡起例到徐梵澄的译介事业中所体现的中国知识精英之薪尽火传意义，另一方面揭示作为本土学人代表且左倾的楚图南的苏鲁支接受的另类意义，进而通过君度、林同济等人对译本批评的讨论，揭示《苏鲁支》接受的思想史意义，并提出问题：我们需要怎样的苏鲁支？从而区分"玄奘路线"与"寅恪立场"之别，既充分肯定多元性的《苏鲁支》译介批评的个体价值，更凸显鲁迅等作为"为此文化所化之人"的知识界领袖的意义。

第六章讨论建国时代"浮士德"的意义转换——以现代中国若干知识精英的接受为中心，选择现代中国发展的重要时期，即在国民党完成国家统一后的20世纪20年代到40年代为时段，通过现代文学史上对于《浮士德》翻译是否必要问题的提出及争论，来展现中国知识精英的"浮士德接受"。选择郭沫若、茅盾、张闻天、宗白华、陈铨、冯至等教育知识背景不同的人物为代表，来追溯现代中国语境中德国文化资源的演变，尤其是其中具有重要影响力的"文学镜像"如浮士德是如何产生其异族异代语境中的"象征意义"的。

第七章研究退尔镜像的中国变形及其所反映的文化转移。选择现代中国的三个横断面，即20世纪10、30、50年代，分别以马君武、陈白尘（宋之的）、冯至为中心，探讨退尔形象的演变建构，及其在中国语境的不同时代所形成与被赋予的特殊意义。

第八章为结论，尝试从理论角度对全文进行总结。总结德国文学进入现代中国语境的规律性因素，尤其注重揭示"诗人巨像"与"文学镜像"的二元互补维度，强调德诗东渐对受者主体的规定性而造成的接受维度的变形，在此基础上进一步探讨"主体原则与资源向度"的关系，追问思想创造、自成系统的核心关节之所在。

上　篇

三座巨像

第二章 清民之际尼采东渐的三道路径①

一、尼采东渐的日本中转站——以王国维、鲁迅、
李石岑等留日学人为中心

在中国原生代学者里，梁启超、王国维、章太炎三子最具特点，虽然他们并未脱去传统士大夫"政学一体"的思维，但仍各有特点，相比较章太炎兼具革命家与大学者豪情，梁启超以其如椽巨笔具有极大之社会影响，而王国维的纯粹学者面目则开辟现代之纯正学统。在尼采译介方面也不例外，梁启超（1873—1929）再次拔得头筹，不过并非系统译

---

① 关于尼采在中国的接受情况，研究者颇多涉猎，参见成芳：《尼采在中国》，南京：南京出版社，1993 年。闵抗生：《尼采及其在中国的旅行》，北京：当代中国出版社，2000 年。成芳：《尼采哲学在中国》，见成海鹰、成芳：《唯意志论哲学在中国》，北京：首都师范大学出版社，2002 年，第 117—366 页。Cheung, Chiu-yee：Lu Xun：the Chinese "Gentle" Nietzsche. Frankfurtam Main：Peter Lang, 2001. He Lin："Die Verbreitung der deutschen Philosophie in China", in Kuo Heng-yue（Hrsg.）：Von der deutsch-chinesische Beziehung（德中关系）. München：∗ K. G. Saur Verlag GmbH& Co. KG, 1985. S. 443 – 467. Galik, Marian："Nietzsche in China（1918 – 1925）", in Nachrichten der Gesellschaft für Natur-und Volkerkunde Ostasiens. Nr. 110, Hamburg, 1971. S. 5 – 47. Findeisen, Raoul："Die Last der Kultur-Vier Fallstudien zur chinesischen Nietzsche-rezeption)", in Minima Sinica. 2/1989, S. 1 – 42. 1/1990, S1 – 40. Kelly, D. A.：Nietzsche in China："Influence and affinity", in Far Easten History 27, 1983. 5. pp. 143 – 172. Kelly, D. A.："The highest Chinadom：Nietzsche and the China mind（1907 – 1989）", in Graham, Parkes（ed.）：Nietzsche and Asian thought. Chicago：University of Chicago Press, 1991. pp. 151 – 174. Hsia, Adrian / Cheung, Chiu-Yee："Nietzsche's Reception of Chinese Culture", in：Nietzsche-Studien. Internationales Jahrbuch für die Nietzsche-Forschung. Vol. 32/2003. pp. 296 – 312. 关于尼采与中国现代文学的关系问题，请参见乐黛云：《尼采与中国现代文学》，载《北京大学学报》1980 年第 3 期；殷克琪在慕尼黑大学完成的博士论文《尼采与中国现代文学》，中译本已出版，见殷克琪：《尼采与中国现代文学》，洪天富译，南京：南京大学出版社，2000 年。资料集也出版了不少，主要有：成芳主编：《我看尼采——中国学者论尼采（1949 年前）》，南京：南京大学出版社，2000 年。郜元宝：《尼采在中国》，上海：上海三联书店，2001 年。金惠敏、薛晓源编：《评说"超人"——尼采在中国的百年解读》，北京：社会科学文献出版社，2001 年。李钧、孙洁源：《超人哲学浅说——尼采在中国》，南昌：江西高校出版社，2009 年。〔德〕冯铁：《"尼采在中国的影响"专题研究参考书目》，载《德国哲学》第 10 辑，北京：北京大学出版社，1991 年。

介，而是顺手传播新知："今之德国有最占势力之二大思想，一曰麦喀士之社会主义，二曰尼志埃之个人主义。"并列小字解释道："尼志埃为极端之强权论者，前年以狂疾死。其势力披靡全欧，也称为十九世纪末之新宗教。"① 真正对尼采的系统介绍和评价，还要等到两年后的 1904 年，王国维（1877—1927）在其主持的《教育世界》上，连撰数文，不但系统介绍尼采之思想，同时也提供自家之评判，乃开辟中国知识界对尼采的较为深度之认知。最有代表性的，自然是《叔本华与尼采》一文，他一方面肯定二者皆"旷世之天才"，认为"二人者，知力之伟大相似，意志之强烈相似，以极强烈之意志，而辅以极伟大之知力，其高掌远跖于精神界，固秦皇汉武之所北面，而成吉思汗、拿破仑之所望而却走者也"。② 另一方面却深刻指出尼采学术的叔本华渊源以及其局限之处：

> 若夫尼采，以奉实证哲学故，不满于形而上学之空想，而其势力炎炎之欲，失之于彼岸者，欲恢复于此岸；失之于精神者，欲恢复之于物质。于是叔本华之美学，占领其第一期之思想者，至其暮年，不识不知而为其伦理学之模范。彼效叔本华之天才，而说超人，效叔本华之放弃充足理由之原则，而放弃道德。高视阔步而恣其意志之游戏，宇宙之内，有知、意之优于彼，或足以束缚彼之知、意者，彼之所不喜也。③

应该说，这段评论对尼采的文化史语境和思想史取向都把握得不错，尤其是在尼采对叔本华既继承又突破的思想关系上颇有洞见。就年纪来说，尼采（1844—1900）对王国维那代人是近人，故此就面临问题的普遍性来看，彼此间确实有更多的共通语言。作为中国学术由传统向现代转变之际的领军人物，王国维对尼采、叔本华的评价和接触，极为重要。因为，这不仅是王氏作为

---

① 麦喀士、尼志埃即马克思、尼采。梁启超：《进化论革命者颉德之学说》，见《新民丛刊》第 18 号，1902 年 10 月 16 日，此处引自金惠敏、薛晓源编：《评说"超人"——尼采在中国的百年解读》，北京：社会科学文献出版社，2001 年，第 8 页。参见陈鼓应：《悲剧哲学家尼采》第 1 页，北京：生活·读书·新知三联书店，1992 年。颉德非尼采，乃英国人 Kidd, Benjamin。
② 王国维："叔本华与尼采"，原载《教育世界》1904 年第 84、85 号，此处引自成芳主编：《我看尼采——中国学者论尼采（1949 年前）》，南京：南京大学出版社，2000 年，第 34 页。
③ 王国维："叔本华与尼采"，原载《教育世界》1904 年第 84、85 号，此处引自成芳主编：《我看尼采——中国学者论尼采（1949 年前）》，南京：南京大学出版社，2000 年，第 35 页。

一代学人的治学选择，更重要的是，正是通过对德国学术与思想资源的借助和融通，他开辟出了中国现代学术的最初源流，其发表于同年的《红楼梦评论》的学理资源主要就是叔本华的悲观哲学①。从另一个角度看，这对德国资源的东渐（此处指狭义性地进入中国）亦非常关键。因为，对于现代中国精英的德国接受来说，正是通过日本中介，具体讲，尤其是知识精英的德文译介，才能够如此快捷乃至较深入地接触到德国文化资源。而其中，作为精英代表的梁启超、王国维均厥功甚伟。梁氏贡献在普及层面，而王氏则引学理入论述，对于中国现代学术整体之开辟贡献极大。这当然与那代人的留日背景有关，因为在当时，"尼采思想乃至德意志哲学，在日本学术界是磅礴着的"。② 王国维的德国背景亦极浓重，不仅表现在他对德国学人群体的整体认知方面③，也同样体现在他对德国学术和思维的积极化用④。当然留日者

---

① 参见刘梦溪：《王国维与中国现代学术的奠立》，载刘梦溪：《传统的误读》，石家庄：河北教育出版社，1996 年，第 105—130 页。

② 郭沫若："鲁迅与王国维"，载郭沫若：《沫若文集》，北京：人民文学出版社，1954 年，第 12 卷第 535 页。

③ 王国维对康德就极为推崇："笃生哲人，凯尼之堡。息彼众喙，示我大道……赤日中天，烛彼穷阴。丹凤在霄，百鸟皆喑。谷可如陵，山可为截，万岁千秋，公名不朽。"《康德像赞》，《海宁王静安先生遗书》第 15 册，商务印书馆，1940 年，第 22 页。至于王国维对叔本华思想的接受与资源化用，更是请参见王攸欣：《选择·接受与疏离——王国维接受叔本华、朱光潜接受克罗齐美学比较研究》，北京：生活·读书·新知三联书店，1999 年。

④ 王国维撰《论哲学家与美学家之天职》（1905 年），强调："天下有最神圣、最最贵而无与于当世之用者，哲学与美术是已。天下之人嚣然谓之曰'无用'，无损于哲学美术之价值也。至为此学者自忘其神圣之位置，而求以合当世之用，于是二者之价值失。夫哲学与美术之所志者，真理也。真理者，天下万世之真理，而非一时之真理也。其有发明此真理（哲学家），或以记号表之（美术）者，天下万世之功绩，而非一时之功绩也。唯其为天下万世之真理，故不能尽与一时一国之利益合，且有时不能相容，此即其神圣之所存也。"王国维：《王国维学术随笔》，北京：中国青年出版社，1996 年，第 19 页。这与费希特界定"学者的使命"（Einige Vorlesungen über die Bestimmung des Gelehrten）如出一辙，费希特认为学者当树立起与普通人一样的最终目标"提高整个人类道德风尚"："我的本分就是把我这个时代和后代的教化工作担当起来：从我的工作中产生出未来各代人的道路，产生出各民族的世界史。这些民族将来还会变化。我的使命就是论证真理；我的生命和我的命运都微不足道；但我的生命的影响却无限伟大。我是真理的献身者；我为它服务；我必须为它承做一切，敢说敢做，忍受痛苦。要是我为真理而受到迫害，遭到仇视，要是我为真理而死于职守，我这样做又有什么特别的呢？我所做的不是我完全应当做的吗？"费希特《论学者的使命》，载梁志学主编《费希特著作选集》，北京：商务印书馆，1994 年，第 2 卷第 45 页。德文为：auch mir an meinem Theile ist die Cultur meines Zeitalters und der folgenden Zeitalter anvertraut；auch aus meinen Arbeiten wird sich der Gang der künftigen Geschlechter, die Weltgeschichte der Nationen, die noch werden sollen, entwickeln. Ich bin dazu berufen, der Wahrheit Zeugniss zu geben；an meinem Leben und an meinen Schicksalen liegt nichts；an den Wirkungen meines Lebens liegt unendlich viel. Ich bin ein Priester der Wahrheit；ich bin in ihrem Solde；ich habe mich verbindlich gemacht, alles für sie zu thun und zu wagen und zu leiden. Wenn ich um ihrer willen verfolgt und gehasst werden, wenn ich in ihrem Dienste gar sterben sollte-was thät ich dann sonder liches, was thät ich dann weiter, als das, was ich schlechthin thun müsste？ [*Fichte*：*Einige Vorlesungen über die Bestimmung des Gelehrten. Quellen Philosophie*；*Deutscher Idealismus*，*S. 9666 – 9667* （*vgl. Fichte-W Bd. 6, S. 333 – 334*） http：//www. digitale-bibliothek. de/QP03. htm].

多矣，而能如王国维这样学养厚积薄发、学术伦理意识鲜明，而知识联动、思想创发、立场坚定者，凤毛麟角。故此，曲高和寡，真正沿着他的路径走下去的尼采译介，亦同样鲜有继者。

但无论如何，留日学人对于尼采的引介和接受，是相当重要的。因为说到底，这表现出了一种大时代的需求。事实上，进入 20 世纪 10 年代后，留日学人之引介尼采，几乎就成为一种大潮流，而其指向，不约而同地都为"致用"。1915 年，谢无量在《大中华杂志》连载《德国大哲学者尼采之略传及学说》，系统介绍尼采生平与思想，其用心仍落在："故进尼采之说，使知人之所以为人，其任重道远若是，而不可自暴自弃者也。"① 李大钊的思路基本如出一辙："其说（指尼采，笔者注）颇能起衰振敝，而于吾最拘形式，重因袭，囚锢于奴隶道德之国，尤足以鼓舞青年之精神，奋发国民之勇气。"② 陈独秀、李大钊等人日后成为中国共产主义运动的主要领袖人物，其由学者立场而转为政治本位，其指导思想无非仍在致用。故此基本思想立场的择定并不难判断，所谓见微知著，看看他们当初对待尼采的译介思路，就可以窥斑知豹了。

从学理推究到思潮利用，乃是留日学人中一个重要的立场转折。而这样一种思路，即便是现代中国最优秀的知识精英之一的鲁迅（1881—1936），亦不例外。在现代中国的思想史上，鲁迅的意义怎么高估也不过分。那么，鲁迅究竟是怎样开始其诗人与思者生涯的，以尼采为代表的德国精神又是如何介入其自身的思想形成的？在日本学者看来：

> 大体说来，鲁迅和当时的日本文学一样，都把尼采看作 19 世纪与西欧文明相对立的"文明批评家"。现在人们把尼采对 19 世纪文明的批判叫作"反现代"的思想，但是落后的亚洲国家在首先传播尼采思想的时候，结果却不是"反现代"，而是接受了"近代"的观念。在这一点上，鲁迅和日本文学一样，作为落后的亚洲国家的

---

① 谢无量："德国大哲学者尼采之略传及学说"，原载《大中华杂志》1915 年第 84、85 号，此处引自成芳主编：《我看尼采——中国学者论尼采（1949 年前）》，南京：南京大学出版社，2000 年，第 53 页。

② 守常（李大钊）："介绍哲人尼杰"，原载《晨钟报》1916 年 8 月 22 日，此处引自成芳主编：《我看尼采——中国学者论尼采（1949 年前）》，南京：南京大学出版社，2000 年，第 55 页。

青年，他也从尼采那里吸收了近代欧洲的精神。①

这段阐释十分重要，这就非常清楚地指出了东亚（乃至东方）各国面对西潮来袭时的狼狈状态，即并非是在一种缓和、渐进乃至平行的维度中进行的，而是在一种相对盲目、冲动和激烈的态度中面对的。无论是张君劢关于那代人在知识之海中面对西学彷徨无地的比喻②，还是蒋梦麟形容西学大餐 50 年内潮涌而至的"厌食症"③，都可大致反映出那代人的尴尬之处。所谓"现代性"问题，有其特殊的西方尤其是欧洲背景，而德国作为欧洲的后发现代化国家，又更有其"特殊道路"（der Sonderweg），故此，我们在讨论尼采东渐时，必须考察其重重相连又相悖的特殊背景，方能略得正解。尼采的思想，是与他在西方，尤其是德国文化语境里的断代和地位有关的，他之所以能"冲决网罗"，独发其声，乃在于自家的"特立卓行"④。

对于这样一种卓异特征，鲁迅等人是非常敏锐地捕捉住了。如果我们将鲁迅放置在现代世界的形成视阈中来考察，或许可以更加清晰地厘定他的定位。在其名篇《摩罗诗力说》中他对尼采有比较深刻的论述：

　　尼怯［采］（Fr. Nietzsche）不恶野人，谓中有新力，言亦确凿不可移。盖文明之朕，固孕于蛮荒，野人狉獉其形，而隐曜即伏于内。文明如华，蛮野如蕾，文明如实，蛮野如华，上征在是，希望亦在是。惟文化已止之古民不然；发展既央，隳败随起，况久席古宗祖之光荣，尝首出周围之下国，暮气之作，每不自知，自用而愚，

　　① 〔日〕伊藤虎丸："鲁迅如何理解在日本流行的尼采思想"，程麻译，见《鲁迅研究》第 10 辑，北京：中国社会科学出版社，1987 年。另参见伊藤虎丸：《鲁迅的早期尼采观与明治文学》，见王琢编《中日比较文学研究资料汇编》，杭州：中国美术学院出版社，2002 年，第 201—225 页。

　　② 张君劢："西方学术思想在吾国之演变及其出路"，见《新中华》第 5 卷第 10 期，1937 年 5 月。

　　③ "敌机轰炸中谈中国文化"，见明立志等编：《蒋梦麟学术文化随笔》，北京：中国青年出版社，2001 年，第 339—340 页。

　　④ 关于尼采"运哲于诗"的特殊路径，可参见 Hoff, Ansgar Maria：*Das Poetische der Philosophie-Friedrich Schlegel，Friedrich Nietzsche，Martin Heidegger，Jacques Derrida*（哲学之诗——施莱格尔、尼采、海德格尔、德里达）。Inaugural-Dissertation zur Erlangung der Doktorwürde der Philosophischen Fakultät der Rheinischen Friedrich-Wilhelms-Universität zu Bonn, Bonn, 2000。

污如死海。其煌煌居历史之首，而终匿形于卷末者，殆以此欤？俄之无声，激响在焉。俄如孺子，而非喑人；俄如伏流，而非古井。①

应该说，这里的判断是相当敏锐的，对于一种文明之发展失却原始动力而遭致的衰颓，鲁迅显然有非常深刻的认识，并认同尼采的思路，需要有新鲜血液的引入方才可重新激活老大民族。其强调"摩罗诗力"，已经是相当明显的例证。但表述的最为清楚的，则是这样一段话："若夫尼怯，斯个人主义之至雄桀者矣，希望所寄，惟在大士天才；而以愚民为本位，则恶之不殊蛇蝎。意盖谓治任多数，则社会元气，一旦可隳，不若用庸众为牺牲，以冀一二天才之出世，递天才出而社会之活动亦以萌，即所谓超人之说，尝震惊欧洲之思想界者也。"② 在这里，鲁迅基本是借用尼采理论来为其个人主义思路提供资源。超人之说，呼之欲出。在这个方面，郭沫若也不例外，这从他开始翻译《苏鲁支》后又放弃的过程中表现得很清楚。他曾明白无误地宣称："我译尼采，便是我对于他的一种解释。"③ 这样一种思路，明显表现了他很强烈的"自我主体"意识。

不过，相比较而言，在民国之际最为轰轰烈烈的尼采绍介，当属李石岑，他不但自己连出多篇文章推介尼采，而且在主编的《民铎》刊物上组织了"尼采专号"④。相比较译介的若干文章（如张叔丹译《查拉图斯特拉的绪言》、刘文超译《自己与自身之人类》等）、其他作者之介绍（如白山《尼采传》、朱侣云《超人和伟人》等），李石岑显然将自己定

---

① 鲁迅："关于尼采的言论选辑"，见金惠敏、薛晓源编：《评说"超人"——尼采在中国的百年解读》，北京：社会科学文献出版社，2001 年，第 59 页。

② 《坟·文化偏至论》，见鲁迅：《鲁迅全集》第 1 卷，北京：人民文学出版社，2005 年，第 53 页。

③ 郭沫若："雅言与自立——告我爱读《查拉图司屈拉》的友人"，原载《创造周报》1924 年第 30 期，此处引自成芳主编：《我看尼采——中国学者论尼采（1949 年前）》，南京：南京大学出版社，2000 年，第 167 页。

④ 《民铎》由李石岑主编，创办于 1916 年，1936 年停刊，是相当有影响的思想评论刊物，其以"促进民智，培养明德，发扬民力为宗旨。论理朴实，无党无偏。立说务求平近而切世用，力去艰涩之弊。"《宗旨》，载《民铎》创刊号封二，1916 年。李石岑（1892—1934），湖南醴陵人，早年留学日本，1928 年夏曾赴德国等欧洲国家考察西方哲学，曾较早评价了马克思主义哲学。可能与李石岑自身的留日背景有关，《民铎》相当注重西方思潮的介绍，除了"尼采专号"（1920 年第 2 卷第 1 号）、"康德专号"（1925 年第 6 卷第 4 号）外，还出版过"现代思潮专号"、"柏格森专号"等。关于此问题，参见张辉：《审美现代性批判——20 世纪上半叶德国美学东渐中的现代性问题》，北京：北京大学出版社，1999 年，第 66—70 页。

位在对话的角色，所以给自己的文章定名为《尼采思想之批判》，开篇即强调"愚为尼采之说明者，而非尼采之主张者"，表明自己的思想立场，然后提供现代中国的思想与文化语境："国中年来非力倡实用主义耶？而尼采则实用主义之骁将也。席黎著《哲学史》，列尼采于詹姆士、杜威之次，而悉编入于实用主义节内，以鲜明实用主义之旗帜，非无由也。尼采之思想，本和柏格森之唯美说，与席勒、詹姆士之实用说一炉而治之。今一面高倡柏格森、詹姆士、杜威等之学说，一面力斥尼采之学说，是何异于知二五不知一十耶？"① 在李石岑心目中，尼采立起的，是怎样的实用主义呢？"尼采的实用主义比詹姆士更彻底。他立了一个新价值表。新价值表是对于从前的宗教、道德、哲学、艺术所表现的价值，通通给他破坏。另立一个新价值，叫作一切价值之变形（Umwertung aller Werte）。"② 在详细论列尼采思想的各方面之后，李石岑得出的结论是："愚虽非尼采之主张者，然细察尼采之思想，实不敢抹杀其真价。吾国人素以黏液质为他过人所轻觑，既乏进取之勇气，复少创造之能力，乃徒以卑屈之懦性，进而为习惯上之顺民。此在国家言之，养此顺民，为金钱之虚掷，若在种族言之，诞此顺民，为精力之浪费。愚以为欲救济此种黏液质之顺民，或即在国人所訾之骂之非议之之尼采思想欤？"③ 应该承认，李石岑似又逐渐回到王国维所开辟的道理之上，即尽可能客观地还原尼采在历史语境中的位置及其思想本色，而通过学理的探究而寻求其本义，但他仍有致用之意，所谓"我们想真正改造我们的生活，更不可不重视尼采的实用主义"④，可以见出其内心深处的致用情怀。但总体来说，李石岑的尼采研究，具有相当程度的，他不但具有一般知识精英的接受热情，而且也有哲学家的纯思探究，故此其《超人哲学浅说》不但是中国学者的第一部尼采研究著作，而且也是很见深度的、有独家之

① 李石岑："尼采思想之批评"，原载《民铎》第 2 卷第 1 号，1920 年。此处引自成芳主编：《我看尼采——中国学者论尼采（1949 年前）》，南京：南京大学出版社，2000 年，第 62 页。

② 李石岑："尼采思想与吾人之生活"，原载《李石岑讲演集》，商务印书馆，1924 年。此处引自成芳主编：《我看尼采——中国学者论尼采（1949 年前）》，南京：南京大学出版社，2000 年，第 144 页。

③ 李石岑："尼采思想之批评"，原载《民铎》第 2 卷第 1 号，1920 年。此处引自成芳主编：《我看尼采——中国学者论尼采（1949 年前）》，南京：南京大学出版社，2000 年，第 83 页。

④ 李石岑："尼采思想与吾人之生活"，原载《李石岑讲演集》，商务印书馆，1924 年。此处引自成芳主编：《我看尼采——中国学者论尼采（1949 年前）》，南京：南京大学出版社，2000 年，第 144 页。

见的立言。这表明了以王国维为代表所开启的留日学人的尼采东渐路径，不仅因为郭沫若、鲁迅、田汉等人的译介努力而在现代中国语境里达到了传播与普及的功效，也意味着留日学人本身可以通过自己的学理探求产生合乎学术伦理乃至一定思力程度的著述。

这样一层日本中转站，对德国资源之在华接受，不但具有极为重要的枢纽型意义，而且是转折性的。李鸿章早在 1876 年就乘洋员李劢协（Lehmeyer）归国之便派遣 7 名武官赴德国学习军事技术①；但晚清的西学东渐，基本上还是以张之洞的态度转变为标志，其撰《劝学篇》虽然强调留学之重要："出洋一年，胜于读西书五年……入外国学堂一年，胜于中国学堂三年"，但主要仍是推重留学日本："至游学之国，西洋不如东洋。一路近费省，可多遣；一去华近，易考察；一东文近于中文，易通晓；一西书甚繁，凡西学不切要者，东人已删节而酌改之。中、东情势风俗相近，易仿行，事半功倍，无过于此。"② 这意味着，留学史进程的重大转折，也意味着外来文化的接受过程的重要路向变化。就德风东渐来说，不仅是制度层面的"西潮却自东瀛来"，而且更是文化思想上的"间转输入"。而恰是在此期，梁启超先是首介尼采，而王国维随即又以学术之态度而跟进。德国资源之东渐终于落实到具体的文化巨子身上，这更意味着，现代中国的精英分子可以凭借德国资源的汲取和接受，开创一个崭新的时代。

二、高尚人格抑或酒神意志——从蔡元培、杨丙辰到
陈铨、冯至等一代留德学人的尼采阐释

就德国资源之介入现代中国而言，留德学人之作用自然举足轻重。但相比较留日学人的人多势众与蔚为潮流，早期留德学人不但人数寥寥，而且见地有限。从这个意义上来说，我们讨论整体性的留德学人的中国影响，仍应从蔡元培这代人算起，也就是 20 世纪初这批留德学人；在时

---

① 他们的名字是：卞长胜、朱跃彩、王得胜、杨德明、查连标、袁雨春、刘芳圃。但总的来说，这次派遣的效果并不算好，七人之中，卞、朱二人因为学习太差而先调回国；杨德明患病，学业不佳；王得胜成绩平平；查、刘、袁三人于 1879 年回国，也没有显露特别的才华。参见李喜所：《近代中国的留学生》，北京：人民出版社，1987 年，第 78 页。

② 张之洞：《劝学篇》，长沙：岳麓书社，1999 年，第 116—117 页。

间上，则不可避免地出现一种滞后性，这是符合留学史发展规律的。作为留德学人象征性领袖的蔡元培，则最好不过地体现出这个群体的某些特征。1918 年，蔡元培借讨论《欧洲与哲学》之际，将政治发展与思想观念挂钩，强调："现今欧战，是国与国的战争，每一个有他特别的政策，便有他特别相关的学说。"然后举出三种学说作代表，即尼采之强权主义与德国；托尔斯泰的无抵抗主义与俄国；克鲁泡特金的互助主义与协约国。然后，他对尼采思想作了以下概括：

> 他把人类行为，分作两类。凡阴柔的，如谦逊、怜爱等，都叫作奴隶的道德。凡阳刚的，如勇敢、矜贵、活泼等，都叫作主人的道德。他所最反对的，是怜爱小弱。……他的理论，以进化为例，在乎汰弱留强。强的中间有更强的，也被淘汰。逐层淘汰，便能进步。若强的要保护弱的，弱的就分了强的生活力。强的便变了弱的。弱的愈多，强的愈少，便渐渐退化了。所以他提出"超人"的名目。……他所说的超人，既然是强中的强，所以主张奋斗。他说："没有工作，止有战斗。没有和平，止有胜利。"他的世界观，所以完全是个意志，又完全是个向着威权的意志。所以他说："没有法律，没有秩序。"他的主义是贵族的，不是平民的，所以为德国贵族的政府所利用，实做军国主义。又大哇"德意志超越一切"（Deutsche über alles），就是超人的主义。……统观战争时代的德国政策，几没有不与尼氏学说相应的。不过尼氏不相信上帝，德皇乃常常说"上帝在我们"，又说"上帝应罚英国"，小小的不同罢了。①

应该承认，蔡元培对尼采的学说还是知道一些的，而且他不但能够横向比较，也能够追溯渊源，即将尼采的超人思想不但追溯到希腊时代，更提及德国思想传统里的前驱，即斯密德（Schmidt, John Karpor）在《个人与他的产业》（Der Einzige und sein Eigentum）中提出的"利己论"②。

---

① 蔡元培："欧战与哲学"，原载《新青年》1918 年第 5 卷第 5 号，1918 年 11 月 15 日，此处引自成芳主编：《我看尼采——中国学者论尼采（1949 年前）》，南京：南京大学出版社，2000 年，第 66—67 页。

② 蔡元培："欧战与哲学"，原载《新青年》1918 年第 5 卷第 5 号，1918 年 11 月 15 日，此处引自成芳主编：《我看尼采——中国学者论尼采（1949 年前）》，南京：南京大学出版社，2000 年，第 65—66 页。

作为留欧学人的蔡元培，因其留德兼居法背景，而具有沟通欧洲南北的效用，故此其德国接受要作特别看待。其此时立论，主要仍立足于他的基本论点，即德、法所代表的正义象征不同。此文刊于《新青年》，而半年之前载于同刊的另一篇文章《德意志哲学家尼采的宗教》，则已将此点交代的更清楚。此文立意本在翻译美国刊物文章，但其文前文字基本也是呼应此论点："德意志学者，群以此次大战，为'生存竞争'不免之结果，且借 Darwin 之说，以文其非。Kropotkin 反对之，以生物及社会之进化，由互助而不由残杀，由诚正而不由偏诈。英国学者多然其说，于是将其所著之《互助为进化之一要素论》（Mutual Aid：A Factor of Evolution）重印而广播之。李石岑先生以此次战争，为帝国与民国之争，实含有革命性质。德胜，则帝国主义必横行于世界；德败，则世界之帝国主义虽尚未绝，而大势已去。其言可谓深中肯綮。"① 这段话大致交代出蔡元培的尼采阐释的背景，即德、法相争乃其背后的思想主义之争。所以，总体看来，蔡元培之论尼采仍不脱其基本立场，并未能深入尼采思想的内部（如李石岑那般）作深入探讨，故此其论述的深度其实有限。当然这也不足深责，毕竟，他是北大校长，身当社会名流重任，而非专门学者。设若如此，则作为德文学科的开山者之一的北大德文系主任杨丙辰，自然让人期待。事实上，杨丙辰因其留德背景而颇具宏富的德国文学与哲学学识，对尼采亦不乏自家见解。所以学生认为"他教人总是从根本上来"，所开出的药方，竟都是德国资源，而其中就包括了"尼采"②。而作为中国德文学科第一代创建者的杨丙辰，对尼采究竟是怎样的看法呢？在为其弟子刘恩久所著《尼采哲学之主干思想》一书所撰序言中，他给我们留下了其作为日耳曼学者的尼采观："他所努力的一种文化，是一种更高的文化，他所主张的'个人主义'，是一种'自强不息'的个人主义，并且还因为人们渐次了解，他的心性是纯洁的，是充满了高尚的理想的，所谓低级的自私自利主义，在他的学说中，绝对找不出，

---

① 凌霜："德意志哲学家尼采的宗教"，原载《新青年》1918 年第 4 卷第 5 号，1918 年 5 月 15 日，此处引自成芳主编：《我看尼采——中国学者论尼采（1949 年前）》，南京：南京大学出版社，2000 年，第 56 页。

② "比方对现在文坛的左翼右翼的问题吧，他就劝人读马克思和尼采，对于美学吧，就劝人读康德，对于批评呢，就劝人从莱辛，海德尔，歌德，一直读到逊尔泰。对于体系的认识的认识，则劝人读冯德。"见李长之：《杨丙辰先生论》，载郜元宝、李书编：《李长之批评文集》，珠海：珠海出版社，1998 年，第 250 页。

所以，世界各国研究他的学说的著作，也像雨后春笋一般地增加了起来，而其结果，却使我们对于他的认识，愈久愈正确，愈久愈得明其真像。"① 应该说，这段论述，确实对尼采有理解之同情，能够还尼采以本来面目，在其充满感性的文字之后，能读出一代诗哲的崇高关怀，并不因其被利用或太尖锐而误读之、鄙弃之，颇为难能可贵，充分展现出杨丙辰作为第一代中国德文学者的通识与眼光。

作为先生一代，蔡元培、杨丙辰等以其在学术场域的筚路蓝缕开辟了德风东渐的"根据地"，其中既包括首开风气的北京大学德国文学系，也有清华德文学科的创建。日后中国日耳曼学的精英人物不少源出于此，如商承祖、张威廉、冯至、陈铨、杨业治、田德望等都是"学生一代"的佼佼者。更重要的是，这些学人日后也多有留学，尤其是留德经历，并在 20 世纪 30 年代相继归来。而当新一代留德学人学成归来之际，对德国文化的阐释权自然是要抢先夺过。

对于尼采，同为留德学人、更兼具战国策派色彩的贺麟也同样给予这样的评价："即以德国思想家中最偏激，最富病态，最为世所诟病，提倡超人的哲学家尼采而论，谁也找不出尼采的思想与希特勒的纳粹主义有什么直接关系。"贺麟的主旨在于否定纳粹文化，认为："希特勒和他的党徒，乃是日耳曼民族不肖的子孙。他们没有正当地合理地发挥他们民族性中的优良成分。不单是政治外交上没有俾斯麦治国的明智作风，军事上未做到避免两面作战、加强右翼的祖宗遗训，尤其在文化方面，他们是德国文化的罪人。我们万想不到至中至正、大贤大圣如康德、歌德的后人，会蛮横无理、发狂失性到希特勒及其党徒的地步。"② 但最为突出的，则属陈铨（1903—1969），陈铨在抗战时代与林同济、雷海宗等人在昆明主办《战国策》半月刊，在重庆办《大公报·战国副刊》，被称为"战国策派"；而他作为此派文学创作的代表人物，以其戏剧创作的实绩奠定了他重要的文学史地位，同时形成了自己独特的"民族文学观"。说到底，陈铨之阐释德国伟人为的是构建自己在现代中国语境里所倡导的"狂飙突进"运动，狂飙突进当然要谈歌德、席勒的青年时代，

---

① 杨丙辰："杨丙辰教授序"（1946 年），见成芳编：《我看尼采——中国学者论尼采（1949 年前）》，南京：南京大学出版社，2000 年，第 590 页。

② "纳粹毁灭与德国文化"，见贺麟：《文化与人生》，北京：商务印书馆，1998 年，第 164 页。

但陈铨的核心目的乃在"为我所用",诚如他明白无误地宣告:"世界文学史上并不需要完全相同的模仿,它需要崭新的创造。一个民族的文学要能够永垂不朽,必须要把自己表现出来。"① 所以,从叔本华到尼采,也都在他的"文化利用"范围之内。所以,陈铨塑造的是怎样的尼采形象呢?

> 历来第一流的思想家,都站在时代的前面。时代认为是的,他不一定以为是,时代认为非的,他不一定以为非。他凭他超越的眼光,深沉的智识,对于社会上一切制度文化道德宗教,都要重新估定价值。在必要的时候,他不惜摧毁一切,来创造一个新的局面。
>
> 尼采就是这样一位思想家。
>
> 他的心目中,只有真理,没有感情,没有恐惧,没有任何顾虑,他最佩服叔本华,但是后来思想转变,他抛弃他了。他最敬爱瓦格勒,但是忽然发现瓦格勒的艺术不合他的理想,他和他立刻断绝关系。社会上的讥评、压迫、非笑,他完全置之不理。他一心一意,找寻世界文化的错误和补救的方法,使人类走入光明之域。人生再不是死气沉沉腐化堕落的人生,乃是充满了热情生命有声有色的人生。
>
> 只有尼采这样的人格,和他大无畏的精神,才配得上批评传统的旧道德,建设超人的新道德。②

何其光辉灿烂?何其高尚伟岸?但显然,这或许有极为深切的对尼采的"同情之理解",但其根本目的,仍是借用尼采,来为其"战国时代"的理论服务,最典型的就是他一再强调尼采的所谓"主人道德",认为权力意志就是道德,所谓"处在现在的战国时代,我们是依照传统的'奴隶道德'还是接受尼采的'主人道德',来作为我们民族人格锻炼的目标呢?"③

---

① 陈铨:"民族文学运动",见《大公报·战国副刊》,重庆,1942 年 5 月 13 日。

② 陈铨:"尼采的道德观念",原载《战国策》1940 年第 12 期,此处引自成芳主编:《我看尼采——中国学者论尼采(1949 年前)》,南京:南京大学出版社,2000 年,第 479 页。

③ 陈铨:"尼采的道德观念",原载《战国策》1940 年第 12 期,此处引自成芳主编:《我看尼采——中国学者论尼采(1949 年前)》,南京:南京大学出版社,2000 年,第 483 页。

一般而言，按照冯至的性格，是不太会公然"大唱反调"的，然而他却在 20 世纪 40 年代有颇多对尼采的发言，对理解这段接受史提供了非常丰富的思想内涵。他曾非常明确地表示："德国文学中 'make you strong' 的文字太多了，于我都似乎发生不了什么影响。我爱的还是那几位少见的薄命诗人 Hölderin，Lenau，Heine ……"① 这其中当然不包括主张"强力意志"闻名的尼采。但即便如此，冯至还是写下了关于尼采的文字，他说："就是尼采，这个不幸被国社党所利用的思想家，也绝不是偏狭的国家主义者，更不是侵略的倡导者，所谓'超人'，不过是他对于人类的憧憬，他曾经颂扬战争，是觉得人生必须奋斗；在他有力的文字中，他时时都在为全人类，至少是为欧洲关怀。"② 虽然冯至对尼采这样的思想家并没有太多的兴趣，但他的理解确实是相当客观和理性的③。当陈铨以一种"凌厉如风"的方式强调着尼采的"主人道德"时，冯至却凸显了尼采的"正直思想"："他（指尼采——笔者注）对于人生的一切批评和解释是从什么地方出发呢？当尼采把许多道德观念重新估量而加以否定时，他却认定一种道德基本是确凿不可移的：正直（Redlichkeit）。在他看来，我们只需要纯洁，不管是哲人也好，或是一个舞台上的小丑也好。这种对于纯洁的需求，便是尼采所谓的正直。"④ 这里所要强调的完全是不同的方向，冯至用诗性的语言这样概括尼采的意义："尼采是一片奇异的'山水'，一夜的风雨，启发我们，警醒我们，而不是一条道路引我们到一座圣地。"如果想想其发言时的历史语境，就可以意识到这平静话语后的"振聋发聩"了。也就可以理解，冯至为什么要盖

---

① 1925 年 4 月 19 日致杨晦信，见冯至：《冯至全集》第 12 卷，石家庄：河北教育出版社，1999 年，第 57 页。这里所举的几位诗人是荷尔德林（Friedrich Hölderin, 1770—1843），德国诗人；莱瑙（Nikolaus Lenau, 1802—1850），奥地利诗人；海涅（Heinrich Heine, 1797—1856），德国诗人。这一判断，其实也为德国人所证实，冯至的导师布克教授就说："从我与他（指冯至）的几次谈话中，我可以感觉到，他对德国浪漫派有非常深刻的理解，尤其是其中抒情的一面。"参见 Gutachten der Dissertation von Herrn Feng Zhi（冯至博士论文的评语），Archiv der Universität Heidelberg: Akten über Feng Zhi（海德堡大学的冯至档案）。

② "德国民族性的分裂及其可能的演变"，冯至：《冯至全集》第 5 卷，石家庄：河北教育出版社，1999 年，第 281 页。

③ 冯至专论尼采的文章有：《一个对于时代的批评》、《尼采对于将来的推测》、《谈读尼采》，《冯至全集》第 8 卷，第 242—248 页、249—253 页、281—284 页。

④ 冯至："谈读尼采（一封信）"，原载《今日评论》第 1 卷第 7 期，1939 年，此处引自成芳主编：《我看尼采——中国学者论尼采（1949 年前）》，南京：南京大学出版社，2000 年，第 431 页。

棺论定："我们要随着他想，随着他动，但是不要模仿他。"①

我们在讨论歌德接受时，还会再度接触到陈铨、冯至在西南联大时代的"针锋相对"。其实，两者之间本是志业相同的学友，但由于介入现实的选择方式不同，而产生思想上难以避免的裂痕，对于尼采的解释也不外乎此。但这种分裂无疑既是必然，也是必要的，这也给我们讨论"文化转移"过程的丰富多元性提供了足够复杂的实证材料。总体上来说，作为后代留德学人，他们无论是在阅读范围，还是在理解深度上，都较前人更进一步。可见，有时一种异文化的传播与影响并不完全取决于受者自己的理解程度，而更多与其自身的思想立场与价值取向有关。20 世纪 40 年代陈铨的歌德、尼采解读固然是个很好的例子，50 年代冯至的席勒阐释亦然。这其中显示出历史的某种吊诡（Paradox），是深值揣摩的。

但至少就此时的状况来看，王国维开辟的纯正学术之路，经由李石岑，似乎已被冯至隔代继承了。譬如他非常明确地追溯到尼采的学术传统，深刻指出其"语文学"源流：

> 尼采曾经受过严格的 Philologie 的训练，他这样赞美 Philologie："它教给我们读书，那就是慢慢地，深深地，瞻前顾后，怀着沉思，打开坦荡的门，用精神的手指和眼去读。"我们读尼采正应当这样读，不要把他的著作任意割裂。②

这对于理解尼采来说非常关键。尼采的"冲决网罗"，不是"石猴洞开"，而是"渊源有自"。没有德国学术核心部分语文学的学科训练，尼采的知识基础无从奠定，更无从展开日后惊天动地的"颠覆上帝"与"重估一切价值"。进一步，冯至是在文体学角度去探究《苏鲁支》的，也就是说，冯至是在非常专业的层面去审视尼采的。这是任何一个其他渠道中介群体很难做到的事情。陈铨本该是有这样一种学术训练可能的，

---

① 冯至："谈读尼采（一封信）"，原载《今日评论》第 1 卷第 7 期，1939 年，此处引自成芳主编：《我看尼采——中国学者论尼采（1949 年前）》，南京：南京大学出版社，2000 年，第 432 页。

② 冯至："谈读尼采（一封信）"，原载《今日评论》第 1 卷第 7 期，1939 年，此处引自成芳主编：《我看尼采——中国学者论尼采（1949 年前）》，南京：南京大学出版社，2000 年，第 430 页。

但他选择的显然是另一条道路。故此，冯至的尼采阐释虽然只是短短一段，但却具有不可替代的思想史意义。

三、尼采理解的美国维度——从胡适、徐志摩到 林同济、雷海宗一代的留美学人

以上特别强调留日学人与留德学人在德国资源东渐过程中的贡献，但其他留学生也不是就"袖手旁观"，譬如至少留美学人同样对尼采有所论述。如胡适就意识到尼采的语文学家训练背景，指出："他一身多病，他也是'弱者'之一！他的超人哲学虽然带着一点'过屠门而大嚼'的酸味，但他对于传统的道德宗教，下了很无忌惮的批评，'重新估定一切价值'，确有很大的破坏功劳。"① 胡适对尼采在思想史上地位的基本判断还是有道理的，基本都是以颠覆现有的价值体系入手，其实，胡适自己在新文化革命中所做的，大致相似，即"不破不立"，以击垮原有权威的方式来体现自己的价值。故其对尼采或不乏"理解之同情"，所以即便认定其成绩在于"破坏"方面，但仍予以"功绩"性质的评价。

相比较胡适之讨论"五十年来之世界哲学"不得不提及尼采，那么徐志摩之谈论尼采的场合有些随意，即在教授英文文学课程时论及尼采，满篇都是萧伯纳、哈代、雪莱等等，故此比较视野当然是信手拈来："尼采生于1844，死于1900。彼时的英国正是所谓承平时代，厌武修文，工业发达，大享庸福。因之伟大心灵的雪莱、拜伦都被摒国外。尼采觉得全欧没有一些儿活气，全都在睡。他又以为德行便是懦弱。怜悯是妇人之仁，助弱者为恶，这是奴隶的道德。"② 就显得相当泛泛了，很难说对尼采有深刻的理解，而对雪莱、拜伦的提及，倒显得其对英伦世界的认知和向往。

不过总体来说，胡适与徐志摩这两位朋友的尼采解释，实在是不见

---

① 胡适："尼采"，原载《最近之五十年》，《申报》五十周年纪念刊，1923年，此处引自成芳编：《我看尼采——中国学者论尼采（1949年前）》，南京：南京大学出版社，2000年，第158页。

② 徐志摩："On Reading Nietzsche"，赵景琛记录，原载《近代文学丛谈》，新文化社，1923年，此处引自成芳编：《我看尼采——中国学者论尼采（1949年前）》，南京：南京大学出版社，2000年，第159页。

高明。这大约与他们的知识储备与学养形成有关，在留美学人里对尼采确有所见而又能化为资源的，当属日后被列为战国策派代表人物的林同济（1906—1980）、雷海宗（1902—1962）等。尤其以林同济为最，他这样理解尼采：

> 尼采是生命力饱涨的象征。浑身生命力，热燃着五脏四肢，要求发泄。又加上那副极敏锐的神经，就等于最精细的气压表，空闲最轻微的压力变迁，都要立刻在他的体魂上发生强烈的反应。积弱的身体只激进了生命力跃跃欲出的倾向。于是愈病而生命力愈加精悍，愈老而生命力愈加热腾。尼采是人间极罕见的天才，显然脱离了年华的支配；他那管如椽大笔，真是愈挥霍愈生花，鬼使神呵，直到最后一刹那也不少挫。
>
> 尼采的写作，是生命的淋漓。热腔积中，光华突外。他创造，因为他欲罢不能。他的写作，竟就像米薛安琪所描绘的上帝创世，纯是一种生命力磅礴所至的生理必需，为创造而创造，为生命力的舞蹈而创造。在这点上看，他的文字，真是艺术之艺术了。虽然他有时也像庖丁解牛一样，解牛之后，不免踌躇得意，自命其思想空前，其文笔为德国开生路，但当他正在创造时，他显然只是一股热腾腾的生命力在那里纵横注泻，霍霍把横塞胸中的浩然之气妙化为万丈光芒，文字与思想本不是他的目的。目的？他本无目的！他只是"必须如此"，只是生命力的一时必要的舞蹈与挥霍。文字与思想在那时只是创造的工具与资料。①

这些文字，已远远超出了解释尼采的范畴，而近乎于一种创造。尼采地下有知，当能感慨万千，得一知音如此，夫复何求？而林同济作为留美学人，能理解尼采如此之深，实可谓是一种"异数"。相比较胡适、徐志摩等前辈的"泛泛而谈"，林氏可谓"深入底里"，直逼尼采思想的核心处。当然必须指出的是，战国策派主要代表除陈铨、贺麟等兼具留德背景外，均清一色有留美背景，而这批留美学人不约而同地如此注重德国资源，非常清楚地显示出他们某种程度上的"通识意识"，即不以自

---

① 林同济："我看尼采——《从叔本华到尼采》序言"（1944年），此处自成芳编：《我看尼采——中国学者论尼采（1949年前）》，南京：南京大学出版社，2000年，第566页。

家留学之单纯国别而论学术之长短。应该说，他们继承了吴宓、陈寅恪路径的良好传统，即对美国文化的欧洲渊源，尤其是德国背景的重视。故此，留学国别本身并不足以论眼光之长短、学问之高下，而关键在于是否能"辨章学术，考镜源流"，有自觉之意识，树学术之伦理。

此外，我们还会发觉一个非常有意思的现象，那就是德国资源的另一重东来背景，即由太平洋彼岸而来。其实，这也并不奇怪，德国本就是美国的学术典范，"到 1900 年为止，横渡大西洋到欧洲伟大的学术研究中心，主要是德国的大学留学的差不多 1 万名美国学者，坚定地服膺于学术研究和以科研为基础的教学和学习的思想回到美国。"① 德国对美国的影响，不仅是在教育与制度层面，而且波及思想与文化等诸多领域。故此，第一流的知识精英不但应能聚焦学业、关注社会，更应进一步深辨学理、养成通识。胡适这个方面做得相当不够，其所尊奉的导师杜威，不但是实用主义大家，其对德国哲学和黑格尔也有相当深度之探究，若其多加关注，即便是将导师的东西细细通读，其学术眼光和整体视域也当能"更上一层楼"。陈寅恪之不恋哈佛，而两赴柏林，最明显地表示出了这样一种学术选择。而林同济等人充分利用德国资源，并借此掀起"战国策派"的大旗，虽并非在学理上精研探究、勇于发覆，但至少超越了狭隘的某一隅之见的留学国范畴，意识到在世界范围内寻求学理资源的重要性。

四、尼采东渐之路径博弈与中国功用

虽然我们以上区分出由于留学史因素而导致的尼采东渐的三条不同路径，但仔细分析，却会发现一则尼采东渐并不以此三径为限制，诸如其他留学人（尤其是相关留欧学人）也有介入，至于本土学人的阐释也同样值得关注；二则在阐释尼采的思想立场上，也不完全以这样的国别路径为归依，譬如林语堂的就很有自家特点。但之所以强调这样一种路径区分，乃是因为它确实仍反映出现代中国接受德国文化资源并化为己用过程中的某种整体性态势。尤其是在知识与文化场域中，留日、留欧（留德）、留美学人群体确实在完成从传教士获得的"主体"地位之后，

① 〔美〕伯顿·克拉克：《探究的场所——现代大学的科研和研究生教育》，王承绪译，杭州：浙江教育出版社，2001 年，第 3 页。

基本主导了现代中国的西学东渐。而在德风东渐的过程中，则留日、留德、留美学人群体则尤其值得关注。

留欧学人中的德国谱系人物（多元留学人），如梁宗岱（兼留法、留德背景）与朱光潜（留学英、法，在斯特拉斯堡大学留学，故亦可视为留德）等，因其留学多国（至少两国以上）而视野洞开，对具体国族思想文化的理解往往能超出狭隘的"双边视域"局限，再加上对德国文化在世界文明中的地位又有深刻认知与特殊重视，故此其对德国文化的理解往往有独到之处，不能轻忽。譬如作为中国现代最杰出的诗人之一，梁宗岱不但自己迻译尼采之诗，更对尼采的诗人价值给予了极高评价：

> 尼采一生，曾几度作诗。他的诗思往往缄默数年之久，忽然间或由于美景良辰的启发，大部分由于强烈的内在工作的丰收，又泉涌起来了。所以他的诗虽只薄的一本，却差不多没有一首——从奇诡的幽思如《流浪人》以至于讽刺或寓意的箴言，尤其是晚年作的《太阳落了》等——没有一首不反映着作者的傲岸，焦躁，狂热或幽深的生命。在德国的抒情诗里，我敢大胆说他是哥德以后第一人。①

这里对尼采之诗形成的判断相当精彩，有"体贴之理解"，尼采之诗往往并非一般诗人的"刻意为之"，而更多了一种自然流泻的成分，所谓"文章本天成，妙手偶得之"，在尼采，其部分诗歌之宛如天籁，确乎如此。而其作出的第二条重要判断，更为惊心，即德诗谱系的"歌德—尼采"架构。这对理解德国文学史具有重要参考价值。此处且按下不论。

朱光潜耄耋之后反思自家学术生涯，才意识到自己"实在是尼采式的唯心主义信徒。在我心灵里植根的倒不是克罗齐的《美学原理》中的直觉说，而是尼采的《悲剧的诞生》中的酒神精神和日神精神"。并且坦然承认，自己之所以在 1933 年归国后之少谈叔本华与尼采，"这是由

---

① 梁宗岱："尼采的诗"，见《文学》第 3 卷第 3 号，1934 年 9 月 1 日，此处引自金惠敏、薛晓源编：《评说"超人"——尼采在中国的百年解读》，北京：社会科学文献出版社，2001 年，第 207 页。哥德即歌德。

于我有顾忌，胆怯，不诚实"①。虽然在其名著《西方美学史》中对二者避而不谈，但在早年完成于欧洲的博士论文《悲剧心理学》里，却留下了他对尼采的深刻认知："尼采用审美的解释来代替对人世的道德的解释。现实是痛苦的，但它的外表又是迷人的。不要到现实世界里去寻找正义和幸福，因为你永远也找不到；但是，如果你像艺术家看待风景那样看待它，你就会发现它是美丽而崇高的。"他更进一步指出："酒神艺术和日神艺术都是逃避的手段：酒神艺术沉浸在不断变动的旋涡之中以逃避存在的痛苦；日神艺术则凝视存在的形象以逃避变动的痛苦。"② 这一论点进一步发挥则为：

> 尼采驳斥了叔本华弃绝人世的思想，把宇宙的原始意志视为现象，认为二者是有区别的。使个人意志具有活力的原始意志永远处在变动状态之中，它的存在就在于变化，静止不动就等于取消它作为原初意志的作用。在个人意志的不断毁灭之中，我们可以见出原始意志的永恒力量，因为毁灭总是引向再生。正因为悲剧人物之死能揭示这种酒神式的智慧，所以能给我们以"玄思的安慰"。这一思想看来好像是尼采独有的，实际上却是发展叔本华对个性化原则的攻击得来的，它最终可以追溯到黑格尔的关于取消片面伦理力量而恢复宇宙和谐的思想。③

这段显示出朱光潜学养的醇厚之处，他既能通过辨别叔本华、尼采之间师承变异创化的分野，同时更能在德国思想史的整体框架里来理解尼采思想，尤其是推断其创化之中的传统资源，可谓"火眼金睛"。也见出他自认心灵植根尼采并非虚言。

同样的还有林语堂，他之由美转德，很体现出陈寅恪那代人的求学

---

① 朱光潜："《悲剧心理学》中译本自序"（1982 年），此处引自金惠敏、薛晓源编：《评说"超人"——尼采在中国的百年解读》，北京：社会科学文献出版社，2001 年，第 262 页。

② 朱光潜："对悲剧的悲观解释：叔本华与尼采"，原载《悲剧心理学》，人民出版社，1983 年，此处引自金惠敏、薛晓源编：《评说"超人"——尼采在中国的百年解读》，北京：社会科学文献出版社，2001 年，第 276 页。

③ 朱光潜："对悲剧的悲观解释：叔本华与尼采"，原载《悲剧心理学》，人民出版社，1983 年，此处引自金惠敏、薛晓源编：《评说"超人"——尼采在中国的百年解读》，北京：社会科学文献出版社，2001 年，第 278—279 页。

特点，但他之不同在于，一是他有特殊的生活制约，二则求博士学位，三则他对德国文化的接受，与陈铨、冯至、贺麟等人又不一样，更体现出一种英美文化的"闲适风"来。他日后模仿"苏鲁支体"，译作"萨天师"①，讽刺国人。倒也另辟蹊径，日后林同济模仿之②。此处不赘。

　　总体来看，在尼采思想的东渐过程中，留日学人为先导，此后与留德学人基本为传播与接受主体，但最终之阐释主导权为留德学人所接过。③而留美学人虽然也颇有介入，但基本处于"敲边鼓"的角色。直到 20 世纪 40 年代有一个大的转变，就是留德学人与留美学人的某种合流态势，尤其是以战国策派为代表，以兼及留学美、德背景的陈铨、贺麟为代表，再加留美之林同济等人的配合，一时以德国文化为主要资源，在现代中国场域掀起一场轰轰烈烈的"狂飙突进"运动。更重要的是，这批人物对尼采与德国文化确有相当深刻的认知，如林同济曾这样发挥道：

> "超于人"而百分之百地"入于世"——尼采的超人，我认为主要乃脱胎于古希腊的荷马英雄与阿灵比天神的遗意。这一点，大家多忽视了。尼采在这里无形中的雄心可说是与传统宗教伦理间求出一个新和谐：于某范围内，把宗教家"超于人"的高度认合于道德家"入于世"的热力，再透过苏格拉底以前希腊异教的自卫精神，唯美精神，而烧烤出他心目中所独有的理想人格型。④

这样一种对研究对象的文化资源的深入溯源，是一般人很难做到的；而其致思的高度，也是让人侧目的。遗憾的是，战国策派终究有着太过强

---

① 林语堂："萨天师语录——东方病夫"，原载《语丝》第 55 期，1925 年，收入金惠敏、薛晓源编：《评说"超人"——尼采在中国的百年解读》，北京：社会科学文献出版社，2001 年，第 176—178 页。

② 林同济："萨拉图斯达如此说——寄给中国青年"，原载《战国策》第 5 期，1940 年，收入金惠敏、薛晓源编：《评说"超人"——尼采在中国的百年解读》，北京：社会科学文献出版社，2001 年，第 458—459 页。

③ 德国资源进入现代中国，除"从传教士到留学生"的主体转折之外，就是中国主体接收者的群体分类。在留德学人、留日学人之外，还有本土学人，他们并无出国留学经历，但他们或是在国内学习了德文，对德国深感兴趣，长期从事研究，并援为重要的思想资源，如张威廉、李长之等。关于本土学人对尼采的接受，我在后文中将会结合楚图南的个案进一步分析。

④ 林同济："我看尼采"，见温儒敏、丁晓萍编：《时代之波——战国策派文化论著辑要》，北京：中国广播电视出版社，1995 年，第 245 页。

烈的"致用"意识。所以,我们应充分揭示出此期以冯至为代表的留德学人的"独立意识"和"冷静态度",他们持有并表达出不同立场,并进而作学理上的探究。这样一种尼采接受的表型态分,实际上并不仅是一个简单的接受史类型而已,背后更深刻地反映出知识精英对待文化接受、政治介入与学人立场等问题的态度。

或许,二元论本身就是难以避免的思想史线索,在尼采问题上也不例外。有论者当时即列出两种可能:"人们常常怀疑为什么像德国这样有大贡献于人类文化的国家会产生那样无耻的歌颂暴力和毁弃理性的尼采哲学?这有两种解答:第一种说,尼采自己并无意于制造罪恶的哲学,他之有今日,乃由于法西斯匪徒勉强盗用的结果。所以罪恶不在善之本身,而是对于善之曲解。第二种解答认为尼采哲学之产生于德国有其充分的历史背景。在意识形态方面,有他的前辈主张的狭义民族主义为先河,如费希特所谓的'正义之王国',黑格尔所谓超道德的'民族国家',皆是指日耳曼民族所应建立的国家;士来厄马赫厌恶异族,高唱孤立主义,就是尼采所谓的'血统的真理'的一个渊源。"① 其实,这两种判断并非截然对立,而是各有其道理,一方面尼采哲学源于德国历史传统,毋庸否认;另一方面,纳粹之利用尼采哲学,也是有据可寻。而尼采在现代中国思想史上引起的多重二元论冲突,或许是一个值得进一步探讨的命题。②

从留日学人到留美学人的尼采阐释,我们注意到一种"代际落差"。即日、美虽都由学德国而强盛,但对德国学术之化用接受程度个一,这导致留日、留美学人的德国认知也有区分。相比较留日学人对德语和德国的"亲密接触",留美学人之整体情况相对要弱不少,战国策派既是个案,同时也显示出留美学人中也可能强烈注意到德国文化资源。而总体来说,留德学人则承担起德国文化资源在现代中国传播、阐释和利用的主要接收器功能,虽然这一群体人数不多,但其学术认知能力不弱,在尼采接受上如此,在歌德、席勒等其他德国文化镜像的传播与接受上亦如此。

---

① 曹和仁:"权力意志的流毒",原载《文化杂志》第 2 卷第 5 期,1942 年,此处引自成芳主编:《我看尼采——中国学者论尼采(1949 年前)》,南京:南京大学出版社,2000年,第 534 页。

② 左翼的批评如胡绳:"论反理性主义的逆流"(节选),见郜元宝编:《尼采在中国》,上海:上海三联书店,2001 年,第 318—322 页。

第三章　中国现代留德学人的歌德接受

一、在"侠骨柔情"与"用世启蒙"之间——
马君武对歌德的译介

虽然，中国人最早接触歌德可以追溯到曾任驻德公使的李凤苞
（1834—1887）①，但歌德进入中国的公众视野则还需要等到1902或1903
年，诸如赵必振依据日人编本所作的"德意志文豪六大家列传""可特
传"（歌德传）②，但真正从德文译介，并对歌德有所体悟的恐怕要推马

---

① 李凤苞在1878年11月29日《使德日记》中曾留下关于歌德的记载："送美国公使
美耶台勒之殡。……美国公法师汤谟孙诵诔曰：'美公使台勒君，去年创诗伯果次之会。……
（台勒）以诗名，笺注果次诗集，尤脍炙人口。'……按果次为德国学士巨擘，生于乾隆十四
年。十五岁入来伯吸士书院，未能卒业。往士他拉白希习律，兼习化学、骨骼学，越三年。
考充律师，著《完舍》书。二十三岁，萨孙外末公聘之掌政府。编纂昔勒诗以为传奇，又自
撰诗词并传于世。二十七岁游罗马、昔西里而学益粹。乾隆五十七年与于湘滨之战。旋相未
马公，功业颇著。俄王赠以爱力山得宝星，法王赠以大十字宝星。卒于道光十二年。"《使德
日记》，商务印书馆发行，王云五主编：《丛书集成》初编，第37页，转引自杨武能：《歌德
与中国》第91页。此处果次自然就是歌德，《完舍》则为《维特》，据钱钟书考定，这是中
国文字中第一次有关歌德的记述。钱钟书说："事实上，歌德还是沾了美耶台勒的光，台勒的
去世才使他有机会在李凤苞的日记里出现。假如翻译《浮士德》的台勒不也是驻德公使而又
不在那一年死掉，李凤苞在德再耽下去也未必会讲到歌德。假如歌德光是诗人而不也是个官，
只写了《完舍》书和'诗赋'而不曾高居'相'位，荣获'宝星'，李凤苞引了'诔'词之
外，也未必会再开列他的履历。现任的中国官通过新死的美国官得知上代的德国官，官和官
之间是有歌德自己所谓'选择亲和势'（die Wahlverwandtschaften）的。"参见钱钟书：《汉译
第一首英语诗〈人生颂〉及有关二三事》，载《国外文学》1982年第1期，转引自杨武能：
《歌德与中国》，北京，生活·读书·新知三联书店，1991年，第92页。

② 参见阿英《关于歌德作品的初期的中译》，载《人民日报》1957年4月24日第7版，
转见张辉著《审美现代性批判——20世纪上半叶德国美学东渐中的现代性问题》，北京，北京
大学出版社，1999年，第111页。

君武①。马君武②或以辛亥开国元勋著称，或以南社诗人闻名，甚至还出任过广西大学校长，但少有人知道他实际上却是一个名副其实的留德学人，曾先后两次赴德留学，据说是我国获得德国工学博士学位的第一人。虽然马氏在德国学习的是冶金，获得的是工学博士的头衔，但马氏颇受到德国精神文化的熏陶，对德国文学尤其有浓厚的兴趣和热情。马君武之所以在留日之后到德国学习，固然有不得已的因素，因为其革命活动为清政府注意，而需要逃避两江总督端方的缉捕；但另一方面跟他对德国文化的向往也是大有关系的，在他看来，"德国文化为世界冠"，与蔡

---

① 当然，对留德学人而言，对歌德有所接触的还有辜鸿铭。辜鸿铭（1857—1927），福建厦门人，名汤生，字鸿铭。辜氏幼时随父母在马来亚的槟榔屿生活，13 岁时由其义父英国人布朗资助赴英国留学，1877 年获英国爱丁堡大学文学硕士学位，后赴德国莱比锡大学攻读土木工程，获得工科文凭（一说获博士学位）。辜鸿铭在欧洲留学十余年后，返国在湖广总督张之洞幕府任职，由于他精通外文、博学多才，在外交中不卑不亢、维护国家利益，故深得张之洞信任，也为外人所敬畏。他的基本文化立场则是趋向于保守，1915 年著《春秋大义》，提出中国文明救世论，认为中国文明的核心内容"名分大义"——他将这四字儒家学说英译为"荣誉和责任的重大原则"，才是世人都应学习的"君子之道"（"绅士的法则"）。朱维铮先生将之称为"与其说是国粹论或复古论，不如说更接近欧洲的人文主义或托尔斯泰的道德救世主义"。参见朱维铮：《辜鸿铭生平及其他非考证》，见宋炳辉编：《辜鸿铭印象》，上海，学林出版社，1997 年，第 70 页。关于辜鸿铭其人，可参见黄兴涛著《闲话辜鸿铭》，海口，海南出版社，1997 年；黄兴涛：《文化怪杰辜鸿铭》，北京，中华书局 1995 年版。辜鸿铭曾于 1901 年出了一部《张文襄幕府纪闻》，此书卷下有一节题名为《自强不息》，文中说："'唐棣之华，偏其翻尔，岂不尔思，室是远而。'子曰：'未之思也，夫何远之有？'余谓此章即道不远人之义。辜鸿铭部郎曾译德国名哲俄特自强不息箴，其文曰：'不趋不停，譬如星辰，进德修业，力行近仁。卓彼西哲，其名俄特，异途同归，中西一辙，勖哉训辞，自强不息。'可见道不远人，中西固无二道也。"引自雷瑨辑：《清人说荟·初集》，民国十七年扫叶山房石印本，转引自杨武能：《歌德与中国》，第 94 页。此处俄特即为歌德，辜鸿铭在其著述中颇多援引歌德之处，不过其思路自然还是为己所用，只是为了更好地证明自己的观点。参见杨武能：《歌德与中国》第 96 页。

② 马君武（1882—1939），近代中国杰出的革命家、翻译家、教育家。幼年聪慧，读书刻苦。早在 1901 年即留学日本，1906 年毕业于日本东京帝国大学。1907 年赴德留学，入柏林工业大学（Technische Universität Berlin）学习冶金，1910 年获工学学士学位。1911 年武昌起义时毅然返国，参与组织临时政府，并出任实业部次长。二次革命失败后，1913 年冬，马君武再次赴德留学，1915 年 6 月在柏林工业大学获得工学博士学位。参见莫世祥编：《马君武集（1900—1919）》，武汉，华中师范大学出版社，1991 年版，前言第 1 页。关于马君武其人，另可参见周伯乃：《桂水长清——马君武传》，台北，近代中国出版社 1989 年版。不过此书以文学笔法写成，没有提供更加详实的史料。关于马君武留学德国的情况，可参见 Thomas Harnisch：*Chinesische Studenten in Deutschland-Geschichte und Wirkung ihrer Studienaufenthalte in den Jahren von 1860 bis 1945.* Hamburg：Mitteilungen des Instituts für Asienkunde, Nr. 300. 1999. S. 97 – 108。

元培所言"世界学术德最尊"① 有异曲同工之妙。而为寻求救国之路，则需要研究别人先进的文化，至于途径，自然是："欲研究其文化，当先学习其语言。"1914 年至 1915 年在德国期间，马君武自己编写了一部《德华词典》，目的则在于"输进西欧文明"以适应"他日吾国人学德语者渐多"的需要。可见其见解明了、用功扎实的风格，其良苦用心则更在我国人能"合力研究德意志之文明，输入中国，是予之所望也"②。

对于先后留学日、德，掌握日、英、德、法等多种外语的革命家马君武来说，其所关注的范围远远不仅是一个德国，其主要的兴奋点显然也并不在于文学。尽管如此，探讨马君武对歌德的译介活动，仍然有其价值，我们可以凭借这一个小小的切入点来观察时代背景是如何深刻地影响个体的精神活动，从而构建起外来资源与现实活动之间的关系的。

青年马君武生活的时代，正是"帝国主义加紧侵略、民族危机日益严重、救亡图存的革命运动风起云涌的时代"③，这几个判断明确地道明了清末的政治危机与民族危机。仅举几个时间与事件，就不难看出当时清末社会所面临的巨大危机。1894 年中国在甲午战争中战败，宣告了洋务运动的彻底破产；1898 年"救亡图存"的戊戌变法不足百日而以流产告终；1900 年义和团失败，八国联军入侵北京，清帝蒙尘，真可谓"国将不国"。而马君武在这一系列重大时代背景下迈出的人生足迹，则清楚地表明了他的"家国情怀"。他回忆自己甲午年时的生活说：

> 甲午年我仍在陈府读书。这年，中国史上起一大变迁，就是中日开战。我常由诸位表舅谈话，听到战争事情。起初，他们都说中国是一定打胜的。以后，消息愈来愈坏，他们每每不胜愤慨，都痛骂李鸿章主和是中国秦桧。后来，听到割台湾，割辽东，大家更是悲愤填膺。④

---

① 黄炎培在《吾师蔡孑民先生哀悼辞》中有这样一段回忆："一日，（蔡元培，作者注）语我：救中国必以学。世界学术德最尊。吾将求学于德，而先赴青岛习德文。言吾所任同盟会干事，君其代我可乎？则敬诺。"从中可见蔡元培对德国学术的推崇，转引自梁柱：《蔡元培与北京大学》，北京，北京大学出版社，1996 年，第 12 页。

② 莫世祥编：《马君武集（1900—1919）》，武汉，华中师范大学出版社，1991 年，第 273 页。

③ 曾德珪选编：《马君武文选》，桂林，广西师范大学出版社，2000 年，第 3 页。

④ "一个苦学生的自述"，见莫世祥编：《马君武集（1900—1919）》，第 463 页。

在这样一种时代背景与家庭环境影响下成长起来的马君武，自然会对"新学"心向往之，乃至投身革命，冀图通过自身的参与和努力，挽救国事于濒危。1899 年，马君武成为广西境内第一所半现代化的新式学校——广西体用学堂的学生，开始接触新学，包括修习英文及算学；1901 年冬，马君武则远赴东瀛，到日本留学①。留日时代的马君武，有一大的思想转变，即由向往维新而转为主张革命。这一点在其诗作中表现最明显，或曰"书生誓树勤王帜，铁屋瀛台救圣躬"（《感怀二首》），或曰"救亡党人志，改制圣君恩"（《增牖民二郎》），其"勤王保皇"思想表露无遗；这也同样表现在他对维新派人物的推崇上，《寄呈任公先生三首》之一云：

　　　　中国少年公所造，末人千劫我何存？
　　　　据鞍顾盼无余子，说法殷勤忆世尊。
　　　　飞去帝旁与帝语，大同条段大乘门。

但到了 1902 年下半年后，马君武即与梁启超等人疏远，1903 年更是完全中断了来往，转而投身革命阵营，选择了"暴力排满、肇创共和"的道

---

①　在近代中国留学教育史上，就数量言，留日学人独占鳌头，所谓"在 1896—1945 年的半个世纪里，中国知识分子跨海东渡者，有如过江之鲫，络绎不绝"，估计约为 5 万—30 万之间，一般折中为 10 万。工奇生：《中国留学生的历史轨迹 1872—1949》，第 125 页。相比之下，留美学人、留欧学人都不免要相形逊色。1850—1953 年留美生人数为 20636 人、同期留欧生人数推测当为 2 万。参见王奇生：《中国留学生的历史轨迹 1872—1949》，第 44、90 页。但若就质量而言，留日则"鱼龙混杂，多学军事法政，好译西书和从事政治运动，在军事革命和文化革新方面功莫大焉"。蒋纯焦：《近代中国留美和留日教育之比较》，载《江西社会科学》2000年第 1 期，南昌，第 46 页。"义和团的灾难和愚昧的排外主义的失败，使张之洞和刘坤一等具有改革思想的总督取得了新的重要地位，并且使他们的教育和制度改革的使命增添了某种新的紧迫感。"而此中由于"对出国留学的重视迅速增强，为去日本受教育提供机会的出版物也激增"等因素，留学日本不但在新的历史背景下"浮出水面"，而且"渐成热潮"。张之洞作为清末有重要影响的地方实力派，对留学日本甚为推重，他撰《劝学篇》，强调留学之重要，说"出洋一年，胜于读西书五年……入外国学堂一年，胜于中国学堂三年。"更是特别推崇留学日本，说："至游学之国，西洋不如东洋。一路近费省，可多遣；一去华近，易考察；一东文近于中文，易通晓；一西书甚繁，凡西学不切要者，东人已删节而酌改之。中、东情势风俗相近，易仿行，事半功倍，无过于此。"所以留学日本经 1901 年后开始突飞猛进，所谓"从 1898 年到1914 年这段时期，人们可以看到日本在中国的历史进程中的重大影响"，1906 年左右更达到了最高峰，所以"在二十世纪的最初十年中，中国学生前往日本留学的活动很可能是到此时为止的世界史上最大规模的学生出洋运动"。参见张之洞：《劝学篇》，长沙，岳麓书社，1999 年；〔美〕费正清编：《剑桥中国晚清史（1800—1911）》下卷，第 393—395 页。

路。1905 年 7 月，马君武等四人在孙中山亲自主持下，宣誓加入同盟会，成为第一批会员。留日 4 年中，从维新保皇到革命共和，步子迈得不可谓不大，究其原因，其中既有与孙中山结识并深受其影响的缘故①，更有时代背景与西方思潮的刺激②，正是在这样的背景下，马君武翻译了名篇《威廉·迈士特的学习时代》③ 中的诗《米丽客歌》（Mrig-nou）④。

马君武对德国文学⑤，尤其是歌德特别推崇，并颇用心血向国内进行译介。他在留日之时就翻译过歌德的诗歌⑥，当时他把歌德的名字直接音译为"贵推"，《米丽客歌》的译诗相当有功力：

> 君识此，是何乡？园亭暗黑橙橘黄。碧天无翳风微凉，没药沉

---

① 1901 年冬，马君武结识孙中山，感到"万分兴奋"，对其"驱除鞑虏，建立民国"的主张也很赞同。他自己对维新派与革命派之选择有一判断："康、梁者，过去之人物也；孙公则未来人物也。"邓家彦：《故工学博士马君武少年轶事》，见《马君武先生纪念册》，转引自《前言》，曾德珪选编：《马君武文选》，第 6 页。

② 1902 年至 1903 年间，马君武大量翻译或介绍西方哲学、社会学、政治学等方面著作，对于西学有比较多的接触与了解，就本质而言，西方民主共和、自由平等学说更接近于革命派的思路；而 1903 年，留日学生中则风潮迭起，陈天华写《猛回头》、《警世钟》，邹容写《革命军》，章太炎亦撰《驳康有为论革命书》，在留学生中有广泛影响。参见《前言》，见曾德珪选编：《马君武文选》，第 6 页。

③ 歌德原作可参见 Goethe, Wilhelm Meisters Lehrjahre. In Fritz Martini und Walter Müller-Seidel（hrsg.）: *Klassische Deutsche Dichtung. Band 2 Romane und Erzählungen*. Freiburg im Breisgau: Verlag Herder KG, 1962. S. 7 – 608. 可参见冯至的译本《威廉·麦斯特的学习时代》，见《冯至全集》第 10 卷，石家庄，河北教育出版社，1999 年；还有伍光建译本，《威廉·迈斯特》，商务印书馆，1936 年。

④ 此诗原名当为 Mignon，参见 Johann Wolfgang von Goethe: *Gesammelte Gedichte*. Geneva: Lechner Eurobooks, 1994. S. 9. 张威廉先生将之译为"迷娘"，译文亦是迥异。参见张威廉译注：《德国名诗一百首》，上海，上海译文出版社，1988 年，第 96—99 页。下文中均用"迷娘"。

⑤ 马君武对席勒也颇关注，译有《威廉·退尔》。见莫世祥编：《马君武集（1900—1919）》，第 449—450 页。

⑥ 值得注意的是，"日本明治中后期曾一度选择了德国式的近代化道路。军事、医学和哲学等学科都受德国影响很大。教育制度也仿效德国。大学教授中不少是留德出身。德语成为日本大学的第一外语。不少留日作家就是在日本接受德国文学熏陶的。郭沫若、郁达夫和成仿吾留日期间翻译的外国文学作品中，德国文学作品占了相当大的比重。"见王奇生：《中国留学生的历史轨迹 1872—1949》，武汉，湖北教育出版社，1992 年，第 319 页。此中可以看到，留日的经历本身就是一次对"留德"的预备过程，日本人对德国的崇拜模仿和输入，对于留日的中国学子影响甚大；而日本大学将德语作为第一外语，更使得很多留日学人得以接触乃至掌握这门通往德国文学与精神思想殿堂的工具性语言。

静丛桂香。

君其识此乡？归欤！归欤！愿与君，归此乡。

Kennst Du das Land, wo die Zitronen blühn,

Im dunkeln Laub die Gold-orangen glühn,

Ein sanfter Wind vom blauen Himmel weht,

Die Myrte still und hoch der Lorbeer steht,

Kennst du es wohl?

Dahin! Dahin

Möcht' ich mit dir, o mein Geliebter, ziehn.

君识此，是何家？下撑楹柱上檐牙。石像识人如欲语，楼阁交错光影斜。

君其识此家！归欤！归欤！愿与君，归此家。

Kennst Du das Haus? Auf Säulen ruht sein Dach,

Es glänzt der Saal, es schimmert das Gemach,

Und Marmorbilder stehn und sehn mich an:

Was hat man dir, du armes Kind gethan?

Kennst du es wohl?

Dahin! Dahin

Möcht' ich mit dir, o mein Beschützer, ziehn!

君识此，是何山？归马失途雾迷漫。空穴中有毒龙蟠，岩石奔摧水飞还。

君其识此山！归欤！归欤！愿与君，归此山。

Kennst du den Berg und seinen Wolkensteg?

Das Maultier sucht im Nebel seinen Weg;

In Höhlen wohnt der Drachen alte Brut;

Es stürzt der Fels und über ihn die Flut,

Kennst Du ihn wohl?

Dahin！Dahin

Geht unser Weg！o Vater，laß uns ziehn！①

从这首译诗，我们可以看出，马君武在留日期间就已经接触了德文，并且至少是参照德文将此诗译出的②；作为"诗界革命"的倡行者，马君武在"诗"的问题上有自家的看法与实践③，这就导致了他在译诗过程中，也自成一家风格。后人评论说："近人译诗有三式：苏曼殊式，以格律轻疏之古体译之；马君武式，以格律谨严之近体译之；胡适则白话直译，尽弛格律矣。"④ 可以见出马君武译诗的基本风格，格律严谨且颇留中国传统诗歌风韵是其一大特色。在我看来，马君武译介西方文学，是有其自身的思路和理念的，所谓"融欧亚文学之魂于一炉而共治之"⑤，虽然不乏恭维之语，但确实也体现出马氏的基本思路。

但此首译诗有一值得探讨的问题，即马君武把 Geliebter，Beschützer，Vater 三词一概译成"君"。而这三词在德文的原意分别为爱人、保护人、父亲。若要理解此点，必须回到原文的情境中去，《米丽客歌》一诗为歌德长篇小说《威廉·迈士特的学习时代》中歌女迷娘所唱。其故事情节大致为：迷娘原本是意大利富家女，出生后父母离散，被卖入江湖剧团，遇迈士特，为她脱籍，便依随了他。迷娘思乡情切，故唱此歌促迈士特带她前往。张威廉先生解释说，迷娘与迈士特没有正式关系，所以"她首称爱人，继称保护人，后称父亲，这三个不同称呼反映出迷娘的孤苦"。⑥ 对于这三个词本意的差别，作为掌握德语的马君武不可能不知道，但他还是选择了统一的译法，主要恐怕还是为了使中国读者易于理解的缘故。因为按照中国的传统观念，"爱人、保护人、父亲"这三个概念是无论如何也不

---

① 德文原文与中文相互参照，原载如此，见莫世祥编：《马君武集（1900—1919）》第432—433 页。

② 就与德文原文对照看，所引原文错误极少，只有少数标点符号有异，也可能是版本不同所致，gethan = getan，参见张威廉译注：《德国名诗一百首》，第97 页。

③ 马君武作诗建议南社同人："唐宋元明都不管，自成模范铸诗才。须从旧锦翻新样，勿以今魂托古胎。"谭竹、刘志坚、邓小飞：《马君武诗注》，第77—78 页。

④ 李思纯：《仙河集》，见莫世祥编：《马君武集（1900—1919）》，前言第11 页。

⑤ 柳亚子：《磨剑室拉杂话》，见莫世祥编：《马君武集（1900—1919）》，前言第11 页。

⑥ 参见张威廉译注：《德国名诗一百首》，第99 页；歌德：《威廉·麦斯特的学习时代》，见《冯至选集》第10 卷，石家庄，河北教育出版社，1999 年。

可能落实到一个人身上的，如此直译出来，反而让读者迷惑。而在翻译时，如此考虑到读者的因素，可见马君武译诗背后的"别有幽怀"。

要知道，"1902 年—1903 年，既是君武在政治上重新作出抉择的关键年头，又是他在笔耕中首获硕果的丰收时节"[1]，在这短短两年时间内，马君武就翻译了日本福本诚《法兰西今世史》、英国达尔文《天择篇》、《物竞篇》、斯宾塞《女权篇》、《社会学原理》、约翰·穆勒《自由原理》等著作，发表译介西方新学与抨击时弊文章二十余篇，启蒙救世、开启民智，自然是马君武的主要思路。在他看来，译《法兰西今世史》，固然是因为"法兰西，欧洲文明开化最先之域也"，但当"其困于暴君之专制，法国人民之困苦，正与吾中国今日之地位无异也"，所以其对中国的借鉴价值不言自明，故要"急译之以饷同胞"[2]。总体而言，马君武留日期间在传播西方新学上用力甚大甚勤，包括各种社会学说，诸如西方近代哲学、逻辑学、社会学和自然科学的基本原理，乃至社会主义学说，都在他开阔的视野之内；相较而言，文学并非其主要关注的领域，但作为陶冶性情、温润胸怀的"补剂"，文学也自有其不可替代的作用，马君武本人国学修养深厚，且往往别有幽怀，译席勒之《威廉·退尔》，就强调："此虽戏曲乎？实可作瑞士开国史读也。"[3] 为的是表彰作为爱国志士的威廉·退尔。所以选译这样一首出自《威廉·迈士特的学习时代》书中的诗歌，时间又在约1903—1905 年间，在马君武当然不会毫无缘由。此书作为德国修养小说（Bildungsroman，亦可译作成长小说）的代表作之一，出版后受到席勒的高度评价，他致信歌德说："不能不写给你，这著作中的真理、美的生活、单纯的丰满，是多么感动我。……平静而深沉，明澈却又像自然那样不可捉摸，它这样活动着、存在着，并且一切，即使是最小的枝节，都显示出心境的美的均衡，而一切都是从这心境里流涌出来的。"[4] 而作为穿插的迷娘与竖琴老人的故事，更是歌德的神来之笔，冯至这样评价道：

> 在全书里，歌德还以另样优美的心情，穿插一个美妙而奇异的故事，那是迷娘与竖琴老人的故事。有几个《学习时代》的读者不被迷

---

[1] 前言，莫世祥编：《马君武集（1900—1919）》，第 6 页。
[2] "《法兰西今世史》译序"，莫世祥编：《马君武集（1900—1919）》，第 4 页。
[3] "《威廉·退尔》译言"，见莫世祥编：《马君武集（1900—1919）》，第 258 页。
[4] 转引自冯至《译本序》，见《冯至全集》第十卷第 18 页。

娘的形象所迷惑,不被竖琴老人的命运所感动呢?他们的出现那样迷离,他们的死亡那样奇兀,歌德怀着无限的爱与最深的悲哀写出这两个人物,并且让他们唱出那样感人的歌曲。仅仅这两个人的故事,已经可以成为世界文学中的上品,但它在这里边只是一个插曲,此外还有那么多丰富的事迹与思想,从这点看来,《威廉·迈士特》确是一部名著了。①

确实,正如冯至所言,迷娘作为一种优美的女性形象,可以说是歌德自出机杼的心灵产物,如彗星般来,如彗星般去。马君武在漫长的小说里,避开小说的主人公威廉不谈,却偏偏选择了这样一个美妙而奇异的故事,选择了这么一个形象优美却又身世凄迷的女性来译介,其故何在?我以为这既显示了马君武的独到文学眼光,也与他自己的感情因素有关。此诗大约译于1903—1905年间,时马君武年纪不过25岁左右,正是热血青年、感情炽烈的时期,虽然留学东瀛,日以报国为念,在求学之余,从事译介西学、排满革命等事,不可谓不事务繁剧,但作为这个年纪的青年人,感情上的向往其实也是题中应有之义。而马君武显然是开通之人,其与女性之交往亦颇有记录,赠张竹君诗云:"莫怪初逢便倾倒,英雄巾帼古来难"(《女士张竹君传》,《文集》第3页),赠陆女士诗云:"有情难说,又恨识君迟","悠悠前路一宵话,了了心期数首诗"(《惜离别——赠陆女士》,《文集》第417、418页),至于委婉可歌之诗更多,仅留德时就有多首,或谓"当炉黄发女,笑语最温存"(《Köln》,见《文集》第422页),或吟"细语牵衣袂,深情赠手竿"(《宿Ems见鲁意沙》,见《文集》第424页),或歌"纤纤握素手,缓缓亲赤唇"(《游拜伦Bayern(南德王国)》,见《文集》第428页)。所以,据此看来,在马君武,也是借迷娘的形象来寄托自己对于美好的感情的向往,对于优美女性的欣赏。这从他同时期所译英人胡德的《缝衣歌》中也可看出,虽然同情缝衣女的悲苦,但在马君武的译笔下,却更显出对女性美丽形象的寄托,"美人蒙敝衣,当窗理针线"将"女人(woman)"译成"美人"②,显然是译者加上了自己想象翅膀的"艺术加工"。所以结合这样的背景来理解马君武对迷娘诗的选译,并将截

---

① 冯至:"译本序",见《冯至全集》第十卷第8页。

② 虎特(Thomas Hood,1799—1845)今译胡德,英国诗人,见莫世祥编:《马君武集(1900—1919)》,第433页。

然不同的"爱人、保护人、父亲"三词统一译为有很大爱人意味的"君"字，显然有他自己独到的理解和寄托。杨武能先生认为该诗的译文"完整而忠实，在相当程度上传达出了原诗的情调和意旨"，确实，在我看来，此诗虽对原意似乎发挥得略微嫌过，但就总体而言，译词优美、韵味悠长，确实难能。而之所以突出强调此诗的作用，主要是因为"作为歌德的作品甚至整个德国文学的第一篇真正中译（不是那种节述），这首译诗是非常珍贵的"①。确实，如果放在中国诗歌翻译史角度来看这篇译作，作为由德文原文译入中文的歌德诗歌，其文学史价值值得肯定。②

　　到留德之时译《阿明临海岸哭女诗》③，马君武称歌德是"德国空前绝后一大文豪，吾国稍读西籍者皆知之"④。其译诗风格仍延续了自己一贯的古典雅致，如"海波奔泻涌千山，怒涛飞起落吾前。此时阿明枯坐倚危石，独望沧瞑一永叹"，这样的"语言转换"，其中不乏"创新"成分，译者的外语水平、国文修养都得到充分体现：

　　　　莽莽惊涛激石鸣，溟溟海岸夜深临。
　　　　女儿一死成长别，老父余生剩此身。
　　　　海石相激无已时，似听吾儿幽怨声。

　　　　月色不明夜气瞑，朦胧如见女儿影。
　　　　斜倚危石眠不得，风狂雨急逼人醒。

---

　　① 杨武能：《歌德与中国》，第 98 页。
　　② 最早的德国诗歌译入中国可能要算是王韬所译德国无名氏的《祖国歌》，参见郭延礼：《中国近代翻译文学概论》，武汉，湖北教育出版社，1998 年，第 84—87 页。
　　③ 此为《少年维特之烦恼》的片段，参见 Goethe: Die Leiden des jungen Werther. In Fritz Martini und Walter Müller-Seidel（hrsg.）: *Klassische Deutsche Dichtung. Band 1 Romane und Erzählungen.* Freiburg im Breisgau: Verlag Herder KG, 1962. S. 311 – 430. 亦可参见张崇智注释德文版《少年维特之烦恼》（Johann Wolfgang von Goethe: *Die Leiden des jungen Werther*），北京，外语教学与研究出版社，1997。中文译本则有多种，郭沫若译本有泰东图书局 1922 年版、创造社出版部 1928 年版、人民文学出版社 1955 年版；罗牧译本，北新书局 1931 年版；陈韬译本，上海中学生书局 1934 年版；钱天佑译本，启明书局 1936 年版；侯浚吉译本，上海译文出版社 1982 年版；此处参见杨武能译《少年维特的烦恼》，见《少年维特的烦恼（外国中篇小说丛刊精华本）》，合肥，安徽文艺出版社 1991 年版，第 213—329 页。有关评论，请参见郭延礼：《近代西学与中国文学》，南昌，百花洲文艺出版社，2000 年。
　　④ 不过此诗为中英文对照，疑从英文译出。见莫世祥编：《马君武集（1900—1919）》，第 446—448 页。

眼见东方初日升，女儿声杳不可闻。
有如晚风吹野草，一去踪迹无处寻。

死者含哀目未暝，只今独余老阿明。
阿明早岁百战身既废，而今老矣谁复论婚姻！

海波奔泻涌千山，怒涛飞起落吾前。
此时阿明枯坐倚危石，独望沧暝一永叹。

又见斜月灼耀明，又见女儿踟躇行。
儿声唧唧共谁语？老眼模糊认不真。

女儿忽随明月去，不忆人间遗老父。
老父无言惟有愁，愁兮愁兮向谁诉？

风若有情呼我醒，风曰：露珠覆汝，
此非汝眠处。噫！吾命零丁复几时？
有如枯叶寄高枝。或者明日旅人从此过，
见我长卧海之湄。吁嗟乎！
海岸廖空木叶稠，阿明死骨无人收。①

而译诗的最后一段尤其能见出译者作为诗人是如何将中国传统诗词的各种形式巧妙加以运用，又能体现出异国风采的情韵。作为德国文学巨人的歌德，其名作颇多，但首屈一指的自然当推《浮士德》，而就现存所能接触到的译作来看，马君武只翻译了歌德的上述两首诗，一首选自《威廉·迈士特的学习时代》；一首选自《少年维特之烦恼》。篇幅均不甚大，且前者译自留日期间，后者译自留德期间。比较起马君武作为早期留德学人对歌德的推崇来看，似乎并不很相称；比较起马君武同时对于其他国家诗人的译介来看，也并非占到非常重要的地位，如他在留日期间还译有胡德的

---

① 原文为中英文对照，见莫世祥编：《马君武集（1900—1919）》，第446—448 页。

《缝衣歌》①、拜伦的《哀希腊歌》② 等。《少年维特之烦恼》篇幅不长，但对德国乃至整个世界的影响却是无比巨大，歌德的同代作家威廉·海因泽称：“这是一部绝好的作品，完全充满了力量，充满了生命，也包括他的全部力量，全部生命。他站在他青年时代的最高点，他青年时代的终极界限。”所以称歌德“是世界带来的最伟大的人；没有一个民族，古老的和新兴的，显现出这样一个奇迹：《少年维特之烦恼》”。③ 这一判断仅以中国的接受即可证明，该书的中文译本最早出自郭沫若之手，出版之后，风行一时，对“五四”新文化运动起到过推动作用。此书在文学上刻画细致，心理描写体贴入微，诗意盎然，艺术性甚高；在思想上则充分体现出时代精神，既真诚地道出青年一代的烦恼苦闷，又表达出对自然的热爱、对感情的向往、对全面发展人的本性的追求；而就知人论世而言，本书则为作者心血之作，带有自叙传的色彩，歌德自谓是“用自己的心血哺育出来的”。所有这一切，决定了此书的文学史地位，马君武选译其中片段，又一次显示了其文学判断力和眼光，原文甚长，估计马君武翻译所据英文本是节译，则又给他自我发挥留下了广阔的空间，与原文相对照，这首诗“翻译创造”的成分可能更大些④，原文中阿明哭的不仅是女儿，还有儿子，但到了马君武手里却简化成了女儿。不过，在我看来，这正是马君武译诗的特点，在他，主要还是有所寄托，借用杨武能先生的译文，且看阿明女儿的形象是如何的美丽，“我的女儿，你曾多么美丽！你美丽如悬挂在弗拉山岗上的皓月，洁白如天空飘下来的雪花，甜蜜如芳馨的空气！”⑤ 这种美丽的形象，正是马君武所需要寄托的。所以，值得关注的是，从留日到留德，期间跨度数年，马君武对歌德的兴趣一直保持，但很有特点，而这两首诗的含义，固然也涉及“家国情怀”，但最主要的还是抒写作为革命家的马君武的“侠骨柔情”，虽然早就“宝剑自磨生远志”（《感怀二首》，《文集》第 396 页），“男儿年少早投笔，莫向书

---

① 虎特（Thomas Hood, 1799—1845）今译胡德，英国诗人。

② 斐伦（Byron, 1788—1824）今译拜伦，英国诗人。

③ 高中甫：《歌德接受史 1773—1945》，北京，社会科学文献出版社，1993 年，第 9 页。

④ 关于马君武翻译的这段内容，请参见 Goethe：Die Leiden des jungen Werther. In Fritz Martini und Walter Müller-Seidel（hrsg.）：*Klassische Deutsche Dichtung. Band 1 Romane und Erzählungen.* S. 413 – 421。

⑤ 杨武能译《少年维特的烦恼》，收入《少年维特的烦恼（外国中篇小说丛刊精华本)》，第 317 页。

橱作蠹鱼"(《伊豆杂感》,《文集》第 401 页),但毕竟"去国离家人寂寞"(《伊豆杂感》,《文集》第 401 页),所以对于"劳动团中演说归,女郎争识拉沙儿。掷来玫瑰数千束"的热烈场景,怎能不感觉甚好,所以自得"今日花香真满衣"(《拉沙儿》,《文集》第 407 页)。毕竟,此时的马君武,不过 20 余岁,未及而立,热血青年的"侠骨柔情"完全是情理中事。"迷娘"、"阿明女儿"作为德国文学中的优美女性形象为他所选择而有所寄托,可谓一段佳话。① 但值得注意的是,马君武虽然重视歌德并加以译介,但歌德在其生命历程中并非占到"精神支柱"的至高无上地位,因为对于作为"辛苦造民国"的开国元勋马君武而言,其留学的目的相当明确:"亡命异域,所以报国者,在输进西欧文明。"② "而新文明之输入,实吾国图存之最先着。"③ 所以他的基本思路是要"发愿尽译世界名著于中国"④,所以他的译介活动,决不仅限于德国,更不会集中在歌德一人身上,就马君武译作来看,范围甚广,举凡卢梭的《民约论》、赫克尔的《一元哲学》、席勒的《威廉·退尔》⑤ 等均有。因此,马君武所代表的只是中国早期对于歌德的译介,还远谈不上系统与细致深入,更无论研究了。到了宗白华这一代则大有不同,不但译介颇有分量之作,研究也随之而行,杨牧更认为歌德"可以说是宗白华最坚固的精神支柱,一切艺术的标杆,哲学和美的最高准则"⑥。

---

① 早期中国对歌德的译介,鲁迅是一有力者,他称歌德为达尔文的先驱者,说:"虽然,不变之说,遂不足久餍学者之心也,十八世纪后叶,已多欲以自然释其疑问,于是有瞿提 (W. von Goethe) 起,建《形蜕论》。瞿提者,德之大诗人也,又邃于哲理,故其论虽凭理想以立言,不尽根于事实,而识见既博,思力复丰,则犁然知生物有相互之关系,其由来本于一原。"鲁迅《坟·人之历史》(1907 年),福建师大中文系编选:《鲁迅论外国文学》,北京,《外国文学出版社,1982 年,第 322 页。

② "《德华字典》序",见莫世祥编:《马君武集 (1900—1919)》,第 273 页。

③ "与高天梅书",见莫世祥编:《马君武集 (1900—1919)》,第 260 页。

④ "《民约论》译序",见莫世祥编:《马君武集 (1900—1919)》,第 300 页。

⑤ 马君武显然对于译介西学非常重视,既注意其译介的社会意义;同时也重视"译事"的精益求精。其《民约论》译序"一篇尤其表现出他的翻译观,其中也提到他所翻译的四部著作,即《物种由来》、《自由原理》、《社会学原理》与《民约论》,参见莫世祥编:《马君武集 (1900—1919)》,第 300 页。

⑥ 引自林同华:《宗白华美学思想研究》,沈阳,辽宁人民出版社,1987 年,第 229 页。

二、文化建国者的"精神支柱"——宗白华的歌德观

与马君武一样，宗白华并非是到了德国以后才接触到德国文化，他早在国内期间就接触到德语为媒介的德国文化，并且有相当深的德文造诣。虽然我认为，较早接触作为德国精神文化的重要媒介——德语，并进而触摸德国文化，应是相当部分留德学人选择留学德国的重要动因。马君武学习德语显然是留德之前的事，很可能是留学日本时，因日本大学将德语列为第一外语而得以有机会学习德语，并进而阅读德文书刊，接触德国文化；在宗白华，情况则颇为特殊，他早在 1913 年时即入青岛德国人所创办的高等学校青岛大学中学部修习德文，1914 年转学到上海同济医工学堂中学部二年级学习德文，1916 年升入同济大学预科同济医工学堂[1]，这意味着宗白华很早就接触并系统学习了作为工具的德文；宗白华在同济的学业显然不错，1918 年毕业之时，因成绩优秀，获学校奖励，奖品是康德《纯粹理性批判》一书，由此亦可见同济特色鲜明的德国色彩。这一接受教育的背景，对于宗白华来说，影响显然是相当明显的，他自称此期自己的口号就是"拿叔本华的眼睛看世界，拿歌德的精神做人"[2]，所列两位精神典范，都是德国学人。虽然此间宗白华的主要兴趣是思考世界和人生问题，努力学习哲学，发表关于叔本华的论文如《萧彭浩哲学大意》等，但文学仍在其关注的视野之中；歌德作为德国文学与思想的精神象征，被他当作"做人"的模范。1918 年 12 月 29日，他在参加"少年中国学会"筹备的学术谈话会上，即作关于《歌德与浮士德》的演讲。在我看来，宗白华此期的谈论歌德显然带着较为浓厚的"借他人酒杯浇自家心中块垒"的色彩。因为此期的宗白华正是一个不折不扣的文化建国者，他与一班志同道合的青年朋友们一起，要创造"少年中国"，要创造一个"新中国社会"，更想使"中国成为世界文

---

[1]　此处关于宗白华生平事迹，如无特别注明出处者，均采自林同华：《宗白华生平及著述年表》，见林同华主编：《宗白华全集》第 4 卷，第 670—755 页。

[2]　"我和诗"，写于 1923 年，刊于《文学》第 8 卷第 1 期，1937 年 1 月 1 日出版，后有修改，见林同华主编：《宗白华全集》第 2 卷，第 151 页。

化的中心点"①。在近代的中国,"救亡"与"启蒙"交相呼应,随着辛亥革命的成功,民国的建立,"救亡"暂时退出了历史舞台,而"启蒙"则伴随着留学生的归国成为了时代的主潮。从这个角度来理解宗白华对歌德的认识过程,可能更易体贴入微。

正是由于时代潮流的冲击和影响,宗白华自己在这一阶段也开始对中国社会与文化问题有系统的思考:

> 社会组织时时在迁流中,社会文化亦时时在变动中,社会如体,文化如衣,体态若变,衣形自更,所以自古以来没有长恒不变的社会组织,也没有永远守旧的社会文化。社会组织与社会文化都是人类体合自然环境而创造的,时代变迁了,环境改易了,社会的组织与文化都要革故呈新,才能适应,才能进化。譬如中国旧文化中有适宜于君主政体的。现在当然不能用了,有适应于闭关时代,现在更不能保存了。但是现在旧文化既有许多不适用的,新文化又未产生,于是,中国陷于文化恐慌状态,旧学术消沉,新学术未振,旧道德堕落,新道德未生,一切物质文化及政治状况、社会状况皆是一种不新不旧不中不西的形式,若长此以往,历时愈多,中国文化愈落愈甚,恐怕陷于不可恢复的境地。所以我们青年实负有创造中国新文化的责任……②

作为少年中国学会的重要会员,宗白华不但出任评议员,还在上海负责编辑出版该学会的刊物《少年中国》月刊。故此他此期思考的问题均与此有关,看看他这一阶段发表文章的题目,就可以看出他思考的问题:诸如《说人生观》、《我的创造"少年中国"的方法》、《说思想改革》、《为什么要爱国》、《理想少年中国之妇女》、《中国青年的奋斗生活与创造生活》等文章均可看出他既有入世的精神,又具哲学的思考。而德国作为他重要的思想资源,则常常被加以引用,我们这里仅就歌德略加论

---

① "我的创造少年中国的办法",见林同华主编:《宗白华全集》第1卷,第35、38页。
② "中国青年的奋斗生活与创造生活",原刊《少年中国》第1卷第5期,1919年11月15日出版,见林同华主编:《宗白华全集》第1卷,第99—100页。

述。当他谈到关于青年创造人格的意见时，说：

> 我记得德国诗人歌德（Goethe）有一句诗说："人类最高的幸福
> 就是人类的人格。"这话很有深意。但是，我以为"人类最高的幸
> 福在于时时创造更高的新人格。"①

在我看来，国人对于歌德的接受，其实与时代背景、文化潮流之变化息
息相关。宗白华②对于歌德的阅读与接受，如果能结合其所处的时代背
景去理解，则易于体贴入微。作为留学德国并从事西方美学研究的学者，
宗白华关注的范围显然是宽广的，仅就宗氏翻译的著作来看，康德、黑
格尔、莱辛、席勒等经典人物或有关他们的著作文章他都有所涉猎③，
但我仍倾向于赞同杨牧的基本判断，即歌德在宗白华的生命中占有非
同一般的位置。这从宗氏对歌德的译介也基本可以看出，在《宗白华
全集》第 4 卷中所收集的有关歌德的译文如下：《歌德诗三首》、《〈歌
德评传〉中歌德诗九首》、《单纯的自然描摹·式样·风格》、比学斯
基的《歌德论》、《席勒和歌德的三封通信》，而马尔苦赛的《悲剧世
界之变迁》也是论及歌德的。他自己所写关于歌德的文章则有《歌德
之人生启示》、《歌德的〈少年维特之烦恼〉》、《借〈浮士德〉中诗句
吊志摩》、《〈歌德之认识〉附言》、《歌德、释勒订交时讨论艺术家使

---

① "中国青年的奋斗生活与创造生活"，原刊《少年中国》第 1 卷第 5 期，1919 年 11 月
15 日出版，见林同华主编：《宗白华全集》第 1 卷，第 99 页。

② 宗白华（1897—1986 年），是中国现代史上卓有成就的美学家，是我国比较美学的拓荒
者之一，也是我国高等学校开设美学课程的第一人，著有《美学散步》、《美从何处寻》等重要美
学论文。他于 1920—1925 年赴德留学，先在法兰克福大学学习哲学、心理学、生物学；1921 年春
转往柏林大学学习美学与历史哲学，师从德国著名美学家、艺术学家 Dessoiz Bolschman 教授，哲
学家 Riehl 教授，此间，他还听过爱因斯坦教授的相对论课程。参见陈水根：《宗白华——学贯中
西，美学名家》，见姚公骞等主编：《中国百年留学精英传》第 3 册，南昌，百花洲文艺出版社，
1997 年，第 33—48 页。另关于宗白华生平，可参见邹士方：《宗白华评传》，香港，新闻出版社，
1989 年；王德胜：《宗白华评传》，北京，商务印书馆，2001 年。

③ 如康德《〈判断力批判〉上卷 审美判力的批判》、菲·巴生格《黑格尔的美学和普
遍人性》、莱辛《拉奥孔（介译）》、汉斯·玛耶的《席勒与民族》，分别见林同华主编：《宗白
华全集》第 4 卷，合肥，安徽教育出版社，1994 年，第 217—403 页，96—121 页，194—196
页，43—95 页。

命的信》、《〈歌德评传〉序》① 等。顾彬干脆认为："宗白华是出于对歌德的喜爱，听从王光祈的召唤来法兰克福的。"② 这里所揭示出宗白华留德的两个重要原因均值得注意，一是以歌德为代表的德国精神对于宗白华的吸引力；二是作为先驱者和倡导者的王光祈③的榜样与感召力。

早年编《时事新报·学灯》时，他就与田汉、郭沫若相约介绍歌德入中国。在他们三人通信后来结集的《三叶集》中，可以看出歌德也是一个主要话题和联系纽带。他在刚开始与郭沫若接触的信中就提到："我不久预备做一篇《德国诗人歌德（Goethe）的人生观与宇宙观》，想在这篇中说明诗人的宇宙观以 Pantheist 为最适宜。要请你帮忙，供给我些材料。"④

---

① 见林同华主编：《宗白华全集》第 2 卷，第 217—403 页，96—121 页，194—196 页，43—95 页。

② 顾彬：《美与虚——宗白华漫谈》，见叶朗主编：《美学的双峰——朱光潜、宗白华与中国现代美学》，合肥，安徽教育出版社，1999 年，第 379 页。亦见 Wolfgang Kubin："Zong Baihua（1896 – 1996）und sein aesthetisches Werk", in Christoph Kaderas, Meng Hong（Hrsg.）：*120 Jahre chinesische Studierende an deutschen Hochschulen*, 22 DAAD – Forum Studien, Berichte, Materialien. Bonn：Deutscher Akademischer Austauschdienst, 2000. S. 139 – 145。原书将宗白华打印为 Zhang Baihua，当为印刷错误，径改为 Zong Baihua。

③ 王光祈（1892—1936），早在五四时期就是风云一时的著名人物，少年中国学会和北京工读互助团的发起者。他于 1920 年作为《申报》、《时事新报》、《晨报》的特约驻德通讯记者赴德学习德文和政治经济学，1920 年赴德国留学，初入法兰克福大学攻读政治经济学，1923 年改学音乐，1927 年入柏林大学攻读音乐学，1934 年以《中国古代之歌剧》在波恩大学获博士学位。1936 年病逝于波恩。王光祈在德居留 16 年，为传播德国和西方音乐作出了重要贡献，撰著有《德国人之音乐生活》、《德国国民学校与唱歌》等专门介绍德国音乐著作，通俗易懂，富有情趣；他在其他关于西方音乐论著中，也均主要以德国音乐书籍为主要素材，重点介绍德国音乐学说及其技术理论。而居德的这 16 年，他的爱国之心始终不渝，其表现则为将中国文化介绍于西方，弘我中华经典文化精神。他致力于国乐史的研究和整理，并向西方介绍中国古乐，如用德文完成了其博士论文《中国古代之歌剧》，还著有《中国音乐史》、《东方民族之音乐》等书。王光祈自述著作的目的是要使中国音乐"侪于国际乐界而无愧"、保存"先民文化遗产"、引起"民族自觉之心"、陶铸"民族独立思想"、"使吾民族精神为之团结"。他曾经充满激情地说："吾将登昆仑之巅，吹黄钟之律，使中国人固有之音乐血液重新沸腾。"他在专业之外，还致力于中国现实政治外交问题的研究并有自己独到和深刻的见解。参见汪毓和：《中国近现代音乐家评传》上册近代部分，北京，文化艺术出版社，1992 年；陈平原、夏晓虹主编：《触摸历史——五四人物与现代中国》，广州，广州出版社，1999 年。

④ 《三叶集》，见林同华主编《宗白华全集》第 1 卷，第 230 页。

郭沫若回信以积极响应①，宗白华在后来的信中，亦不断提及此事，1920 年 1 月 30 日信云："你对于歌德的观念同我一样，所以我们的思路极相同，也不足怪了。我那篇《歌德宇宙观》极难下笔，我这里歌德的书又极少，我又没有详细地研究，精密地分析，将来只好就我自己所直感的写了出来，以待他人的校正罢了。"② 1920 年 1 月 7 日《致郭沫若信》说："我今天又偶然翻 Faust 来浏览，他那 Prolog im Himmel 真好极了。你愿意把它译出来么？可试验一下。若译了出来就好极了。我预备做的《歌德人生观与宇宙观》真不容易，还不晓得怎样下笔，我这里又没有什么书参考，全靠我的直觉，及在 Faust 同他的小传自传中搜集证据；所以能够做出一个什么东西，还不得而知呢？"③ 宗白华、郭沫若与田汉以歌德为中心的往来信件后来结为《三叶集》，成为一段文坛佳话。虽然，早年的宗白华对歌德已经颇为用心，但若要说到对歌德有比较深刻的认识和把握，还是与他去德国留学之后接触德国文化大有关系。

　　1920 年 7 月下旬，宗白华赴德留学，他选择了入法兰克福大学学习哲学、心理学、生物学。其中最重要的原因之一，就是此地为歌德之故乡。他瞻仰歌德故居，参观歌德博物馆和图书馆，与歌德有关的遗迹他都有兴趣。知人论世，宗白华的这一特点表露无遗。当然，他的生活并不仅仅为"歌德"所遮蔽，但无疑歌德是他此期的一个重要关注对象与精神朋友。我以为，就对歌德的认识和接受而言，"留学德国"这一经

---

　　① 　郭沫若在回信中对此点大加响应和发挥：……所以你要做的《德国诗人歌德底人生观与宇宙观》我真是以先睹为快的呢！歌德虽说不是个单纯的诗人，可是包围着他全人格的那个 Strahlenkranz 中，诗人底光彩是要占一最大部分的了。歌德底宇宙观和人生观我虽不曾加以精密的分析，具体的研究，可是我想他确是个 Pantheist，他是最崇拜 Spinoza 的。他早年（24 岁）的时候，无意之中，寻出了 Spinoza 底书来读了——书名他虽不曾说出来，想来自然是 Spionza 底 Ethica cum geometricum 了——他大大地欢喜；他说他再不曾感受过那种精神上的慰安和明快。这段事实叙述在他自叙传 Dichtung und Wahrheit 底第四部第 16 卷中。此书可惜弟处没有，不能把歌德自身的话写出来，真是抱歉。司皮诺志底 Ethik，我记得好像是 Hoffding 底《近代哲学史》底评语，说他是一部艺术的作品，是一部 Drama。我看他这句话正道着"诗人底宇宙观以 Pantheism 为最适宜"底反面。司皮诺志底 Pantheist，是不用说的。歌德受了司皮诺志感化，也是一种既明的事实。所以你意想中的歌德，和我意想中的歌德是相吻合的。只是我对于歌德底作品，许未曾加以详细的研究，精密的分析；有你的研究论文快要出现，可不令我快活欲死么？我想歌德底著作，我们宜尽量地多多地介绍，研究，因为他所处的时代——"胁迫时代"——同我们的时代很相近！我们应该受他的教训的地方很多呢！《三叶集》，见林同华主编《宗白华全集》第 1 卷，第 237—238 页。

　　② 　《三叶集》，见林同华主编《宗白华全集》第 1 卷，第 240 页。
　　③ 　《三叶集》，见林同华主编《宗白华全集》第 1 卷，第 241 页。

历对于宗白华颇为重要。虽然早在留德之前，宗白华就已经对歌德甚为佩服，留德之后的宗白华，对于歌德显然有了更深一层的体贴与理解，他以荷马的长歌启示希腊艺术文明幻美的人生与理想，以但丁的神曲来代表中古基督教文化心灵的生活与信仰，以莎士比亚剧本来表现文艺复兴时人民生活矛盾与权力意志，而在谈到作为新时代的近代时，他则毫不犹豫地说："所谓近代人生，则由伟大的歌德，以他的人格、生活，作品表现出它的特殊意义与内在的问题。"① 歌德精神之所以伟大，在于其人格的伟大；而宗白华对于歌德的研究之所以深刻而独树一帜，就在于他"这种强烈的歌德认同，不但在中国绝无仅有，比冯至和梁宗岱更彻底，即使在德意志日耳曼民族以外的欧洲人当中也不易多见"②。应该说，宗白华关于歌德的推介工作做得不少，对于像他这样一个擅长"述而不作"的学人来说，是少有的现象，从早年的译述绍介，到后来的留学德国，在课堂听讲之外，更辅之以实地游览，再到归国后的努力译介、大学开课、撰文研究等等，歌德几乎是宗白华生活的一个中心内容。宗白华在德国留学时，曾专门作过一组《题歌德像》的小诗：

（一）

你的一双大眼，
笼罩了全世界。
但是也隐隐的透出了
你婴孩的心。

（二）

诗中的境
仿佛似镜中的花，
镜花被戴了玻璃的清影，

---

① 《歌德之人生启示》，作者原注：1932 年 3 月为歌德百年忌日所写。原载天津《大公报》文学副刊第 220 至 222 期，1932 年 3 月 21 日、28 日、4 月 4 日出版，见林同华主编：《宗白华全集》第 2 卷，第 1—2 页。

② 杨牧：《〈美学的散步〉代序》，台湾：洪范书店，1981。转引自王德胜：《宗白华评传》，北京，商务印书馆，2001 年，第 99 页。

诗镜涵映了诗人的灵心。

（三）

高楼外
月照海上的层云，
仿佛是一盏孤灯临着地球的浓梦。
啊，自然底大梦啊！我羽衣飘飘，
愿乘着你浮入无尽空间的海。①

我以为这三首小诗，恰可用来做宗白华的歌德观的解释，即世界关怀、诗心童趣、一灯孤照。当然，必须指出的是，歌德的形象是非常复杂的，难以一言蔽之。宗白华自己就说"表面看来，没有一个整个的歌德而呈现无数歌德的图画"②，确实，歌德的形象极为复杂，伟大的人物从来就不是清晰可见的，历史的真相往往是因为了解得越多，而越加不敢断言。对于歌德这样的伟大人物更是如此，一部《歌德接受史》足以说明此问题。但就我个人理解，宗白华对于歌德的理解，大体以此期的基本判断为线索，形成了他日后歌德观的核心内容。

世界关怀与伟大人格。 歌德曾有一句著名的判断，即："民族文学在现代算不了很大的一回事，世界文学的时代已快来临了。"③ 其实，歌德的眼光并不局限于文学，他是一个有着广阔的世界关怀的伟人。而这种伟大人格，首先就在于歌德作品与人格的统一性，宗白华将歌德与但丁、莎士比亚作比较，认为他"不单是由作品里启示我们人生真相，尤其在他自己的人格与生活中表现了人生广大精微的义谛"④。宗白华对歌德的人生启示有一段概括：

---

① 原刊 1922 年 7 月 27 日《时事新报·学灯》，见林同华主编：《宗白华全集》第 1 卷，第 357—358 页。
② 《歌德之人生启示》，作者原注：1932 年 3 月为歌德百年忌日所写。原载天津《大公报》文学副刊第 220 至 222 期，1932 年 3 月 21 日、28 日、4 月 4 日出版，见林同华主编《宗白华全集》第 2 卷，第 3 页。
③ 〔德〕爱克曼辑录：《歌德谈话录》，朱光潜译，北京，人民文学出版社，1978 年，第113 页。
④ 《歌德之人生启示》，见林同华主编：《宗白华全集》第 2 卷，第 2 页。

歌德对人生的启示有几层意义，几种方面。就人类全体讲，他的人格与生活可谓极尽了人类的可能性。他同时是诗人、科学家、政治家、思想家，他也是近代泛神论信仰的一个伟大的代表。他表现了西方文明自强不息的精神，又同时具有东方乐天知命宁静致远的智慧。德国哲学家息默尔（Simmel）说："歌德的人生所以给我们以无穷兴奋与深沉的安慰，就是他只是一个人，他只是极尽了人性，但却如此伟大，使我们对人类感到有希望，鼓动我们努力向前做一个人。"我们可以说歌德是世界一扇明窗，我们由他窥见了人生生命永恒幽邃奇丽广大的天空！①

所以，宗白华希望能从两个方面去了解和理解歌德，一则从他的人格与生活，了解人生之意义；二则通过其文艺作品，欣赏人生真相之表现。应该说，这一判断，是切中底里的。把歌德作为人来理解，推崇他作为人类代表的杰出和榜样作用，所以歌德自然也就成为了宗白华一生努力向学的"精神支柱"；而将歌德比作是世界明窗，则充分体现了具有终极意义的"世界关怀"，宗白华自己曾作过一首小诗《世界的花》，可与之相互印证：

> 世界的花
> 我怎忍采撷你？
> 世界的花
> 我又忍不住要采得你！
> 想想我怎能舍得你，
> 我不如一片灵魂化作你！（《全集》1 卷 403 页）

这种浓厚的世界意识，在宗白华那里，并不罕见，"我只有一颗心，心里深藏着一个世界"（《感谢》，《全集》1 卷 423 页），"落日的朦胧中，我与宇宙为一"（《流云》（宇宙），《全集》1 卷第 418 页），"无限的世界/无限的人生/从我心头流过了"（《听琴》，《全集》1 卷第 414 页）。而对

---

① 《歌德之人生启示》，作者原注：1932 年 3 月为歌德百年忌日所写。原载天津《大公报》文学副刊第 220 至 222 期，1932 年 3 月 21 日、28 日、4 月 4 日出版，见林同华主编：《宗白华全集》第 2 卷，第 1—2 页。

歌德这种"伟大人格与世界关怀"的理解与欣赏，显然也使得宗白华的人生气象有了不凡的征兆。

诗心童趣与生命价值。作为一个伟大的诗人，歌德是如何评论诗歌的呢？"诗是人类的共同财产。诗随时地由成百上千的人创作出来。这个诗人比那个诗人写得好一点，在水面上浮游得久一点，不过如此罢了。"① 在他看来，写诗其实是件普通的事，根本没什么值得骄傲的。确实，诗应当是为大众的，只是作为人的性灵的自然的抒发，用歌德的诗来说就是"人类孩儿最高的幸福／就是他的人格！"儿童是最为天真纯洁的，他们的心灵、他们的感情、他们的笑容……是一切中最自然的东西，不沾染半点杂质，这就是儿童的人格！而歌德的可贵，就是在他的身上一直保存了这种如孩儿般的"诗心童趣"，一种诗意的真诚，一种天真的爱心，一种纯洁的理念。在宗白华看来，歌德"一切诗歌的源泉，就是他那鲜艳活泼，如火如荼的生命本体。而他诗歌的效用与目的却是他那流动追求的生命中所产生的矛盾苦痛之解脱。他的诗，一方面是他生命的表白，自然的流露，灵魂的呼喊，苦闷的象征。他像鸟儿在叫，泉水在流。他说：'不是我作诗，是诗在我心中歌唱。'"② 这样的境界，有几人能得之。与其说是歌德在作诗，不如说是诗从他心中溢出。说歌德身上所映射出的"诗心童趣"，其实表彰的是他"纯"的特点。这种"纯"最难得的是从少年一直到老年，歌德始终如一；而这种"诗心童趣"的表面纯真的背后，则是歌德始终恒定的对生命价值的肯定，宗白华由读歌德的《自然赞歌》而开发出歌德"崇拜真实生命的态度"，揭示出"歌德这时的生命情绪完全是沉浸于理性精神之下层的永恒活跃的生命本题"。他引用歌德的话说："各种生活皆可以过，只要不失去了自己"。这话极为精辟，保持自我、肯定生命价值，这可以说是歌德之为伟人的一个重要因素，宗白华对此亦有极深的领会，他解释道："歌德之所以敢于全心倾注于任何一种人生方面，尽量发挥，以致有伟大的成就，就是因为他自知不会完全失去了自己，他能在紧要关头逃走退回他自己的中心。这是歌德一生生

---

① 〔德〕爱克曼辑录：《歌德谈话录》，朱光潜译，北京，人民文学出版社，1978 年，第 113 页。

② 《歌德之人生启示》，见林同华主编：《宗白华全集》第 2 卷，第 16 页。

活的最大的秘密。"① 他同时还通过歌德的人生经历，总结出生命的若干规律，认为："生命片面的努力伸张反而要使生命受阻碍，所以生命同时要求秩序、形式、定律、轨道。生命要谦虚、克制、收缩，遵循那支配万有主持一切的定律，然后才能完成，才能使生命有形式，而形式在生命之中。"② 对于歌德"诗心童趣与生命价值"的开掘，显然使得宗白华对于生命的意义和人生的选择有了更多更广阔的理解。

一灯孤照与追求不止。伟大的人往往孤独，走在时代前列的人也多半如此，在歌德，当然也不例外。虽然他也曾有过如席勒那样的挚友，但毕竟这样的友谊太少了，所以更值得珍惜。先知先觉往往只能是极少数，在他们为世界、为人类开创光明未来的同时，则注定要饱尝常人难以忍受的艰难困苦。歌德这样伟大的人物就更是如此：

> ……歌德是饱尝此苦的了。他在他的伟大禀赋的重担之下也受尽苦痛。他非常灵敏的感觉，加之以他正直的胸襟，心地的纯洁与良善，使他格外感到世界中的错误、龌龊与一切的苦痛。他强烈的想象力使他无中生有地幻想着仇敌与黑暗。他高度的热情更加重他每种不愉快的状况至于不能忍受。他暴躁地反对别人同自己，但等到他不久发现了是自己的错误时，则又燃烧着追悔的懊恼……

但作为一个伟大的人物，歌德显然具有着伟大的与常人有异的个性，那就是"每种希求达到满足时他立即再往前追求着其他新鲜的"，即便是在这种极端的痛苦中，歌德仍然努力奋斗与追求不止。这种永不满足的个性，自然让人联想起浮士德，认为他的一生"很像浮士德，在生活进程中获得苦痛与快乐，但没有一个时辰可以使他真正满足"。③ 确实，歌德最大的特点就是不断地变，不断地有新的想法，不断地进行新的追求，从莱比锡大学身心破产后逃回故乡，从各个情人身边数次逃脱，从魏玛的官位上转到意大利去私人旅游，从意大利又回德国，从文学入政治又从政治入科学，从西方到东方……这不断地变化，其实是在"不断经历

---

① 《歌德之人生启示》，见林同华主编：《宗白华全集》第 2 卷，第 5—7 页。
② 《歌德之人生启示》，见林同华主编：《宗白华全集》第 2 卷，第 9 页。
③ 比学斯基《歌德论》，见林同华主编：《宗白华全集》第 4 卷，第 32、33 页。

着各式各样人生形态的过程中重新发现着自己"①，宗白华很能理解歌
德，说"歌德无往而不负心"是因为"他若不负心，他不能尝遍全人生
的各境地，完成一个最人性的人格"。浮士德的形象，则可作为歌德最好
的镜像；浮士德临终前的留言意味着歌德生活的意义："在前进中他获得
苦痛与幸福，他这没有一瞬间能满足的"；而天使们的歌咏则表明了歌德
作为伟人追求不止的价值："惟有不断的努力者／我们可以解脱之！"② 宗
白华对歌德的解读，确实很难把握住歌德思想的精髓，也就难怪他日后
以歌德为"精神支柱"，走过他悠悠岁月的"寻美人生"。

三、救亡与沉潜——西南联大时代冯至、 陈铨对歌德的诠释

现代中国似乎一直摆不脱"救亡与启蒙"的双重变奏，当 20 世纪
30 年代中国正逐渐步入沉潜的建设期，满以为可以进行踏实的工作了，
却旋即于 1937 年爆发了一场关系中华民族生死存亡的"抗日战争"。
"救亡"又一次压倒了"启蒙"。在这样的时代背景下，以陈铨③、雷海
宗、林同济等人为核心的战国策派应时崛起，正是顺应了这样的潮流，
《战国策》的代发刊词即宣告其宗旨：

> 本社同人，鉴于国势危殆，非提倡及研讨战国时代之"大政
> 治"（High Politics）无以自存自强，而"大政治"例循"唯实政
> 治"（Realpolitik）及"尚力政治"（Power Politics）。"大政治"而
> 发生作用，端赖实际政治之阐发，与乎"力"之组织，"力"之驯
> 服，"力"之运用。本刊有如一"交响曲"（Symphony），以"大政
> 治"为"力母题"（Leitmotif），抱定非红非白，非左非右，民族至
> 上，国家至上之主旨，向吾国在世界大政治角逐中取得胜利之途迈

---

① 王德胜：《宗白华评传》，北京，商务印书馆，2001 年，第 87 页。

② 《歌德之人生启示》，见林同华主编：《宗白华全集》第 2 卷，第 10、13 页。

③ 陈铨（1903—1969），字涛西，四川富顺人，早年就读清华，后留学美国、德国，回国
后历任清华大学、武汉大学教授。陈铨是中国现代文化史上"战国策派"的代表人物之一；也
是著名的德语文学学者，其《中德文学研究》专门研究中国文学从 1763 年（即《中国详志》
出版年）以来一百多年间，在德国被翻译、介绍，以及对德国文学影响情况。著作内容翔实，
尤其是作为具体研究中国文学与德国文学相互关系的研究专著，可谓是有"开创性贡献"。

进。此中一切政论及其他文艺哲学作品，要不离此旨。①

在这样的指导思想之下来援引德国，首先进入视界的自然是叔本华、尼采这样的人物，但狂飙时代仍然受到陈铨的重视。而对于作为德国精神象征的歌德，陈铨自然也有独家的诠释方式。在他的心目中，"歌德是'世界诗人'，他的眼光常常都注意全人类的发展，他问题的对象，是整个世界人生。"他强调歌德与席勒的不同，认为相比之下："席勒是'民族诗人'，他的作品，比较多含地方性，他充分发挥德国民族精神，他有德国民族性格一切伟大的特点。"② 作为西南联大德文教授的陈铨，如此诠释歌德，自然有其独特的时代背景，首先离不开的自然是特殊历史情境之中的"西南联大"。

西南联大的历史其实很有值得开掘之处，姚丹即提出"西南联大精神传统"这一概念，强调联大知识分子乃是以文化创造和文化传播为自己的主要历史使命和精神传统③，确是此论。陈寅恪④的有关论述则被取来作为例证，因为其有关"救国经世，尤必以精神之学问（谓形而上之学）为根基"⑤ 的论述，确实蕴涵着极为精辟的见地，并进而发展成自家的文化观："考自古世局之转移，往往起于前人一时学术趋向之细微。迨至后来，遂若惊雷破柱，怒涛振海之不可御遏。"⑥ 1938 年至 1945 年间，当抗战风云起伏激荡、书生都要"投笔从戎"的"国家危急存亡"

---

① "本刊启事（代发刊词）"，见《战国策》第 2 期，第 1 页。

② 陈铨："狂飙时代的席勒"，见《战国策》第 14 期，1940 年 12 月 1 日，第 37 页。

③ 姚丹：《西南联大历史情境中的文学活动》，桂林，广西师范大学出版社，2000 年，第 22 页。

④ 陈寅恪（1890—1969），是中国著名的历史学家。其生平可参见蒋天枢：《陈寅恪编年事辑增订本》，上海，上海古籍出版社，1997 年；汪荣祖：《陈寅恪评传》，南昌，百花洲文艺出版社，1992 年；陆键东：《陈寅恪的最后二十年》，北京，生活·读书·新知三联书店，1995 年。关于作为留德学人的陈寅恪，可参见陈正宏：《陈寅恪先生与德国》，见《德国研究》1997 年第 3 期；叶隽：《留德学人与德国之一——陈寅恪》，见《德语学习》2000 年第 2 期，叶隽：《陈寅恪的留学经济帐》，见《神州学人》2002 年第 6 期。

⑤ 《雨僧日记：一九一九年十二月十四日记陈寅恪论中、西、印文化》，转引自刘桂生、张步洲编：《陈寅恪学术文化随笔》，北京，中国青年出版社，1996 年。

⑥ "朱延丰突厥通考序"，见陈寅恪：《陈寅恪集·寒柳堂集》北京，生活·读书·新知三联书店，2001 年，第 163 页。

之刻，陈寅恪却多次在诗文中提及"渡江愍度"或"江东旧义"①，坚守"无用之学"，这种略显迂腐的执着，其实有着他作为学人的独立判断。姚丹总结为：

> 正是基于对文化创造意义的如此深刻而自信的确认，即使在抗战大潮面前，要不要在"文章下乡，作家入伍"等诸种"新义"面前急急表态，还是沉潜于文化创造之中，以个人的涓滴之贡献，最终汇成文化创造的大潮，使这大潮成为民族复兴的前导，成为一种根本性的推动力，他的选择是不言自明的。至此，陈氏的选择与顾炎武对文化的判定遥相呼应，在遗民传统的熏炙中，在南渡情绪的纠葛中，真正地完成了自我定位。②

但值得指出的是，在今天看来，固守"精神事业"当然是了不起的魄力和定力，可若换了当时的历史情境，"文章下乡"这样的新义却更让人觉得热血沸腾，大有"我以我血荐轩辕"的豪情壮志。视角不同，思路和选择都会有所区别，历史关键点需要的是热情如火的救亡行动，而文化转型期更期待着理性冷静的沉潜反思。我们今天对陈寅恪多半是报着"高山仰止"的心情，但这种理性判断后的推崇，并不意味着对其他行为方式的否定。同样是留德学人，贺麟③却在"九·一八"之后撰《德国三大哲人处国难时的态度》，强调的则是"当1806年秋天，拿破仑重兵压德境，普鲁士兵一败涂地时，德国的大文豪歌德，大哲学家黑格尔、费希特的遭遇及他们处国难时彼此不同的态度"，其目的则在于要揭示出

---

① 关于"渡江愍度"的故事，陈寅恪在《陈垣明季滇黔佛教考序》一文中引述道："晋永嘉之乱，支愍度始欲过江，与一伧道人为侣。谋曰，用旧义往江东，恐不办得食，便共立心无义。既而此道人不成渡，愍度果讲义积年。后此道人寄语愍度云，心无义那可立，治此计，权救饥耳。无为遂负如来也。"之后则不无自豪地称："先生（指陈垣）讲学著书于东北风尘之际，寅恪入城乞食于西南天地之间，南北相望，幸俱未树新义，以负如来"。见《陈寅恪集·金明馆丛稿二编》，北京，生活·读书·新知三联书店2001年版，第273页。

② 姚丹：《西南联大历史情境中的文学活动》，第24页。

③ 贺麟（1902—1992）是著名的德国哲学研究专家，以研究黑格尔知名，曾任北京大学教授。关于贺麟的生平，请参见王思隽、李肃东：《贺麟评传》，南昌，百花洲文艺出版社，1995年；关于作为留德学人的贺麟，可参见叶隽：《留德学人与德国之八——贺麟》，见《德语学习》2001年第3期。

"由于性情思想的不同，他们三大哲人所以对于爱国主义有不同表现"。①这种现实作用极强的"论题选择"，反映出作者非常明确的自家意识和文化理念。在我看来，这些都不难理解，即便是坚守学术的陈寅恪在"九·一八"之后的反应也相当激烈，在给胡适的信中说："以四十春悠久之岁月，至今日仅赢得一'不抵抗'主义。诵尊作既竟，不知涕泪之何从也。"②而贺麟虽然正是因了"救亡"的背景，而作《德国三大哲人处国难时的态度》，但却并非仅仅是将此作为"宣传的号角"，他自己在成书之前作序指出："此篇之作虽系由于国难当前有所激发而成，而主旨却在于客观地描述诸哲之性情生活学说大旨。希望此书不仅是激励爱国思想一时的兴奋剂，而且可以引起我辈青年们尚友千古，资以求学与修养的良伴与指针。"③ 由此可见，学人的选择并非单纯，其表现在外的"救亡"时的"热情慷慨"与"沉潜"的"不问世事"都不是其全面的形象，正如陈平原先生说"大学者一般都不会将视野封闭在讲台或书斋，也不可能没有独立的政治见解，差别在于发为文章抑或压在纸背"④，这确实是知人论世的"同情之理解"。其实，并不仅仅是大学者而已，真的有见识、有作为的大知识分子都是如此。只有如此接通与国家、民族、社会现实的血脉，才可能充足底气，独上高楼。

在这样的时代背景与全面理解下，我们来讨论西南联大时期陈铨与冯至对歌德的认知，就有着特别的意义。陈铨本由清华派赴美国留学，因向往德国文学（Germanistik），乃于 1930 年 9 月争取到清华之批准，将留美三年节余下的官费用于赴德深造。他到德国后入基尔大学（Universität Kiel），此校在德国北部东海海滨的基尔市，建于 1665 年，是德国最古老的大学之一，马克斯·普朗克（Max Planck）等曾在此任教，有 6 名学生为诺贝尔奖获得者。他选择的主科是德国文学，辅科是英文和哲学，总共在德三年半时间，但其博士论文却是转到柏林大学完成的，这就是后来中国比较文学的开拓性著作之一——《中德文学研究》。此书专门研究中国文学从 1763 年（即《中国详志》出版年）以来

---

① 贺麟：《德国三大哲人歌德、黑格尔、费希特的爱国主义》，北京，商务印书馆，1989年，引言第 1 页。
② 《陈寅恪集·书信集》，北京，生活·读书·新知三联书店，2001 年，第 137 页。
③ 贺麟：《德国三大哲人歌德、黑格尔、费希特的爱国主义》原序，第 1 页。
④ 陈平原：《中国现代学术之建立》，第 15 页。

一百多年间，在德国被翻译、介绍，以及对德国文学的影响情况。著作内容翔实，尤其是作为具体研究中国文学与德国文学相互关系的研究专著，确实可谓是有"开创性贡献"。值得注意的是，所谓物以类聚，人以群分，陈铨在德留学期间，来往较多的是冯至、姚可昆夫妇、贺麟等人，后来也都是一代名家。同为40年代西南联大德文教授的陈铨与冯至，早在留德期间就是有所交往的朋友关系。但有意思的是，陈冯二人虽同为西南联大的德文教授，且都有留德多年的经历，甚至共同的文学爱好与兴趣，但在时代澎湃的浪潮下所选择的路向却仍然有所区别。虽然，冯至也在《战国策》上发过文章①，但其基本思路显然并不认同战国策派，他更多的还是走着一条孤独的、属于自己存在之思的道路。

陈铨借用德国的思想文化先哲之精神来激发民族意志，以《战国策》杂志为阵地，以个案为中心，发表多篇文章，如讨论尼采的：《尼采与近代历史教育》、《尼采的政治思想》、《尼采的道德观念》、《尼采与红楼梦》等，如其他关于德国的：《五四运动与狂飙运动》、《狂飙时代的德国文学》、《浮士德精神》等，其他还有《论英雄崇拜》、《民族文学运动》、《盛世文学与末世文学》②等。借用尼采来批判传统文化之惰性因素，推崇尼采崇尚勇敢的强力意志（der Wille zur Macht）和不断进取的人生观，目的是要有敢于面对国家巨大灾难的勇气，振兴民族、拯救国家。这种思路当然有明显的为我所用的一面，并且也过于夸大精神的作用，但在当时国家危难的大背景下，作为知识分子进行文化思考，并化之为行动，以期达到改造庸众、振兴民族的目的，其主观动机殊为可嘉。

对于专业从事日耳曼文学研究的陈铨来说，歌德一点都不陌生。在他著名的比较文学专著《中德文学研究》里，歌德可能是他着墨最多的一个个案，在其主体三章"小说"、"戏剧"、"抒情诗"中均对歌德给以专节论述，有的甚至不止一节③。而在他所列举的参考书目中，也有歌

① 参见冯至："一个对于时代的批评"，载《战国策》第17期，1941年7月20日。据我查阅，这是冯至在《战国策》上发表的唯一一篇文章。

② 温儒敏、丁晓萍编：《时代之波——战国策派文化论著辑要》，北京，中国广播电视出版社，1995年版，目录。

③ 略举其节名："歌德与中国小说"、"对于歌德所读小说译本和原文的评价"、"歌德与中国戏剧"、"歌德与中国抒情诗"等，见陈铨：《中德文学研究》，沈阳，辽宁教育出版社，1997年，目录。

德的书信、日记①，可见，歌德对于陈铨来说是相当熟悉的一个研究对象。但到了西南联大时代，陈铨突出强调的却是另一个歌德，即"狂飙时代的歌德"②与"浮士德的精神"③，因为在陈铨心目中，"浮士德的精神，就是狂飙时代的精神"④，这两者的结合，就是西南联大时代陈铨的"歌德观"，因为"歌德从浮士德的口中，说出他自己灵魂的状况，描写这一个新时代的精神"⑤，而陈铨对浮士德精神的概括，大约为以下五端：对世界人生永不满意、不断努力奋斗、不顾一切、感情激烈、浪漫。用诗意的语言来描述，就是：

> 歌德的浮士德的态度，就是浪漫主义者的态度，——他有无穷的理想，内心的悲哀，永远的追求，热烈的情感，不顾一切的勇气。⑥

---

① Goethe：Tagebücher, Briefe, Elpenor, Chinesisches, Chinesisch-Deutsche Jahres-und Tageszeitten. 见陈铨：《中德文学研究》第 136 页。

② "狂飙时代的歌德"，见《战国副刊》第 31 期，重庆《大公报》1942 年 7 月 1 日。

③ "浮士德的精神"，见《战国策》第 1 期，1940 年 4 月 1 日。

④ 关于这一问题，即"拿狂飙时代的浮士德来作歌德全部浮士德精神的论据"，有很多的辩论。陈铨自己也意识到这一点，即古典主义和狂飙时代的歌德，在思想上是显然有差异的，但他强调"歌德的主张，和他文学的形式虽然有变迁，歌德的人格个性，始终是一致。不但在浮士德上部中间是如此，就是在一八三二年完成的浮士德下部中间，也是如此。所以浮士德的统一性，不应当在形式字句间去找寻，应当在歌德人格个性上去探讨。狂飙时代，是歌德精神借浮士德精神而作的最初表现，应当是后来浮士德精神一切表现的根据。"应当说，陈铨的这一基本判断是很敏锐的，以歌德的人格个性为入口处，是把握歌德精神的一条很好的线索。见陈铨：《狂飙时代的德国文学》，载《战国策》第 13 期，1940 年 10 月 11 日，引自温儒敏、丁晓萍编：《时代之波——战国策派文化论著辑要》，北京，中国广播电视出版社，1995 年，第 358，362—363 页。另从大背景上来看，这一论争并非多余，因为"19 世纪后半叶，有一部分研究《浮士德》的人，不视《浮士德》系一整体，而分成片段，并蓄意在其中发现矛盾，虽一代大师如色勒（Scherer）者亦不免此迂曲之见。其实《浮士德》全书自始至终具有一贯的精神与一致的结构，海岱山（Heidelberg）大学哲学教授梨克特（Rickert）在其 1932 年出版的《歌德的浮士德》一书对此发挥尽致。"见《〈浮士德〉里的魔》，见《冯至全集》第八卷《论歌德》《冯至学术论著自选集》，石家庄，河北教育出版社，1999 年，第 25 页。

关于《浮士德》的创作问题，也可参见〔苏〕阿尼克斯特：《歌德与〈浮士德〉——从构思到完成》，晨曦译，北京，生活·读书·新知三联书店，1986 年。

⑤ "浮士德的精神"，见温儒敏、丁晓萍编：《时代之波——战国策派文化论著辑要》，第 362 页。

⑥ "浮士德的精神"，见温儒敏、丁晓萍编：《时代之波——战国策派文化论著辑要》，第 363—366 页。

但所有这些解释，归根结底，还是要来解决中国的当下问题，所以陈铨自然就要在批判中国传统的"乐天安命"思想之后，来强调"与时俱进"的必要性，因为这"知足常乐"的想法"在从前闭关自守的农业社会，外无强邻，还有相当的价值"，可一旦处于当今"生存剧烈竞争的时代，不改变这种态度，前途只有暗淡不堪"，所以他一方面认为"奋斗努力，不顾一切，也不是中国的理想"，但却承认它正是"目前最需要的精神"；而在感情方面，"浪漫主义者无限的追求，更可予我们静观的哲学以根本纠正"①。最后他得出结论说：

> 总起来说，浮士德的精神是动的，中国人的精神是静的，浮士德的精神是前进的，中国人的精神是保守的。假如中国人不采取这一个新的人生观，不改变从前满足、懒惰、懦弱、虚伪、安静的习惯，就把全盘的西洋物质建设，政治组织，军事训练搬过来，前途怕也属有限。况且缺乏这个内心的新精神，想要搬过西洋外表的一切，终究搬也不过来！②

显然，陈铨的用意很明确，在这样的一个"战国时代"，需要的是将浮士德精神的引入，是一种全新的"人生观"，这在本文的末尾得到最好的印证，他留下了一个美好的想象，说："在歌德浮士德的结尾，浮士德被救了，天使们把浮士德的灵魂欢迎到天上去。"紧接着就问："我们可能变成浮士德，来受天使的欢迎？"实际上他问的则是，在这样一个弱肉强食、生存竞争的"战国时代"，我们中华民族能否延续数千年文明之命脉，获得"凤凰涅槃"般的新生，用他自己的话来说就是："中华民族怎样还可在这一个战国的时代，演出伟大的光荣一幕！"③

　　无独有偶，同样是在1940年前后，同样是在昆明的西南联合大学，同样是一位曾经在莱茵河畔徜徉的学人，同样是专治日耳曼文学的研究者，另一颗心也与歌德——这位德意志的精神灵魂相接近乃至产生碰撞。

---

①　"浮士德的精神"，见温儒敏、丁晓萍编：《时代之波——战国策派文化论著辑要》，第366—367页。

②　"浮士德的精神"，见温儒敏、丁晓萍编：《时代之波——战国策派文化论著辑要》，第367页。

③　"浮士德的精神"，见温儒敏、丁晓萍编：《时代之波——战国策派文化论著辑要》，第367页。

冯至是这样回忆他开始歌德研究的过程的：

> 从 1939 年 7 月起，我在昆明西南联合大学教书。为了躲避敌人的空袭，我住在昆明东北郊金殿后被称为杨家山的一座茅屋里，周围二十里是茂盛的松林。也是为了避免敌机的骚扰，学校上课的时间都排在晚间和清晨。我常常傍晚进城，第二天早晨下课后背着背包上山。背包里总装有两种东西，一是在菜市买的蔬菜，一是从学校图书馆借来的书籍。书籍中最沉重的是德国科塔出版社为纪念1806 年起始出版歌德著作 100 周年由封·德·赫伦（E. von de Hellen）主编的《歌德全集》。全集共 40 本，我根据需要有选择地轮换借阅，比较认真读过的只是很少的一部分。同时我自己有岛屿出版社的袖珍本《歌德书信日记选》、爱克曼《歌德谈话录》等等，这几本书因为便于携带，在战乱中没有遗失，从上海一直带到昆明。它们对于了解歌德和歌德的作品很有帮助。①

其实冯至由于学德国文学，对歌德早有接触。在德国留学时，他曾用140 马克买了一部歌德全集——这在歌德文献中算是数第二的版本，共41 册。他还认为歌德对德国文学意义重大，没有歌德，恐怕就没有德国文学。1932 年 11 月 17 日在致杨晦的信中说："……我数月以来，专心Goethe。我读他的书，仿佛坐在黑暗里望光明一般。他老年的诗是那样地深沉，充满了智慧。"② 此时冯至虽对歌德产生尊敬和兴趣，但其主要

---

① 冯至："'论歌德'的回顾、说明和补充——《论歌德》代序"，1985 年 4 月，见《冯至全集》第八卷《论歌德》《冯至学术论著自选集》第 4 页。亦见冯至：《冯至学术论著自选集》，北京，北京师范学院出版社，1992 年，第 376 页。二者略有出入，从前者。

② 值得注意的是，冯至下面接着就说："但是我不敢谈他：因为现在国内是那样乌烟瘴气地纪念他，我个人，一方面应当谦虚，一方面应当自爱。"这表现出冯至对当时国内纪念歌德活动的不满。1932 年 11 月 17 日致杨晦，见《冯至全集》第十二卷《书信、自传、年谱》，石家庄，河北教育出版社，1999 年，第 137 页。1932 年是歌德逝世 100 周年，北平、上海、广州等地以各种方式如出专刊、开纪念会和编文集来纪念歌德。参见杨武能：《歌德与中国》，第121—124 页。有代表性的文集如周冰若、宗白华编：《歌德之认识》，南京，钟山书局，1933年，其编者前言对当时各大报刊的纪念特刊、副刊的文章有一系统的目录性梳理，所涉及者包括"德华日报附出之葛德纪念特刊"、"大公报文学副刊"、"北平晨报之葛德逝世百周年纪念号"、"鞭策周刊"、"清华周刊"、"新时代月刊"、"读书杂志"、"小说月报"、"现代月刊"等，还有张月超的《歌德评传》。

精力和兴奋点仍在里尔克身上，所谓"充溢于笔端的仍然是里尔克"①，这究竟是和当时的环境、背景大有关系的。彼时的宁静生活对冯至而言更需要的是里尔克那种对存在之探索穷究；而国家社会大动荡时期的波澜壮阔，则更需要歌德式的博大胸怀。这或许正是为什么即便在颠沛流离的逃亡生活中，冯至也要带着《歌德谈话录》、《歌德书信日记选》的原因所在吧！他自己后来也回顾当时自己的思想状况：

> 我不懂得用辩证唯物主义和历史唯物主义研究和分析问题，多半是从学校里、社会上进步人士中间吸取新的营养，此外就是古代的、现代的诗人和作家的著作里（如杜甫陆游的诗、鲁迅的杂文、歌德的《浮士德》等）得到不少精神上的支持和鼓励。②

冯至不爱交游，虽然能从一些密友如杨晦、良师如鲁迅处得到一些指点和帮助，都毕竟不能算是可以时刻依靠的，对他这样的知识分子而言，读书自然是最重要的力量源泉。从此段话中我们也可以看出，对他能有"精神上的支持和鼓励"的，不仅是杜甫诗史和歌德精神，还有陆游的爱国豪情与鲁迅的韧性斗志。但我们这里仍然集中讨论歌德，同陈铨一样，冯至明确提到了《浮士德》的重要作用。为什么读《浮士德》，为什么能从浮士德那里得到精神的支持和鼓励？

这就要谈到当时的时代背景，抗战军兴，对整个国家民族都是大事，国家兴亡，匹夫有责；全民抗战，义不容辞。但就是在这样的艰难背景下，虽然有"爱国人士、抗日英雄创造出许多可歌可泣的感人事迹"，但"贪污行贿、鱼肉人民、穷奢极欲的败类更是肆意横行"，而国民党则不顾大局，"处处制造分裂"，甚至"战争失利的消息频频传来，本应增强大家的信心，克服困难，争取转败为胜，可是悲观的、虚无主义的论调应运而生，在一部分人中间散布着、蔓延着，给抗日战争唱反调"。在这种"光明与黑暗的对立日益明显地呈现"③的时候，有着正义感和

---

① 周棉：《冯至传》，第 152 页。

② 冯至："'论歌德'的回顾、说明和补充——《论歌德》代序"，见《冯至学术论著自选集》，第 376 页。

③ 冯至："'论歌德'的回顾、说明和补充——《论歌德》代序"，见《冯至学术论著自选集》，第 378 页。

良知的知识分子如冯至自然有强烈的内心冲突与矛盾，精神上很难不陷于困境之中，如何突围，自然要寻求精神上和思想上的援兵。所以他读《浮士德》：

> 那时我读《浮士德》，把它看作是一部肯定精神与否定精神斗争的历史。歌德把文艺复兴时期一部魔鬼战胜浮士德的传说颠倒过来，使奋斗终生的浮士德在百岁高龄虽不免于死亡，最后还是宣告了虚无主义者魔鬼的失败。我反复诵读浮士德的独白和浮士德与魔鬼的对话，受益很深。①

可见在冯至心目中，浮士德成为正义的象征，而魔鬼正代表了邪恶势力。他曾用"天行健，君子以自强不息"②来概括浮士德的一生，在某种意义上，这未尝不可看作是他自己的"夫子自喻"，在艰难的环境中求生存，而又不泯灭对正义的向往和追求，冯至坚守的正是"君子"这条底线。但冯至并没有将正义与邪恶绝对地对立起来，他认识到："代表'恶'与否定精神的魔鬼并不是一无是处，他随时都起着刺激'善'更为积极努力的作用。"③可与陈铨不同的是，冯至更着力于从文本的细读入手，他自己也说过"歌德青年时期的诗和小说，我青年时曾以极大的热情读过"，虽然"进入中年，对往日的爱好不想再过问了"④，但这说明冯至是有着相当充裕的文本阅读经验来阐释与理解"浮士德"的，从他议论"浮士德"的入手点也可以看出，他着手的往往是比较小的口子，如"魔"、如"人造人"等。但可以从冯至在论文后的注释中看出，他不但仔细阅读文本，而且参阅了相关资料乃至研究专著，所可列举者，诸如歌德席勒的通信、歌德与爱克曼的谈话、《歌德论自著之浮士德》、《诗与真》，乃至梨克特的《歌德的浮士德》等⑤。正是这种较为全面的

---

① 冯至："'论歌德'的回顾、说明和补充——《论歌德》代序"，见《冯至学术论著自选集》，第 378 页。

② 转引自冯至："'论歌德'的回顾、说明和补充——《论歌德》代序"，见《冯至学术论著自选集》，第 378 页。

③ 冯至："'论歌德'的回顾、说明和补充——《论歌德》代序"，见《冯至学术论著自选集》，第 378 页。

④ 冯至："'论歌德'的回顾、说明和补充——《论歌德》代序"，见《冯至学术论著自选集》，第 377 页。

⑤ 《〈浮士德〉里的魔》注释，见《冯至学术论著自选集》，第 313 页。

研究和把握，更由于从细致的文本细读入手，所以冯至对歌德的理解其实相当入微。其实，歌德对冯至的影响绝不仅仅是一个"浮士德"，冯至在《歌德论述》的短序中谈到自己的缺陷和遗憾：

> 作者最感缺陷的是：这里谈到歌德的晚年，而没有谈到他的青年；谈到《维廉·麦斯特的学习时代》，而没有谈到《漫游时代》；谈到歌德东方的神游，而没有谈到他的意大利旅行；谈到他的自然哲学，而没有谈到他的文学和艺术的理论。①

这种在序言中大谈本书缺陷的态度和风格，于今人著述中实在是很少见到了。但冯至话锋一转，强调说："但是这些篇处处都接触到重要的几点：蜕变论、反否定精神、向外而又向内的生活。"②

所谓"蜕变论"是歌德的一种发明，他通过对植物的观察，认为千种万类的植物都是从最早的一个"原型"即原始植物演化出来的，它们一个阶段一个阶段地转变，而且不断提高。他认为可以用此种理论来解说人的成长和社会的发展。浮士德与威廉·迈士特的成长发展经历，都可以看作是此理论的运用。冯至对此颇为认同，说："在变化多端的战争年代，我经常感到有抛弃旧我迎来新吾的迫切需求，所以我每逢读到歌德反映蜕变论思想的作品，无论是名篇巨著或是短小的诗句，都颇有同感。"③

"向外而又向内的生活"则是歌德在文学与生命之间的一种积极把

---

① 冯至："'论歌德'的回顾、说明和补充——《论歌德》代序"，见《冯至学术论著自选集》，第 377 页。

② 冯至："'论歌德'的回顾、说明和补充——《论歌德》代序"，见《冯至学术论著自选集》，第 377 页。冯至在《歌德论述》出版之后，又陆续写过一些关于歌德的文章，最后合成一本《论歌德》，这些文章已经有意识地修正和调整他过去的某些看法，如在 1979 年所写的《〈浮士德〉海伦娜悲剧分析》就明确地说："近来重读《浮士德》第二部中被称为'海伦娜悲剧'的第三幕，感到过去对于歌德的看法过于简单，往往根据歌德某些著名的言论来评述歌德的为人和他的作品。歌德不止一次地说，古典的是健康的，浪漫的是病的，便认为歌德是反对浪漫主义的；歌德不止一次地说，席勒写作是从主观的概念出发，他自己是从客观的实际出发，便认为歌德是现实主义的。但是，重读《海伦娜》以后，觉得我的那些看法并不完全准确，因为歌德在某些作品中的创作实践跟他的言论有时并不一致。"见《冯至学术论著自选集》，第 329 页。

③ 冯至："'论歌德'的回顾、说明和补充——《论歌德》代序"，见《冯至学术论著自选集》，第 379 页。

握，他在 1797 年的《自述》中这样说："永远努力的、向内又向外不断活动着的、诗的修养冲动形成他生存的中心和基础。"又说："思与行，行与思，这是一切智慧的总和。从来就被承认，从来就被练习，但并不被每个人所领悟。二者必须像呼与吸那样在生活里永远继续着往复活动；正如问与答二者不能缺一。谁若把人的理智神秘地在每个初生者的耳边所说的话当成法则，即验行于思，验思于行，这人就不能迷惑，若是他迷惑了，他就会不久又找得到正路。"冯至对此甚为感慨，评价道："这段话说得多么深刻，多么亲切，对我这个怯于行又懒于思的人是一个有力的鞭策，它成为我最宝贵的一条格言。"①

所有这些，最后都融入作为歌德研究者与诗人的冯至给他心目中景仰的歌德造像的十四行诗：

> 你生长在平凡的市民的家庭，
> 你为过许多平凡的事物感叹，
> 你却写出许多不平凡的诗篇；
> 你八十年的岁月是那样平静，
> 好像宇宙在那儿寂寞地运行，
> 但是不曾有一分一秒的停息，
> 随时随处都演化出新的生机，
> 不管风风雨雨，或是日朗天晴。
> 从沉重的病中换来新的健康，
> 从绝望的爱里换来新的营养，
> 你知道飞蛾为什么投向火焰，
> 蛇为什么脱去旧皮才能生长；
> 万物都在享用你的那句名言，
> 它道破一切生的意义："死和变。"②

冯至后来曾专门谈到自己对歌德的接近过程，他说："我逐渐向歌德走近，好像走进难以攀登的深山，每走一程，都要付出一定的气力，但一

---

① 冯至："'论歌德'的回顾、说明和补充——《论歌德》代序"，见《冯至学术论著自选集》，第 379—380 页。

② 冯至：《冯至选集》第一卷，成都，四川文艺出版社 1985 年版，第 135 页。

程过后，便会看到一种奇景：时而丛林茂密，时而绿草如茵，时而奇峰突起，时而溪水潺潺，随时都有新的发现。他很大一部分著作使我从冷淡转为亲切，从忽视转为尊重，从陌生转为略窥堂奥，它给疲倦的行人以树荫、以清泉，给寻求者以智慧，它使人清醒，不丧失勇气。从这方面看来，歌德比我们年轻时喜爱的诗人们更为博大，更为健康。"① 这说明即便以研究歌德的专家冯至而论，他对歌德的认识也是有一个过程的。早年的冯至，作为一个德语文学专业科班出身的文人，对德国自然向往

———————————

① 《歌德相册里的一个补白》，1981 年 9 月 21 日，见《冯至全集》第八卷《论歌德》《冯至学术论著自选集》，第 203 页。西南联大时代以后，冯至自承对歌德的理解有了加深，主要是"读了恩格斯的分析以后"，他说："1948 年，我读到恩格斯批评格吕恩《从人的观点论歌德》一文，批评的目标主要是针对'真正的社会主义'，但其中有一段对歌德作了精辟的分析。恩格斯说：'歌德有时非常伟大，有时极为渺小；有时是叛逆的、爱嘲笑的、鄙视世界的天才，有时则是谨小慎微、事事知足、胸襟狭隘的庸人。连歌德也无法战胜德国的鄙俗气；相反，倒是鄙俗气战胜了他；鄙俗气对最伟大的德国人所取得的这个胜利，充分地说明了'从内部'战胜鄙俗气是根本不可能的。'"冯至认为，此篇文章的最大启示在于应当知人论世，所以他以后开始用心去了解歌德所处时代和他与社会的关系。评价"歌德在精神世界里所想的、所创造的是那样博大，而在现实生活里又显得那样渺小，歌德虽然说思与行同样重要，向内与向外也等量齐观，实际上则思多于行，向内多于向外，二者相比，有很大的悬殊。"知人论世，本确有道理，但在"恩格斯"居于主流意识形态的权威背景下谈"那样渺小"的歌德，总让我难以尽然信服。其实在我看来，伟大人物之所以伟大或在读者个体心中成为偶像，正是他伟大的那一部分所体现出的对于个体的意义，强求一律，给出一个盖棺论定的评价，如说歌德是"伟大的诗人和思想家"而同时又兼着"鄙俗而谨小慎微的魏玛枢密大臣"的头衔，作为一家之言则可，如此定论则不敢苟同。总的来说，冯至立论还是相当客观，对歌德是抱以"了解之同情"和"温情之敬意"的，不以阶级观点来评定之："中国人民在推翻压在身上的三座大山长期而艰苦的革命斗争中，用支持什么反对什么衡量人的政治品质，是必要的、合理的。但我们不能把歌德在 18 世纪对法国资产阶级革命态度如何，像我们在 20 世纪以是否赞成俄国社会主义革命为标准那样，来评定他是进步的或反动的。"不以友邦人民好恶附和之，民主德国在建国后在一般性纪念文章里充分肯定歌德，强调歌德的进步性。为了说明歌德对法国革命的意义有所认识，他们常引用歌德于 1792 年随同普奥联军出征法国，在瓦尔密附近看到联军被法国革命军击败时说过的一句话："今天从这里开始了世界史的一个新时期，你们可以说，你们亲自经历过了。"冯至则认为，此话绝不足以说明歌德对法国革命能有多少理解，因为此话见于歌德在将及 30 年后才撰写的《出征法国记》，而歌德在法国革命爆发后几年内写过一定数量的诗、戏剧和小说，都是对革命进行嘲讽和攻击。不以跨时代之进步思想苛求古人，冯至在谈到歌德"思"与"行"的很大悬殊时，也强调"这个悬殊不能由歌德本人负责，主要是如前所述的德国实际情况给造成的。"冯至：《"论歌德"的回顾、说明和补充——〈论歌德〉代序》，见《冯至学术论著自选集》，第 381—388 页。在自己的视野中谈自己理解的增进，谈对象的不足，持论中正平允，难能，所以可贵，学者立说能做到如此，尤其在那一代人，已经相当不易。在我看来，冯至晚年重新论述歌德，固然是再求进步，力求自己整体上对歌德有一个全面的把握，有历史的宏观，也不乏理论的高度；但却不如他早期对歌德的个性化的理解来得原汁原味、本真可爱，因为那里渗透了作为青年诗人和作家的血脉和灵气。

不已。在他广泛阅读欧洲的文艺书籍时，就深深被吸引，说："西洋的文艺圈中，只要是一草一木，都引起我望洋兴叹之感！这是我时时动了出洋念头的最大原因。"① 至于德国，则更是其中最有吸引力的部分。1925年秋，冯至回家看望了时从德国短期归国的堂叔冯文潜，深深被他的介绍所吸引。他非常兴奋地将有关情况告诉杨晦：

> 我回家见到了他，他介绍了好几个德国近代的诗人，都是极悲观的，受法国象征派影响的，然而文字却是很有力的。他们在本国已经很受一般神经质的青年的爱戴，但在远东，还不甚知名。我爱读的书，重见在他的案头了；我爱读而购之不得的，也在他的案头了。他给我看了极精彩的尼采同悲多汶的像，使我忌妒之至！

接着便道："那天夜里我便梦见，似乎是到了德国了。"② 虽然与陈铨同样有着对"德国文化的热爱"和"向往德国文学"③ 的情结，但在具体的对象选择和文学品味上，二者仍有根本的区别，这就是冯至对德国文学中"强力意志"的"免疫力"，早在 1925 年他就说："德国文学中'make you strong'的文字太多了，于我都似乎发生不了什么影响。我爱的还是那几位少见的薄命诗人，Hölderlin, Lenau, Heine……"④ 这其中固然有诗人的生性在起作用，但也与其背后的文化选择大有关系。同样是当国难之际，歌德应以"冲淡闲适"的诗的品格，黑格尔应以"抑扬顿挫"的散文意味，而费希特则对以"惊心动魄"的戏剧风格⑤，各人性格不同，即便是对同样的事变，反应也都大相径庭。陈铨与冯至，虽然同为留德学人，同治日耳曼文学，同处国难救亡的大背景，同样推崇

---

① 1925 年 4 月 19 日致杨晦，见《新文学史料》1987 年第 3 期，转引自周棉：《冯至传》，第 136—137 页。

② 悲多汶今译当为贝多芬。1925 年 9 月 27 日致杨晦，见《冯至全集》第十二卷《书信、自传、年谱》，第 63—64 页。

③ 陈光琴："中德思想文化交流的快乐架桥工陈铨教授"，见万明昆、汤卫城主编：《旅德追忆——二十世纪几代中国留德学者回忆录》，北京，商务印书馆，2000 年，第 64 页。

④ Hölderlin 为荷尔德林（Friedrich Hölderlin, 1770—1843），德国诗人；Lenau 为莱瑙（Nikolaus-Lenau, 1802—1850），奥地利诗人；Heine 为海涅（Heinrich Heine, 1797—1856），德国诗人。1925 年 4 月 19 日致杨晦，见《冯至全集》第十二卷《书信、自传、年谱》，石家庄，河北教育出版社，1999 年，第 57 页。

⑤ 贺麟：《德国三大哲人歌德、黑格尔、费希特的爱国主义》，引言，第 1 页。

歌德及其浮士德精神，但其风格仍是迥然有异。与陈铨的"功利致用"以营造一个"战国时代"的思路相比，冯至对歌德的把握既显得全面些，又没有强加自己的意志于公众，他更多的是将歌德作为自己精神上的一个寄托，一种向往。西南联大时代冯至关于歌德共有5篇文字，即1941年作于昆明的《歌德的晚年——读〈爱欲三部曲〉后记》、1943年作的《〈维廉·麦斯特的学习时代〉中文译本序言》、1943年的讲演《〈浮士德〉里的魔》、1944年的讲演《从〈浮士德〉里的"人造人"略论歌德的自然哲学》、1945年夏所作的《歌德与人的教育》[①]。他谦虚地说：

> 　　这几篇关于歌德的文字，不是研究，只是叙述；没有创见，只求没有曲解和误解。它们都是由于某种机会而谈论歌德的一本书、几首诗，或是歌德创造的一个人物，因此也就不能把整个的歌德介绍给读者。[②]

即便到了1985年，冯至还强调说："我读歌德，主要是由于个人的爱好，在当时的条件下，很少有资料可供参考，说不上是进行研究，但有时偶有心得，前前后后写出几篇文章，在报刊上发表，或在某某讲演会上宣读。"[③] 一个方面，冯至说得确实是实情，但另一个方面，在烽火连天的战时背景下，当时能死啃德文版的《歌德全集》者，偌大的中国，恐怕寥寥可数。冯至的歌德研究若还不算是研究，那么谁又还能算是呢？[④]

　　综上所述，西南联大时代的歌德接受显然是一个非常有意思的现象，在陈铨那里，我们脑海中浮现的是"有无穷的理想，内心的悲哀，永远

---

　　① 《画家都勒》一篇虽将都勒与歌德进行了比较，但原文写于1936年，1944年改写。参见冯至著《歌德论述》，南京，正中书局，1948年。

　　② 冯至："'论歌德'的回顾、说明和补充——《论歌德》代序"，见《冯至学术论著自选集》，第376—377页。

　　③ 冯至："'论歌德'的回顾、说明和补充——《论歌德》代序"，见《冯至学术论著自选集》，第376页。

　　④ 身兼日耳曼学者与中国最杰出抒情诗人于一身的冯至在中国现代学术史自有其独特的意义，其《歌德论述》、《杜甫传》等著作以今日之学术水准观去难称上乘，但在当年却有开风气的效应，功用莫大；其外表谦和柔弱，在关键时刻却多体现出"刚性"的一面，人格风襟、自由思想均不愧可列入中国现代学术史之人物；在德语文学学科构建、外国文学研究界的领袖、推动之力更是功不可没。我们谈论冯至，应把他作为一个完整的学人来理解和把握，如此则会更生出许多"温情之敬意"和"理解之同情"。叶隽：《留德学人与德国之五——冯至》，见《德语学习》2000年第6期，第6页。

的追求，热烈的情感，不顾一切的勇气"的"浪漫主义的歌德"；在冯至这里，我们却更多地享受着一种独特的平和与宁静，虽然这种平静中同样孕育着一种沉潜后的精神崛起，在冯至看来：

> 歌德是德国的诗人，也是属于全人类的，语言与种族的界限早已限制不住他的光的照射。谁若虚心和他接触，总会多少分得他的一些光彩。若是一个外国人学会德语而忽略了歌德，就无异于买椟还珠。在这变乱的时代，人们为了应付目前的艰难，无心无力追求远大的理想，正如一个人在病中不能过健康时的生活一样。但是变乱与病终于会过去，人们一旦从长年的忧患中醒来，还要设法恢复元气，向往辽远的光明，到那时，恐怕歌德对于全人类（不只是对于他自己的民族）还不失为是最好的人的榜样里的一个。①

在我看来，这样的选择其实正反映出作为留德学人的陈铨与冯至的"和而不同"。同为抗战军兴时代的学人，同处昆明的西南联大，陈铨选择的是"张扬奋进式"的营造氛围，参与"救亡"，欲以手中之笔构建出一个国人奋力以竞争求生存的"战国时代"，所以狂飙时代的歌德自然就被作为一种独特的德国资源加以援引，浮士德精神自然也就成了其手中"利器"；冯至则更多地去选择学者的个人生存方式，即陈寅恪所说的"未树新义"，"沉潜"于学术与文学之中，在亲身经历了抗战的波澜壮阔后，冯至说杜甫、歌德"一生都始终不懈地努力创作"②，某种意义上又何尝不是在给自己明志呢？他写诗说："携妻抱女流离日，始信少陵字字真。"③ 正是他思想的基本状况。就学术研究来说，冯至的相对严谨与从文本阅读出发，当然更加让人觉得获益；但如果设身处地于当时的时代背景，陈铨的独树"新义"，其实也同样值得后人尊敬。当然，我们还应该注意到的是，二者并非道如鸿沟，老死不相往来。不应该忘记，他们在留德时代就是柏林的朋友兼同学；而在《战国策》上，冯至也贡献过自己的文章《一个对于时代的批评》，克尔凯郭尔谈到了19世纪欧

---

① 冯至："歌德与人的教育"，1945年夏写于昆明，见《冯至全集》第八卷《论歌德》《冯至学术论著自选集》第82页。

② 冯至："歌德与杜甫"，见《冯至学术论著自选集》，第402页。

③ 转引自周棉：《冯至传》，第169页。

洲的三位畸人思想家，即陀思妥耶夫斯基、尼采和基尔克郭尔①。而就文章背后的学人本身而言，陈铨对歌德的"独树新义"，并非是"曲解"原作，他毕竟是学有专长的日耳曼文学专家；而冯至的"未树新义"，也并非不问世事，差别只在于压在纸背而已。能如此体会，才可以约略理解在抗战大背景下的西南联大历史情境之中知识分子的不同选择。

① "一个对于时代的批评"，原载《战国策》第 17 期，1941 年 7 月 20 日；见《冯至学术论著自选集》，第 460 页。

第四章 时代语境中的异国伟人镜像变迁

——以 20 世纪 50 年代冯至的"席勒诠释"为中心

对于现代中国的发展历程来说，除了强调"传统血脉"的千年承续之外，最重要的因素就是"西学东渐"的强力刺激。在这一过程中，端绪复杂，西力西学西教固然呈错综生发之势，而国别文化资源同样具异相难择之态。这些，都需要研究者静下心来，去悉心梳理。这里仅从另一角度略加申论，即此一过程中的"伟人意义"。对于外来文化的向慕，往往是通过具体的中介者来实现的。但即便是中介者，也不太一样，一则以译介；一则以评介；一则以创介。前者的功绩在于将原作全面地引入汉语语境，如大量的席勒作品翻译工作是由他们完成的，典型的如钱春绮，他是德译文学大家，译作等身；中者的功绩在于能以自家独到的学术眼光，考量与衡定作品的成败与作家的意义，并化为文章，对读者有所引导，对文化有所贡献；后者的境界层次更高，即能在或译介或评介之外，引水入流，化为自家资源，进行汉语语境中的创造性工作（实际上这些人是介于二者或三者之间的），如郭沫若就是，他不但做过完整的翻译工作，如《华伦斯坦》，也对席勒戏剧创作有独到的见地，甚至不仅如此，更重要的是他能将席勒戏剧与思想化为自己的重要文化资源，成就了他自己历史剧创作的辉煌成就，为中国现代文学谱写了壮丽一页。当然，话说回来，也只有真正具备"伟人意义"的大家，才可能为后来者提供充足的文化思想资源，实际上研究对象（译介对象）本身的高度在很大程度上制约与提供了研究者（译介者）可能达到的高度。而席勒，无疑是人类文学与思想史上最具天才色彩与伟人意义的人物，那么考量的就是汉语语境中的中介者能否具备这样的"引入功力"。

就德国资源在现代中国的演进与接受过程来说，席勒的重要意义其实不容忽视。席勒进入中国的公众视野大概在 20 世纪初年（1903 年），赵必振译《德意志文豪六大家列传》（原著者为日本人大桥新三郎，上海作新社）中即包括席勒传①。应该承认，任何一种外来资源的传入、碰撞、选择乃至接受，除了与受者本身的兴趣、取向与原则相关联外，同时必然也与本土语境的自身发展状况密切相关，甚至在很大程度上取决于后者作为宏观背景的制约。

一、席勒中国接受史的源流主脉及 20 世纪 50 年代的时代语境②

如果说经由日本中转的早期译介还停留在对作为文学家的席勒的生平、作品及文学史地位的介绍上的话，那么随着留德学人的归国，因其在对象国的切身体验与深入研究，那么对作为德意志精神文化象征的席勒就必然会"更上层楼"。马君武虽然雅好文学③，但由于其专业是工程科学，所以不可能有太多时间进行这方面的工作，事实上他翻译的完整的文学作品也确实数量有限，因此他的译介工作的背后意义就特别值得挖掘。而此中，译介于 1910 年代的《威廉·退尔》④，确实可以说与中国的时代背景有相互生发之意义。威廉·退尔（Wilhelm Tell）是瑞士民间传说中之英雄人物，席勒将此历史传说与 14 世纪瑞士人民反抗异族侵略的斗争相结合，所以这个故事就有了不同寻常的深意，变成了一部歌颂民族解放的"史诗剧"。而当其时拿破仑入侵德国，此剧对德国人民坚定信心、激励爱国热情、反抗侵略，则更有极大之现实意义。马君武撰此剧译言是在约 1914 年底，正当辛亥革命后不久，国家正处在重要关头，所以他说："吾欲译欧洲戏曲久矣，每未得闲。今来居瑞士之宁茫湖

① 当时译名为"希陆"，参见卫茂平：《德语文学汉译史考辨：晚清和民国时期》，上海：上海外语教育出版社，2004 年，第 430 页。赵乾龙《席勒和中国文学》，见杨武能编《席勒与中国》，成都：四川文艺出版社，1989 年，第 27 页。

② 关于席勒的中国的接受情况，请参见 Zhu, Hong, Schiller in China（席勒在中国），Frankfurt am Main, Berlin, Bern, New York, Paris & Wien: Peter Lang Europäischer Verlag der Wissenschaften, 1994。石稼：《西学东渐中的德国资源与伟人意义——以席勒戏剧的中国接受为中心》，见《中国图书商报》2005 年 5 月 13 日。

③ 关于马君武与德国文化的关联，请参见叶隽：《德国文化与马君武致用大学理念的形成》，载《德意志思想评论》第 1 辑，上海：同济大学出版社，2003 年。

④ 〔德〕许雷（席勒）：《威廉·退尔》，刊《大中华杂志》第 1 卷第 1—6 期，1915 年 1 月 20 日—6 月 20 日；单行本，上海中华书局印行，1925 年 12 月初版，1929 年 11 月 3 版，1941 年 3 月昆明 4 版。

边，感于其地方之文明、人民之自由，到处瞻仰威廉·退尔之遗像，为译此曲。此虽戏曲乎？实可作瑞士开国史读也。予译此书，不知坠过几多次眼泪。予固非善哭者，不审吾国人读此书，具何种感觉耳！"①

此言凿凿，译者之意，非仅在译事而已，当属"别有幽怀"者，而"幽怀"之意则直指"世道人心"，希望民众能够读此剧而思国家，报国家也。作为一腔热血的报国者与慷慨赴死的革命家，马君武之表彰退尔，强调其反抗异族统治的英雄行为，其实未尝不可看作"夫子自道"的一种方式，所谓"瑞士开国史"亦未尝不可看作"中华民国开国史"之纸背深意。经无数革命党人的捐躯不恤、前赴后继，才有1911年辛亥革命的大功告成，素来以"救亡党人志"自诩的马君武，其文学翻译数量有限，之所以不殚精力择译此著显然用心良苦。但开国建设期的民国时代，已从之前的"抗异族救国家"转向到"兴文化求自由"，如果说《威廉·退尔》强调的是"民族独立"的话，那么《强盗》的翻译追求的显然更是"个体自由"，"打倒暴虐者"其实是两者共通的主题，只不过指向对象不同罢了。在"五四"之后译介过来的《强盗》，显然符合追求个性解放、自由平等的时代思潮。可见，随着时代的变迁，席勒接受也无疑更多地进入"五四"后新文化的建设期。1926年出版的杨丙辰译本②，其意义也正在于此。"娜拉出走之后怎么办"固然是那个时代妇女追求解放自由的重大问题，"卡尔向法之后怎么办"同样涉及现代民族—国家建构中个体自由与法治国家的重要关系问题。

然则历史竟是如此弄人，现代中国沉稳的文化建设年代尚刚刚拉开序幕，就不得不重新面对战争风云的重重黑雾。由于前期文化建设时代的积累，故虽然战争阴云密布并终究山雨欲来，可并没有妨碍文化创造的成熟期的到来。西南联大时代的学术成就固然值得骄人，在文学创作与译介方面也同样呈现出不凡的气象。这同样表现在席勒接受这个命题上。首先，是席勒戏剧的总体汉译增多，《奥里昂的姑娘》、《阴谋与爱情》、《华伦斯坦》在20世纪30年代早期相继推出，而且基本都有两个以上译本；《威廉·退尔》也出了项子和的新译本；《费司克的叛谋》则

---

① 《〈威廉·退尔〉译言》（约1914年底），见莫世祥编：《马君武集》，武汉：华中师范大学出版社，1991年，第258—259页。

② 杨丙辰译《强盗》，北新书局，1926年。增订的译本参见杨文震、李长之译《强盗》，见〔德〕席勒：《席勒诗歌戏剧选》，钱春绮等译，北京：人民文学出版社，1996年，第1—174页。

有了张富岁的译本（上海：商务印书馆，解放前）。作为民族战争时代的"民族英雄"，《威廉·退尔》的再度"火爆"，其实正可看作中国语境接受的特殊时代标志①。同样，不仅是译介与舞台表演，此期的郭沫若、李长之、宗白华、陈铨等人从学者的立场对席勒思想也开始有所论述，其基本出发点除了与时代的同声共气、形成现实意义之外，对其作为艺术家的审美理想也略有涉及。

1949年，国共两党间的政权易手，既在中国政治史留下了不可磨灭的一章，也是文化史上的一个重要转折点。以此为标志，进入50年代之后，席勒接受也进入了一个新的时代。仅就带有政治文化意味的大型席勒纪念活动，在50年代就举行了三次，1955年不但有纪念席勒逝世150周年的大会，也还有将其作为世界文化名人的纪念活动；1959年，又举行席勒诞辰200周年纪念大会，可谓"盛极一时"。而值得注意的是，不仅是与德国文学相关的学者如郭沫若、冯至、张威廉等发言，一些著名诗人、作家也对席勒给予高度评价，如贺敬之、茅盾、田汉、李健吾等均有专文论述②；各主要报刊如《人民日报》、《光明日报》、《文艺报》、

---

① 抗战中，我国曾上演此剧，给民众极大之鼓舞。这个本子是经过改编后的《民族万岁》，编者是宋之的与陈白尘，其内容则变为"反映我国东北各阶层人民不堪日本帝国主义蹂躏、奋起联合反抗"（宋时：《宋之的传略》，见《新文学史料》1984年第1期，第143页）。而作为上海业余剧人协会"在重庆公演的第一个剧目"，《民族万岁》的"演出情况，盛极一时，为大后方的演剧运动又打下了一块基石"。（《中国当代文学研究资料·陈白尘专集》，南京：江苏人民出版社，1983年，第23页。）如果说重庆演出，毕竟是陪都大市，民众接受层次较高，那么从基层的剧团演出状况，则更可看出此剧的"普遍意义"何在。当时一剧团到四川泸县公演，宣传抗日。当地报纸如此介绍列入剧目的《民族万岁》："要怎么才可以收复失地；要怎么才可以杀尽倭寇；要怎么才可以复兴民族；要怎么才可以最后胜利；一切的一切都在《民族万岁》中告诉观众"。（见《民报》1938年7月3日第4版，四川泸县）实事求是地说，如此改编，确实将《威廉·退尔》的意义有"简单化"的嫌疑，而且过于"洋为中用"。必须承认的是，席勒在《威廉·退尔》中所呈现的思想复杂性与开放性（如对法国革命的态度），根本无法在《民族万岁》中体现出来，这与其时德国与欧洲历史语境有关，此处不赘。而在救亡诉求如火如荼的1938年，这恐怕也不会引起国人的兴趣，他们只看重作为"爱国同胞的精神食粮"的《民族万岁》（包时《民族万岁——爱国同胞的精神食粮》，见《新蜀报》1938年2月20日星期增刊第4版）。

② 如田汉就在简短描述了席勒的若干戏剧内容之后，指出纪念"这位伟大诗人、戏剧家诞生二百年"的重要意义："应该向席勒热爱祖国，热爱自由，反抗侵略和压迫的爱国主义精神、民主精神学习"，"应该学习席勒早期的勇锐、敢想、敢说、敢做，结合他晚期逐渐认识人民，信仰人民，依靠人民"，"还应学习席勒为人民鞠躬尽瘁的精神"。田汉：《席勒，民主与民族自由的战士——在首都纪念席勒诞辰二百周年大会上的讲话》，见《戏剧报》1959年第22期，转引自田汉：《田汉论创作》，上海：上海文艺出版社，1983年，第376页。这三点总结，显然与其时的阶级斗争背景与意识形态取向紧密相连，而非立足于艺术性与思想性的考察。

《人民文学》等也均载文纪念；《阴谋与爱情》则以话剧、电影等方式广为流传。所以此期席勒的中国接受，主要是强调其捍卫民族独立的精神、促进民族和解的和平主义、体现人民的精神力量等表现出人类理想的一面，这也符合新中国刚建立之后的意识形态需要。有些剧本再出了新译本，如《阴谋与爱情》、《威廉·退尔》、《斐哀斯柯》等。这样的盛大热烈场面，非但以前（民国时代）的各类活动无法比拟，就是日后的学术研究渐上正轨①，亦同样无法相提并论。

早在 1947 年 12 月 25 日，毛泽东在中共中央会议上发表了著名的《目前的形势和我们的任务》，以一代伟人的英雄气魄站在历史的转折点上予以宣告：

> 中国人民解放军已经在中国这一块土地上扭转了美国帝国主义及其走狗蒋介石匪帮的反革命车轮，使之走向覆灭的道路，推进了自己的革命车轮，使之走向胜利的道路。这是一个历史的转折点，这是蒋介石的二十年反革命统治由发展到消灭的转折点。这是一百多年以来帝国主义在中国的统治由发展到消灭的转折点。这是一个伟大的转变。②

一连用上三个"转折点"，排比而成，确实有"气势如虹"的魄力。而之后作为中共"整个打倒蒋介石反动统治集团，建立新民主主义中国的时期内，在政治、军事、经济各方面带纲领性的文件"，其历史地位与实际影响极为重大。正如有论者所指出的那样："毛泽东的文章就这样把一个无可怀疑的'历史巨变与转折（由此引发的将是中国社会生活的一切

---

① 20 世纪 60 年代以后虽仍陆续出现过若干评论文章，但这种热潮随着国内政治形势的重大变化，也日渐淡化，"文革"时代连正常的生产学习亦难，更别说作研究了，席勒的话题自然也无人问津。这样的一种沉寂一下子就延续了十余年，直到新的改革开放时代的到来。20 世纪 80 年代以来是改革开放时代，恢复"学术研究"的时代，董问樵《席勒》一书的出版首开风气。但论及具体的庆祝活动，1934 年时纪念席勒诞生 175 周年，北大德文组曾专门出版过《释勒纪念特刊》以，北平、南京还分别举办了席勒展览；1985 年，杨武能主持召开"席勒与中国·中国与席勒"国际学术研讨会，纪念席勒逝世 180 周年，并出版论文集《席勒与中国》（成都：四川文艺出版社，1989 年）。但论及庆祝活动的盛大、频繁以及政治影响，都远无法与 20 世纪 50 年代相比。

② 《目前的形势和我们的任务》，见《毛泽东选集》第 4 卷，北京：人民出版社，1991 年，第 2 版，第 1140 页。

方面，包括我们所要着重讨论的文学艺术的巨变与转折）'推到中国每一个阶级、党派、集团，每一个家庭、个人面前，逼迫他们作出自己的选择，并为这选择承担当时是难以预计的后果。"① 在历史车轮滚滚向前的时候，个体的力量可能确实显得极为渺小，即便有再强的独立性，只要身当其境，就不太可能不"与狼共舞"。而在中国这样一个民主与自由传统资源匮乏的国度里，兼有摧毁性暴力与强大整合功能的意识形态、社会主义政党的力量真的是如排山倒海。不但已腐败的国民党政府无法抵挡，绝大多数知识精英也难以抗拒，这尤其表现在他们相当自觉地融入到这样一种体制中去②。随着 1949 年作为一个历史坐标的确立，进入 20 世纪 50 年代的中国，确实是一种"敢教日月换新天"的时代氛围。对这个时代的转折性，诚如如下所论者：

> 毋庸置疑的一点是，40—50 年代的转折既是一种社会、政治层面的转折，也是思想、文化、文学上的转折。而主导这一转折的因素，则是左翼力量的壮大和全面获胜。一方面是中国共产党在军事、政治上取得的相对于国民党的绝对胜利，从而完成政权的更替；另一方面是以延安文学为核心，确立了新的文学规范，并逐步建立一套从表现内容、表达方式到生产、传播体制的高度规范化的话语形态。③

---

① 钱理群：《1948：天地玄黄》，济南：山东教育出版社，1998 年，第 4 页。

② 在颇多选择留下的知识精英看来，1949 年前的去留问题没有那么复杂，如冯至是相当自然地向左转，在 1947 年到 1948 年反饥饿反内战反迫害的运动浪潮中，尤其是学生运动中，冯至"也多次参加了集会，在有关的声明和宣言上签名，与朱自清、李广田等友人同声相应，支持学生的爱国运动"。在 1948 年 4 月，北平警备司令部下令逮捕北大学生自治会理事柯在铄等十二人，北大学生则齐集民主广场围护此十二人，并喊出"一人被捕，全体坐牢；一人受审，全体投案"的口号。教授们也召开联谊会以支援；而"在这关键时刻，冯至受全体教授的委托，作为代表来到了学生中间：我们全体教授愿意誓死支持你们的要求！"见《北京大学校史》（增订本）444 页。1991 年 6 月周棉与冯至核实此事时，冯至补充修正如下："当时情况非常紧急，觉得应该讲几句话，我就找了几个教授商量了一下，到学生中间去了。"周棉：《冯至传》，南京：江苏文艺出版社，1993 年，第 266 页。冯友兰则认为："无论什么党派当权，只要它能把中国治理好，我都拥护。"甚至说："共产党当了权，也是要建设中国的，知识分子还是有用的。"冯友兰：《三松堂自序》，北京：人民出版社，1998 年，第 120 页。而像萧乾这样彷徨犹疑的人并不太多，"决定是在疑惧重重下做出的"。萧乾：《一个乐观主义者的自白》，见萧乾：《萧乾文集》第 7 卷，杭州：浙江文艺出版社，1998 年，第 154 页。

③ 贺桂梅：《转折的时代——40—50 年代作家研究》，济南：山东教育出版社，2003 年，第 18 页。

而这一点不仅表现在文学生产机制的重新更迭，同样也表现在文化思想领域，要进行全面地"重新构建"。作为一个自觉地向左转的知识人，在与江河日下、暮气深重的国民党政府的腐败对照中，选择正处于朝气蓬勃、蒸蒸日上的共产党组织，也属情理之中。但冯至他们可能确实没有想到，他们并无可能保留原有的思想和生活方式，而是需要经过"思想改造"，去"洗澡"，去"割尾巴"，才能"脱胎换骨"成新人。这，正是 20 世纪 50 年代冯至的席勒接受的时代背景。

二、冯至 20 世纪 50 年代的席勒诠释

1955 年，冯至连续在中国重要的报刊上发表四篇文章，其内容都是纪念席勒。无论是《工人日报》上强调"反抗暴政、反对战争的诗人"（1955 年 5 月 5 日），还是《人民日报》上突出"'建筑自由庙宇'的伟大诗人"（1955 年 5 月 4 日，原载《新华月报》1955 年第 6 期），乃至为《新观察》撰作的介绍文章和为外文刊物赶写的"席勒作品在中国"，都表现出一种极为少有的活跃状态。如果我们再考察到作为日耳曼学者的冯至，其实此前对席勒并无太多研究，甚至颇少提及这位大家的时候，就难免会为他在此期的"突然多产"感到奇怪。

作为日耳曼学者，冯至专治德语文学，后又留德 5 年，对德国文学与文化确实相当熟悉。但对他影响最大的，前期为里尔克，后期为歌德，席勒并不能列入这个名单。虽然在 20 世纪 40 年代的时候，他曾翻译过席勒的《审美教育书简》，但他"自知这是一件失败的工作，便把译稿放在故纸堆中不敢问世"。① 对席勒的基本情况，冯至还是叙述正确的，包括他的史学成绩、哲学思辨、美学著述、戏剧意义、诗歌创作等，但对其小说没有提及。从他关于席勒的论述来看，其实很难说他对这位伟

---

① "《审美教育书简》中译本序言"，见冯至：《冯至全集》第 11 卷，石家庄：河北教育出版社，1999 年，第 4 页。冯至这样交代此书的译事："抗日战争时期，我在昆明，接受友人的建议，于 1942 年 2 月起始翻译席勒的《审美教育书简》。那时我自不量力，既对于与席勒美学思想有密切联系的康德哲学缺乏研究，又没有翻译哲学著作的经验，便拿起笔来译这部书，的确是一件冒昧而近于荒唐的事。"但"虽然遇到许多不容易克服的困难，但是我在教书和写作的余暇、敌机日夜空袭的干扰下，还是在一年内断断续续把二十七封信译完了。"上揭书，第 3、4 页。

大的诗人与艺术家有深刻的认知，更谈不上有多少"理解之同情"。但对于他的几部主要戏剧，倒是颇有阐释，主要还是与他自身的时代语境相吻合。冯至将席勒归纳为"反抗专制暴政"、"热爱祖国"、"反对战争、拥护和平"、"建筑自由庙宇"等方面的特点，或正可与其对席勒戏剧的阐释相呼应。

《强盗》被当作了反抗暴君的最佳样本，在冯至看来："席勒青年时代的第一部剧本《强盗》，就是一部对于腐朽的封建制度的抗议书。"①他把卡尔看成是一个"纯洁、优良的青年"，是"他周围社会的腐朽促使他成为强盗；他对于当时的封建社会、不合理的法律和虚伪的宗教进行了全面的攻击。这种反抗是自发的，没有明确的目标，看不清将来的出路，因为在青年席勒的以及当时一般不满现状的'狂飙突进'诗人的眼界还不能呈现出更为广大的远景。但是这剧本却充分地发泄出当时一些人心里要说的话"。②应该说，这些分析都不算错，但却也谈不上客观与全面③，因为其目的仍不脱"洋为中用"的思路，在冯至看来，卡尔的攻击"也正符合当时中国人民对于腐朽的封建制度的反抗和斗争"、"也正是中国许多青年心里所要说的话"④。

《威廉·退尔》则成了热爱祖国的典范，通过这部剧本表达"只要人民团结起来，就足以使外族的统治遭受失败"⑤。冯至还把《奥尔良的姑娘》也归入此类，强调此剧"写统治者的懦弱无能和人民抵御外侮的英勇"⑥。如果说，强调《威廉·退尔》对于民族解放的特殊意义容易理

①　"反抗暴政、反对战争的诗人"，见冯至：《冯至全集》第 5 卷，石家庄：河北教育出版社，1999 年，第 372 页。

②　"'建筑自由庙宇'的伟大诗人"，见冯至：《冯至全集》第 5 卷，石家庄：河北教育出版社，1999 年，第 382—383 页。

③　对于《强盗》与席勒剧本的分析，我以为在其 1958 年所著《德国文学简史》中更全面些。冯至认为，卡尔"认识到世界的灾难与贫困是少数一部分人的罪过。他的憎恨针对着统治阶级的代表者和他们的帮凶们以及为他们服务的法律。""可是在当时的德国，资产阶级民主革命的客观条件还不存在，所以卡尔没有能走上正确的社会革命的道路，只成为目标不明确的反抗者，正如歌德的《葛慈》，也只是荒凉、紊乱时代中的'自助者'。"冯至：《冯至全集》第 11 卷，石家庄：河北教育出版社，1999 年，第 283 页。虽然仍摆不脱阶级斗争的理论框架，但其论述已显出史家的某种严谨。

④　"席勒作品在中国"，见冯至：《冯至全集》第 5 卷，石家庄：河北教育出版社，1999 年，第 379 页。

⑤　"席勒"，见冯至：《冯至全集》第 5 卷，石家庄：河北教育出版社，1999 年，第 376 页。

⑥　"席勒"，见冯至：《冯至全集》第 5 卷，石家庄：河北教育出版社，1999 年，第 376 页。

解的话，那么将《华伦斯坦》引来论述革命中国的辉煌成就似乎不能算是"符合若节"，冯至这样说道：

> 《华伦斯太》在中国也有两个译本，其中一部是中国现代的诗人、学者兼和平战士郭沫若在抗日战争爆发的前夕译出的。郭沫若在他的译文的后边写过这样的话："对于时代的教训，在欧洲虽然是过去了，而在我们中国却正好当时。因为本剧所表现的是欧洲封建时代的末叶，而我们中国的社会还没有十分脱掉封建时代皮。"随后他引录了《华伦斯太》序曲中一段描述战争惨况的诗，他说，"这个面像岂不是近在我们的眼前的吗？"
>
> 郭沫若的这段话写于 1936 年，距离现在已经将及二十年。在中国共产党的领导下，人民革命取得辉煌的胜利。全国解放后几年来社会主义建设取得伟大的成就。帝国主义和封建主义压迫和奴役中国人民的时代早已一去不复返了。中国人民在中国共产党和毛泽东主席的领导和教育下人人都意识到自己是中国的主人，要为祖国的经济建设和文化建设而奋斗，要为保障世界和平和发展人类进步事业而奋斗。……①

显然，即便在 20 世纪 50 年代，冯至对同一人物与命题的论述，只要仔细分辨，也会感觉到相当的差异性。在不同的场合、不同的语境中，他的论述是有所区分的。就如同这里论及的华伦斯坦，作为席勒戏剧中"理想英雄"的形象，冯至的华伦斯坦诠释很有其特殊性。在 1955 年的报刊文章中（其背景是响应世界和平理事会关于纪念世界文化名人的号召书），他引用了一句麦克斯对钦差的话："我向你坦白地说明，当我刚才看见你在这儿时，我的心头千万分吃紧——阻碍着和平的就是你们，你们！非把和平夺回不可的是我们战士。"然后他就据此推论："从这句话里可以看出，席勒认识到只要战士觉悟了，放下武器，和平就可以实现。"②这种逻辑推理，似乎过于"为我所用"，远无法接近历史的原相

---

① "席勒作品在中国"，见冯至：《冯至全集》第 5 卷，石家庄：河北教育出版社，1999 年，第 379—380 页。
② "反抗暴政、反对战争的诗人"，见冯至：《冯至全集》第 5 卷，石家庄：河北教育出版社，1999 年，第 374 页。

与诗人的深思。其实，作为文学史家的冯至对此显然有更深入、客观与理性地分析。① 既然并非没有学术意义的客观认知，为什么还要将文学形象如此直接地与现实政治挂起钩来？在这里，冯至想将席勒树为一个和平主义者的形象的目的表露无遗，因为正如他自己表白的那样："席勒反对战争、拥护和平的精神是世界和平理事会号召我们来纪念他最主要的原因。"②

　　显然，1955 年在中国的报刊媒介上露面的冯至并不是一个德国文学史家的形象，甚至与其说此时的冯至是学者，还不如说他是特定年代下的文化政治人物。陈寅恪一生自期："为人不侮食自矜，曲学阿世，可告慰友朋。——为文贬斥势利，尊崇气节，可有裨治道学术。"③ 如果按照这样的标准去衡量，20 世纪 50 年代以后的中国知识分子又有多少人可以问心无愧？对于个体的冯至，总体来说，当然还谈不上是"曲学阿世"，但其所付出的沉重代价及其经验，确实值得认真盘点。引用郭沫若关于《华伦斯坦》的论述，将其与中国现实相结合，符合那个时代的话语方式和策略，但之所以如此，除了大时代的原因之外，难道个体就没有责任可以承担？

　　20 世纪 50 年代不仅是对冯至④，也是对现代中国知识精英的一个痛苦更生的年代。可在冯至来说，他对共产党中国的融入是非常自觉的，

---

　　① 冯至认为："华伦斯坦这个人物是复杂错综的，他希望能够结束战争，实现和平统一，说出希望封建公侯们摒除宗教偏见，放弃个人利益那样的话，这是符合人民利益的；但是他又迷信星象，有个人野心，这是和人民所愿望的统一相违背的，致使他最后众叛亲离，遭到失败。""麦克斯是一个心地纯洁的青年，具有英雄气概，有崇高的理想，他盼望和平是和人民的愿望一致的。他对华伦斯坦无限忠诚，可是他发现华伦斯坦和瑞典人勾结时，就离开了他。他的理想在这两方面的斗争中毁灭了。他和特克拉的爱情不是历史事实，是作者的创造，更增加了剧中的悲剧成分。麦克斯相信有不变的道德、绝对的理想和忠实，他在某些意义上是唯心主义者席勒的理想的'传声筒'，也是这剧本中唯一的正面人物。席勒在麦克斯身上虽然贯注了自己的一些理想，但总的看来，是一部正确地反映出历史发展的真实的剧本，这剧本的现实主义意义也在这里。"《德国文学简史》，见冯至：《冯至全集》第 11 卷，石家庄：河北教育出版社，1999 年，第 320—321 页。

　　② "反抗暴政、反对战争的诗人"，见冯至：《冯至全集》第 5 卷，石家庄：河北教育出版社，1999 年，第 374 页。

　　③ 陈寅恪：《赠蒋秉南序》，见刘桂生、张步洲编：《陈寅恪学术文化随笔》第 55 页。

　　④ 参见叶隽：《先生书生，百年知命——1950 年代的冯至先生》，载《天涯》2006 年第 6 期，第 55—58 页。

这集中表现在他对当时的各种左倾活动的参加上。① 虽然早在 1947 年时，就专门写过《决断》，表达过选择之难。但 1949 年 7 月 2 日发表的《写于文代会开会前》，却表现出一种极为鲜明的政治立场，这对于一名学者兼诗人，确实过渡太快了些：

> 我个人，一个大会的参加者，这时感到一种从来没有这样深切的责任感：此后写出来的每一个字都要对整个的新社会负责，正如每一块砖瓦都要对整个建筑负责。这时我理会到一种从来没有这样明显的严肃性：在人民的面前要洗刷掉一切知识分子狭窄的习性。这时我听到一个从来没有这样响亮的呼唤："人民的需要！" 如果需要的是更多的火，就把自己当作一片木屑，投入火里；如果需要的是更多的水，就把自己当作极小的一滴，投入水里。②

"人民" 是 20 世纪 50 年代以后冯至经常使用的一个词汇，这既是大时代背景生成的新式名词，也与冯至自身的选择相关。我们只要稍微对照一下 1949 年前后的文字，就会发觉冯至话语方式的彻底转型。即便是在急速左倾的年代里（1946—1949），冯至的杂文仍保持着作为一个独立知识者的独特话语方式；但到了 1949 年之后，我们会发觉作为独立思想者的冯至不见了，其大量的文字更多地体现着时代话语的共性特征。除了一些稍带专业性的论述外，其余的话语如果湮没在时代语境中，并无法得以鲜明地辨别。

因了身份的可能，冯至得以有机会在 1954 年 8 月访问德国。而在其

---

① 洪子诚先生这样论述道："我们有时候会感到奇怪，像冯至，在 40 年代写过那么好的散文和诗，为什么到了 50 年代会对自己的成果否定得那么坚决？会变得那么激进？他是真心为自己的《十四行集》、《伍子胥》，为自己的散文感到惭愧，甚至觉得厌恶吗？在否定、批判西方现代派文学上，他是非常激进的，包括他对艾青的批判也是非常激进的。艾青成为右派之后，50 年代写的批判艾青的文章中，冯至是写得最认真的。这里要修改一下，他对艾青的批判用'认真'这个词比较恰当，'激进'不怎么合适。什么样的动力驱使他来做这样一种工作？在那种时候，有不少批判文章只是做出一种表态，进行谴责：这或者是不太愿意像样地去做，或者是水平不够。冯至却是有水平，又愿意认真去做的一位。"他认为中国当代作家艺术的普遍衰退既与外部环境有关，但在内部因素上也值得认真研究，包括如作家的心性结构、价值观念、文化修养上。洪子诚：《问题与方法——中国当代文学史研究讲稿》，北京：三联书店，2002 年，第 59 页。

② "写于文代会开会前"，原载《人民日报》1949 年 7 月 2 日特刊，见冯至：《冯至全集》第 5 卷，石家庄：河北教育出版社，1999 年，第 342 页。

时的政治背景下，如果不得到执政党的信任，一般人显然不太可能有这样做代表出国的机会。此行有两篇文章值得关注，即《柏林的斯大林大街》与《魏玛的席勒故居》（分别发表于《旅行家》1955 年第 2、5期）。① 对席勒的阐释并无太大的新意，若有也是强调了"席勒的画像也随着时代在转变"，第一室是衣衫不整的狂飙突进诗人；第二室则"变得沉静多思，关心着祖国和人类的前途，同时又在和身内的疾病作斗争"的伟大人物。② 但同样，对于斯大林大街，不但篇幅甚多，而且采用历史对比、现场描述、论述引用、意义阐释等多种方法来对其象征性进行阐发，认为"这样一条引向幸福的将来的大街，是不会停留在现在的状况的，它还要生长"，批评"美帝国主义"③、描述"矗立起伟大的斯大林的立像"④。1950 年代中国知识分子眼中的"席勒与斯大林"，这其实也是一种很有意思的比照。

三、伟人意义之异国生成：兼与歌德的中国接受比较

如果说以上所论，仍具有"众声喧哗"的态势，我们不妨于此更沉下心来，比较一下不同时代、不同主体的不同思路。当年马君武推崇德国文学，其主要目的在"唤醒民众"，所以经他选择译介的德国文学则集中于德国文学发展的古典时期（资本主义上升期）时代精神的歌德、席勒，其"经世致用"之心显露无遗。但值得注意的是，歌德、席勒虽也有合作，但两者其实也代表了德国文学中两条重要的趋向，歌德更多的是具有世界关怀的作家，其对纯艺术、人性的理想关怀更多；而席勒则更立足于民族—国家，有强烈的现实关怀。在马君武这里，其实已经注意区分歌德、席勒在文学创作思路的不同思想倾向。如果说，马君武早期的歌德、席勒译介，还有浓重的致用倾向，那么对于冯至与陈铨来

---

① 冯至："柏林的斯大林大街"、"魏玛的席勒故居"，原载《旅行家》1955 年第 2、5期，见冯至：《冯至全集》第 5 卷，石家庄：河北教育出版社，1999 年，第 392—399、400—403 页。

② 冯至："魏玛的席勒故居"，见冯至：《冯至全集》第 5 卷，石家庄：河北教育出版社，1999 年，第 401 页。

③ 冯至："柏林的斯大林大街"，见冯至：《冯至全集》第 5 卷，石家庄：河北教育出版社，1999 年，第 399 页。

④ 冯至："柏林的斯大林大街"，见冯至：《冯至全集》第 5 卷，石家庄：河北教育出版社，1999 年，第 395 页。

说，他们虽同为留德学人，甚至同为西南联大的德文教授，并为现代中国的重要作家，但他们的思想选择路径却大有不同。我曾专文谈过他们的歌德接受之差异①，同样，对于作为魏玛古典时代的两颗耀眼星辰，"席勒诠释"在他们那里也是各显风采②，值得细加辨别。陈铨即予以明确指出："歌德是'世界诗人'，他的眼光常常都注意全人类的发展，他问题的对象，是整个世界人生。"而与歌德相对照，"席勒是'民族诗人'，他的作品，比较多含地方性，他充分发挥德国民族的精神，他有德国民族性格一切伟大的特点。"③

这一判断，在冯至那里，可能不一定生效。但以歌德来比照席勒，这一思路却并无二致。因为，对于作为歌德专家的冯至来说，从这个角度来打量席勒，更能得心应手、驾轻就熟。但相比较对歌德的熟稔而言，冯至对席勒的认知很难说有多深刻。甚至直到 20 世纪 80 年代，冯至仍然这样评价席勒："席勒看到时代的弊病，提出改变现状的方案，他不着眼于政治经济的改革，只求人性人心的改善，这是历史唯心主义者带有普遍性的主张。"④ 当然，这并非冯至的发明，他引用为支撑的是马克思主义者梅林的观点，而且加了一段话："可是在我们社会主义的今天，若是把席勒唯心主义美学的思想根源抛开，仅就艺术的功能和艺术家职责而论，席勒的这部著作（指《审美教育书简》，笔者注）还是有借鉴和参考价值的。"⑤ 这一评论，貌似公允，且四平八稳，其实并未能从更深

---

① 叶隽："救亡与沉潜——西南联大时代冯至、陈铨对歌德的诠释"，见《外国文学评论》2004 年第 4 期。

② 这个问题，其实对作为日耳曼语言文学专业出身的学者来说，其实迟早要触及。陈铨早在 20 世纪 30 年代完成的博士论文《中德文学研究》里就对席勒颇有涉猎，40 年代更撰文《狂飙时代的席勒》，对席勒的狂飙精神特别表彰，引为资源。冯至的工作则更相对踏实具体些，他在 20 世纪 40 年代就翻译了席勒的《审美教育书简》。不过本文对这些背景并非视而不见，而是存而不论，将问题聚焦于 50 年代冯至对席勒的诠释上。

③ 陈铨："狂飙时代的席勒"，见《战国策》第 14 期，1940 年 12 月 1 日。

④ "《审美教育书简》中译本序言"（1984 年），见冯至：《冯至全集》第 11 卷，石家庄：河北教育出版社，1999 年，第 9 页。就 1980 年代而言，中国学者对席勒的关注和研究已经成为一个相对热点的话题。先是 1984 年，董问樵出版了他的《席勒》，然后是 1987 年杨武能主持召开"席勒与中国·中国与席勒"国际学术研讨会，并出版论文集《席勒与中国》（成都：四川文艺出版社，1989 年）。中国学界对席勒的整体认知，已较前有所推进。

⑤ "《审美教育书简》中译本序言"（1984 年），见冯至：《冯至全集》第 11 卷，石家庄：河北教育出版社，1999 年，第 10 页。

的层次上去理解席勒思想的重要价值与意义。① 再加上时代语境的制约，冯至的席勒诠释其实不太成功。

席勒这样的人物，无论从哪种角度、在任何语境，都可能被引为极为重要的思想资源。关键是中介者有无"点金成金"的功力。进一步引申开去，我们可以说，伟人意义之异国生成，是一个非常重要的命题。这既取决于伟人本身的思想的深刻性、丰厚度、包容面与可阐释性，也受制于输入者自家的文化积淀、独特眼光、本土意识与切入视阈。其良性效果之形成，可谓以上要素缺一不可。与歌德阐释的相对成功比较，现代中国对于席勒的阐释确实没有完全发挥其作为"伟人意义"和"异国资源"的意义。

在我看来，在外来资源进入现代中国的过程中，就受者主体来看，至少有四大因素应予以重视。一是受者本身的学术积淀与研究深度；二是受者本土关怀的融通维度及对当下问题发掘的敏锐感；三是与时代语境及其知识精英认知层次的互动维度；四是学者独立品格的自觉意识与坚持。

就学术积淀来看，作为专治日耳曼文学的研究者，冯至、陈铨、宗白华等均曾留学德国，前两人还获得了博士学位，就对德国文化认知的深度来说应没有大的问题。但具体到某一专门研究对象，研究深度的有无仍在相当程度上会制约其资源利用与采择的层次。冯至的博士论文研究的是诺瓦利斯，最契合的两位德语作家——早期是里尔克（奥国诗人）、后期是歌德。虽然歌德与席勒关联密切，但没有对席勒进行过专门研究，仍在一定程度上导致了席勒阐释的"微效"；另一方面的原因，则是受到时代语境的严重制约，虽然我们注意到作为文学史家和作为文化政治人物的冯至其阐释语气、立场有差别，但总体来说，他的席勒阐释远没有能极尽其妙处。就此意义而言，陈铨对席勒研究更有基础些，其博士论文及修改后的著作《中德文学研究》有一些篇幅是论述席勒的，但 20 世纪 40 年代后他的席勒诠释主要立足于构建现代中国的"狂

---

① 关于这个问题，请参见叶隽：《创造的冷静与伟大的耐心——简论席勒"艺术创造"思想的当代意义》，载《中国图书商报》2005 年 5 月 13 日；叶隽：《创造的热情与伟大的冲动——席勒逝世 200 周年纪念》，见《新京报》2005 年 5 月 13 日。

飙突进"运动的需要，过于"为我所用"①；而宗白华对席勒的认知虽然更加深刻洞察，但其论述太少②。

同样作为德国伟人，甚至意义更加重大，为什么在20世纪50年代中国没有大举纪念歌德，甚至到60年代以后也未大批歌德呢？除了歌德这样的人物本身所具有的拒斥力与亲和力之外，这其实也同样涉及学者研究深度的问题。就学术积淀与研究深度而言，在现代中国语境内，冯至的歌德研究即便不是见地最高明，但至少也是着手最扎实、用功最勤奋者之一。所以我们看他作于20世纪40年代的《歌德论述》，觉得其深思锐见，相当让人"刮目相看"。就此而论，他在80年代之后增补而成的《论歌德》，就内容与材料的积累来说，或许有所完善；但就学术思路之敏锐与创发而论，并未能"后来居上"。而之所以不是在别的时间里，而是在40年代达到了他歌德研究（或也是德国文学研究）的顶峰状态，这一方面与学者的黄金年龄有关（40岁前后的中年时代），另一方面更与其本土关怀的融通维度及对当下问题发掘的敏锐感有关。我们只要读一读冯至作于40年代的那些诗文，就会知道，虽然选择默守书斋的道路，但他对时势的关怀时刻盈于心中。对民众之疾苦、政府之腐败、中国之出路乃至生存之选择，他都在文章中有明白地探讨与焦虑的思考。也正是与"吾国吾民"的互动维度，才使得他能够在以外国为对象的研究中使其"化盐于水"乃至"水乳交融"。

另外一个方面的原因，应该提到与时代语境及其知识精英认知层次的互动维度。冯至对当下问题的洞察与敏锐，不是空穴来风，除了自身的关切和寻路意识，与其和当时知识精英的互动有关，这种互动，既表

①　参见叶隽：《陈铨的民族文学观及其构建现代中国"狂飙运动"的尝试》，见陈平原主编：《现代中国》第4辑，武汉：湖北教育出版社，2004年。Ye Jun, "Der Sturm und Drang im Modernen China-Chen Quans Ideal einer Nationalliteratur und seine Realisierung", in Wei Maoping & Wilhelm Kühlmann（Hg.）, *Deutsch-chinesische Literaturbeziehungen-Vorträge eines im Oktober 2003 an der Shanghai International Studies University abgehaltenen bilateralen Symposiums.* Shanghai, Shanghai Foreign Language Education Press, 2006. S. 300 - 323。

②　宗白华对席勒与歌德订交时的文艺思想这样概括："他认为艺术创作是一切文化创造最基本最纯粹的形式。它是不受一切功利目的的羁绊，最自由最真实的人生表现。它替人生的内容制造清明伟大的风格与形式，领导着人生走向最充实最完美最自由的生活形态。所以，艺术和艺术家应该认识及负起文化上最高的责任与最中心的地位。"宗白华：《歌德、释勒订交时两封论艺术家使命的信》，见林同华主编：《宗白华全集》第2卷，合肥：安徽教育出版社，1994年，第39页。释勒即席勒。在我看来，艺术家位置的选择，是席勒思想的最核心要素之一，宗白华的判断，显然把握到了席勒思想的精髓所在。

现在媒体空间的"同声共气"，也体现在具体文化活动方面的"相互来往"①。而这两个方面，在 20 世纪 50 年代之后，随着共产党意识形态的统一，独立的学者意识渐被化融，个体的人愈益密切地被整合到"国家集体"中去，成为其中的一个零件，每个独立的个体都不复存在，所谓的"问题感知"与"精英互动"自然也就烟消云散。

至于谈到学者独立品格的自觉意识与坚持，在那个年代或许更属苛求。在 20 世纪 50 年代以后政治话语占据主导性权力地位的年代里，能做到者凤毛麟角，如陈寅恪这样的风骨凛立者毕竟是极少的，在那样的语境中仍坚守其"独立之精神、自由之思想"的原初理想，唯其难能，所以可贵。在这方面，冯至当然无法与其相比。在"文革"中即便是"山雨欲来风满楼"的背景下，即便"已如肉案上的羔羊"②，陈寅恪仍"在漫天狂潮中孤寂地枯守一隅"，以一代学人的大气磅礴和耿介自持，坚守着一生戮力的"精神之学问"。肉体可受折磨，精神决不屈服，真是"一生负气成今日，四海无人对夕阳"③。也难怪，有论者谓：在"最混乱的 1967 年，陈寅恪式的'尊严'，一有机会仍顽强地展示"④。这不完全是个体品格的问题，也涉及学者个体对政治的认知能力与价值取向。我们不应忘记，冯至是在 20 世纪 40 年代的特殊背景下，自觉向左转的学者。

除了我们以上揭示的接受主体的功用外，被接受者（接受客体）显然也同样参与这一过程建构，而这个方面往往为我们所相对忽视。在德国自身的历史传统里，歌德、席勒虽然相提并论，但介入现实语境的功

①　参见贺桂梅：《转折的时代——40—50 年代作家研究》，济南：山东教育出版社，2003 年，第 195—196 页。

②　陆键东：《陈寅恪的最后二十年》，北京：生活·读书·新知三联书店，1995 年，第 474 页。

③　钱文忠编：《陈寅恪印象》护封，上海：学林出版社，1997 年。1967 年 4 月 2 日陈氏的一纸"声明"，当最能显示其"心态与风骨"：一，我生平没有办过不利于人民的事情。我教书四十年，只是专心教书和著作，从未实际办过事；二，陈序经和我的关系，只是一个校长对一个老病教授的关系。并无密切的往来。我双目失明已二十余年，断腿已六年，我从来不去探望人。三，我自己的一切社会关系早已向中大的组织交代。蒋天枢：《陈寅恪编年事辑增订本》，上海：上海古籍出版社，1997 年，第 180 页。

④　陆键东：《陈寅恪的最后二十年》，北京：生活·读书·新知三联书店，1995 年，第 477 页。

用却颇有差异。譬如在纳粹时代，席勒、荷尔德林显然就大受欢迎①，歌德则是不得不被供奉起来的"伟人"②，实际上并不符合纳粹的那套理念。因为从思想的契合程度来说，歌德根本就对"民族社会主义"这一套毫无兴趣。所以，从授者方面来看，其提供资源的力度、角度、多元与否，其实也同样不能被完全漠视。因为这其实也关系到与受者心灵契合的程度，并进而最终影响到时代语境中异国伟人镜像变迁的可能性与效果。从这个意义上来理解，席勒与歌德作为接受客体的自身差异，其实在相当程度上还是发挥作用的，只不过更加潜移默化，"随风潜入夜，润物细无声"，需要受者乃至后来的研究者有更多的潜心思索、盘考把玩的功夫。而由此，"时代语境中的异国伟人镜像变迁"这一命题所可能牵连出的异国资源、本土情怀、时代语境、受者趣味等诸多元素，就更

---

① 参见 Albert, Claudia（Hrsg.），*Deutscher Klassiker im Nationalsozialismus-Schiller*, *Kleist*, *Hölderlin*（民族社会主义时期的德国古典作家——席勒，克莱斯特，荷尔德林）. Stuttgart & Weimar：Metzler, 1994。此书主要是从接受史角度阐发古典作家是如何在现代语境中发挥作用的，他所选择的是民族社会主义这个时段，可以想象，席勒会在这样的时代背景下被作何诠释。Gabriele Stilla 的 "Gerhard Fricke：Literaturwissenschaft als Anweisung zur Unterordnung"（格哈德·弗里克：作为臣服工具的文学研究）以作为文学史家的弗里克为例，来考察他是如何以对席勒的持续推进的阐释，来构建起一种个体对国家的宗教式虔诚与奉献，而这一思路则将德国古典自由美学异化成了持续的激情。"Fricke schafft in seiner kontinuierlich betriebenen Schiller-Deutung die Grundlage für eine religiös artikulierte Hingabe des Individuums an den Staat, die die klassische Autonomieästhetik in ein Pathos der Haltung umarbeitet."Albert, Claudia（Hrsg.），*Deutscher Klassiker im Nationalsozialismus-Schiller*, *Kleist*, *Hölderlin*（民族社会主义时期的德国古典作家——席勒，克莱斯特，荷尔德林），Stuttgart & Weimar：Metzler, 1994. S. 12. Claudia Albert 的 "Schiller als Kampfgenosse?"（作为斗争同志的席勒）则通过德国现代文学史上对席勒话语权的斗争，揭示出在第三帝国时期的席勒接受及其时代思想状况。

② "在这些古典作家中，比起歌德来，民族社会主义的宣传家们更乐意利用席勒，荷尔德林，克莱斯特。……歌德的作品，歌德的思想，本质上与纳粹的理论有如水火，但法西斯的头目知道歌德在民族中的地位，必然设法去利用歌德，使歌德为新的帝国服务。"高中甫：《歌德接受史 1773—1945》，北京：社会科学文献出版社，1993 年，第 217 页。还是德国史家更一针见血："与席勒、克莱斯特、荷尔德林和浪漫派作家相比，虽然歌德更不适于被作为认同对象与合法陪衬。但新的权力获得者，还有那些政治与学术界的帮闲们，却仍企图使其为新帝国与时代精神服务。"Mandelkow, Karl Robert（hrsg.），*Goethe im Urteil seiner Kritiker-Dokumente zur Wirkungsgeschichte Goethes in Deutschland*（批评者眼中的歌德——歌德在德国影响史资料），Band II. München：C. H. Beck, 1984. S. 79. 另参见 Mandelkow, Karl Robert：*Goethe in Deutschland-Rezeptionsgeschichte eines Klassikers*（歌德在德国——一位古典作家的接受史），München：C. H. Beck, 1982. Wang Bingjun（王炳钧）：*Rezeptionsgeschichte des Romans "Die Leiden des jungen Werther" von Johann Wolfgang Goethe in Deutschland seit 1945*（歌德长篇小说《少年维特之烦恼》1945 年以来的德国接受史），Frankfurt am Main, Berlin, Bern, New York, Paris & Wien：Peter Lang Europäischer Verlag der Wissenschaften, 1991。

加纷繁复杂、错综而有余绪，绝对是可能作出大好文章的"学术空间"。
而对我们来说，则不妨看作是从另一视角提供了观察和探索"现代中
国"之形成发展的"异域之眼"，既不同于本土认知的"家国情怀"，也
不完全是"异域情调"的外来经验，而是有可能使之"交融贯通"的
"你中有我，我中有你"，由此观之，接受史研究当有奥义存焉。

下　篇

三种镜像

第五章　作为文化符码的《苏鲁支》

一、《苏鲁支语录》所体现的中国知识精英之薪尽火传——从鲁迅、郭沫若的发凡起例到徐梵澄的译介事业

鲁迅对尼采的接受，最终还是落在了苏鲁支身上。这个被德国人重新塑造的波斯圣哲究竟有怎样的魅力呢？

对于鲁迅来说，尼采与苏鲁支是联系在一起的："德人尼佉（Fr. Nietzsche）氏，则假察罗图斯德罗（Zarathustra）之言曰，吾行太远，孑然失其侣，返而观夫今之世，文明之邦国矣，斑斓之社会矣。特其为社会也，无确固之崇信；众庶之于知识也，无作始之性质。邦国如是，奚能淹留？吾见放于父母之邦矣！聊可望者，独苗裔耳。此其深思遐瞩，见近世文明之伪与偏，又无于今之人，不得已而念来叶者也。"① 在这里，苏鲁支还是查拉图斯特拉，还没有确定下来，但鲁迅对这位波斯拜火教教主的关注却是显而易见。

鲁迅曾将此书部分以《察拉图斯忒拉的序言》之名译出，刊于《新潮》（第2卷第5期，1920年9月，署名唐俟），并作"译者附记"，解释各节名词与深意②。首先解释的就是第一节："叙 Zarathustra 入山之后，又大悟下山；而他的下去（Untergang），就是上去。Zarathustra 是波

---

① "文化偏至论"（1907年），见鲁迅：《鲁迅全集》第1卷，北京：人民文学出版社，2005年，第50页。

② 《察拉图斯忒拉的序言》译者附记"，引自金惠敏、薛晓源编：《评论"超人"——尼采在中国的百年解读》，北京：社会科学文献出版社，2001年，第62页。当然值得指出的是，此前茅盾已翻译出部分《新偶像》、《市场之蝇》，刊于《解放与改造》第1卷第6、7期，1919年11月15日、12月1日。

斯拜火教的教主，中国早知道，古来译作苏鲁支的就是；但本书只是用他名字，与教义无关，惟上山下山及鹰蛇，却根据着火教的经典（Aves-ta）和神话。"① 我们看鲁迅所做的工作，是建立在相当扎实的学术底气之上，其谈论问题必究其典，而所依据文本也为德文原文。但鲁迅一方面要任职教育部，一方面又要兼职上课、作文辩论，他实在没有足够的时间来集中于一项翻译事业。

而在这个方面很有推进的是郭沫若，其时郭沫若刚留日归来，与同仁办创造社，有的是自己热情与精力，尼采之重要自然不会脱出他的视野。故此，他借助创造社的媒体平台，进行翻译《苏鲁支》的工作，并曾这样阐明自己翻译此书的用意："尼采的思想，前几年早已影响模糊地宣传于国内。但是他的著作尚不曾有过一部整个的翻译，便是这部最有名的《查拉图司曲拉》，虽然早有人登了几年的广告要移译他，但至今还不见有译书出来，我现在不揣冒昧，要把他从德文原文移译一遍，在本报上逐次发表，俟将来全部译峻之后再来汇集成书。"②

应该说尼采（苏鲁支）汉译的事业是由留日学人所开创的，茅盾彼时虽尚未留日，但其眼光独特；而鲁迅则以其特别之思想家卓识而发凡起例；到郭沫若则身体力行，进一步在此道路上"躬耕力行"，虽未得全璧，但在 1928 年以部分残篇出版了《查拉图斯特拉钞》的单行本（创造社出版部）。之所以中断此业，郭沫若在 1958 年时曾作如此附记称：

> 《查拉图司曲拉》结果没有译下去，我事实上是"拒绝"了它。中国革命运动逐步高涨，把我向上看的眼睛拉到向下看，使我和尼采发生了很大的距离。鲁迅曾译此书的序言而没有译出全书，恐怕也是出于同一理由。③

20 世纪 20 年代中国政治形势巨变，郭沫若在大潮涌动中"投笔从戎"

---

① "《察拉图斯忒拉的序言》译者附记"，引自金惠敏、薛晓源编：《评说"超人"——尼采在中国的百年解读》，北京：社会科学文献出版社，2001 年，第 62—63 页。

② 《创造周报》第 1 号，1923 年 5 月 13 日。此处转引自卫茂平：《德语文学汉译史考辨：晚清和民国时期》，上海：上海外语教育出版社，2004 年，第 135 页。

③ 引自成芳主编：《我看尼采——中国学者论尼采（1949 年前）》，南京：南京大学出版社，2000 年，第 165 页。

而投身革命，连带着也拒绝了尼采和苏鲁支。不过，鲁迅虽然同样发生了"向左转"的事实，却并未抛弃尼采，更未忽略了《苏鲁支》的汉译事业。当初之译序言，仍在五四新文化的大潮涌动之中；日后之放弃，主要是因事多难任而不得不转移阵地。"薪尽火传"，鲁迅的《苏鲁支》译事交给了下一代人。若按照徐梵澄的解释："鲁迅晚年转到了马克思主义，却未尝抛弃尼采，所重在其革命精神，同向人类社会的高尚目标前进。"① 这才可谓是对鲁迅的"同情之理解"，也不负了梵澄作为尼采汉译事业的"托孤"之人。

我们应该注意到，从梁启超、王国维一代人的介绍尼采，到鲁迅、郭沫若等先后聚焦于《苏鲁支语录》并进行翻译实践，彼此的识见虽近，但关怀的方式与借用的路径显然很不一样，这是特别值得关注的。也就是说，虽然同样具有留日背景，并深受留日时代的日本文化中的德国因子影响，但因为日后的取向和个体生性的差别，而产生了不同的路径。即便对一个尼采，一个苏鲁支，亦然。

鲁迅、郭沫若的苏鲁支翻译，开辟了一个重要的翻译尼采的传统。可惜的是，郭沫若显然走上了更容易"立竿见影"的政治道路，对尼采与苏鲁支浅尝辄止，否则以他的天才和学养，在此领域当可有更多创获。而鲁迅则不然，他在万马齐喑的困境中虽然也心怀彷徨、寻找光明，并接近左倾，但仍未忘记自己的独立知识精英地位，始终在一个知识层面的高度上看待问题，包括对尼采和苏鲁支的认知。他曾经这样说过："中国曾经大谈达尔文，大谈尼采，到欧战时候，则大骂了他们一通，但达尔文的著作的译本，至今只有一种，尼采的则只有半部，学英德文的学者及文豪都不暇顾及，或不屑顾及，拉倒了。"② 可以见出，鲁迅是有着非常强烈的整体中国语境的文化建设之自觉意识的。具体到郭沫若的译事，鲁迅也是有看法的，当时郑伯奇曾说过《创造周报》中断发表的郭沫若思路。鲁迅似不以为然，他认为"像尼采这样的 19 世纪重要思想家，把他的主要作品翻译出版还是有必要的，不能仅从原作对我们今天

---

① 徐梵澄《缀言》，见〔德〕尼采：《苏鲁支语录》，徐梵澄译，北京：商务印书馆，1992 年，第 29 页。

② 《二心集·"硬译"与"文学的阶级性"》（1930 年），见鲁迅：《鲁迅全集》第 4 卷，北京：人民文学出版社，2005 年，第 216 页。

的革命事业是否直接有利作抉择的标准"①。

鲁迅开了个头，然而终究是没有译完《苏鲁支语录》，这个任务他托付给了弟子辈的徐梵澄（1900—2000）。徐梵澄这个人很有奇怪的一面，但他却是纯正学人之典型；所以也就难怪，他能得到鲁迅的深深激赏。他这样记述了"薪火相传"的精英译事：

> 《苏鲁支语录》，是尼采的一部名著，另译是《查拉斯屈拉图如是说》，先生（指鲁迅，笔者注）说"苏鲁支"是唐时的译名，我未尝十分注意。某日问我："你为什么不翻译苏鲁支呢？"我说郭沫若已有译本，先生说不全，要全部译出。我问可在哪里出版呢？先生说可介绍给郑振铎出版。那么，只好遵命了。——其时先生正动手译《死魂灵》。②

如此追忆，貌似平淡，其实却是"千金一诺"。彼此之间，更有一种为中国文化开辟新路的自觉之意气相投，乃至对人类文化整体性关注的至大胸怀。徐梵澄推究鲁迅之推崇尼采的原因乃不乏"意气相通"的因子："尼采是诗人，思想家，热烈的改革者。文章朴茂，虽多是写短章而大气磅礴，富于阳刚之美，诗虽好而视为余事。然深邃的哲学，出之以诗的语言，是欧洲近古所罕有的。稍可比美的，只有以前的一契克迦德，然仍较逊。其余的皆专重思想之质，表以自有的一系统哲学语言，往往难于普及。这些方面，皆与先生不异。譬之黄金则皆是精金，只有量之不同而已。"③这一比较非常重要，因为梵澄的思路，接触到了鲁迅成就的最为核心点，也就是"诗—思"的共生。鲁迅虽然以文为业，但其毕生职志，当在思之形成。所以，我们讨论鲁迅，固然不可不从文学史入手，但却不可不由思想史俯瞰，如此方可略得其全面之面相。而梵澄显然是能把握到这一点的。

---

① 赵家璧："鲁迅·梵澄·尼采——回忆鲁迅，介绍梵澄译《尼采自传》"，见金惠敏、薛晓源编：《评说"超人"——尼采在中国的百年解读》，北京：社会科学文献出版社，2001年，第390页。

② 徐梵澄："星花旧影——对鲁迅先生的一些回忆（节选）"，见金惠敏、薛晓源编：《评说"超人"——尼采在中国的百年解读》，北京：社会科学文献出版社，2001年，第163页。

③ 徐梵澄："星花旧影——对鲁迅先生的一些回忆（节选）"，见金惠敏、薛晓源编：《评说"超人"——尼采在中国的百年解读》，北京：社会科学文献出版社，2001年，第164页。

　　反之，鲁迅对梵澄，也可谓是"相逢有知"，不仅是曾与他通信"近百封"（多毁于长沙战火），更是一种发自内心的亲切与激赏。赵家璧在晚年对此极有感触，认为：

> 　　当时梵澄虽非左联成员，但鲁迅对这一位"脾气颇不寻常"的文学青年，从介绍出书到代校清样等，在来信的字里行间所表达的那种亲切关怀，甚至有些宠爱和宽容的感情，有时还用诙谐的笔调戏称他"此公"或"英雄"等，如果同给黎烈文的几封信一起来看，确实是很少见的。①

　　确实，鲁迅一生之中，对青年人总是以长者之心循循待之、寄予期望、给予援手、提携与关心并存、批评与热爱共生，如对冯至等沉钟社成员就是颇为关注、对高长虹之辈更曾提携甚力。但即便如此，他对梵澄的用心与寄望，却似乎不止于"青眼有加"而已。这一点，同样表现在许广平（1898—1968）的回忆中："他（指梵澄，笔者注）天赋极高，旧学甚博，能作古诗、短评，能翻译，钦慕尼采，颇效其风度。"在许广平看来，鲁迅之所以对其特别提携，对其"不惜辛勤设法，并非特有其私"②，主要还是因为梵澄自己乃积极向上、有才有德之青年。即便如此深受鲁迅之恩惠，梵澄却并不因为"个人之私"而抹杀了对鲁迅的客观评价。

　　盖棺论定，梵澄认定："鲁迅究竟是文学家，未曾建立一系统文化哲学，如尼采之所为。"③ 这个判断是非常重要的，也就是说在梵澄的心目中，鲁迅虽然是中国现代思想史乃至哲学史上的重要一页，但其成就也有一定的限止处。当然，中国传统并不以建立何种"系统理论"为美，故此是否有一系之哲学，其实并非至关重要。实际上，在西方传统里，尼采也就是个离经叛道的思想者，而不能算是什么系统的文化哲学家。他所建构的"诗思共生"的理念，或许才是更有价值的新范式。尽管如

---

① 赵家璧："鲁迅·梵澄·尼采——回忆鲁迅，介绍梵澄译《尼采自传》"，见金惠敏、薛晓源编：《评说"超人"——尼采在中国的百年解读》，北京：社会科学文献出版社，2001年，第382页。

② 许广平：《欣慰的纪念》，北京：人民文学出版社，1951年，第80—83页。

③ 徐梵澄："星花旧影——对鲁迅先生的一些回忆（节选）"，见金惠敏、薛晓源编：《评说"超人"——尼采在中国的百年解读》，北京：社会科学文献出版社，2001年，第166页。

此，系统哲学的有无，其中仍可见出层次之高下、境界之有无。鲁迅的意义与不足，或许都可从此看待。以一种划一的标准去衡量之，则系统哲学之成就与否，确实关系到人思维方式的理论层次和建构意识问题，它或许不是唯一的标准，但确实是一个相当重要的标准；而如果以多元的标准去看待，运思于诗、以诗为思，都是一种高境界。诗人作为哲学家的价值一点都不比纯粹的专业哲人要差，可问题在于，世界是否已做好足够的准备来面对这样的一代诗哲？

冯至说得好："苏鲁支并不是尼采，尼采只不过是写苏鲁支的人。"①这一区分，对我们理解尼采—苏鲁支的关系，尤其是作者—文学镜像的关系，有很好的启示。在20世纪40年代的尼采接受乃至德国文化接受中，冯至是难得的清醒之士，这或许与他的政治立场不无关系，但对德国文化的整体客观认知，却占据了他此时立论的根本基点。徐梵澄当初留德之际，在海德堡与冯至颇有交谊，彼此之间不乏在诗与思上的共鸣之处。那么，我们要追问的是，梵澄之译者身份的呈现，对于中国的苏鲁支接受究竟有着怎样的意义呢？在我看来，薪火相传，精神不灭。鲁迅之接受苏鲁支，目的就在于裨益于中国现代文化整体场域的资源建设；而郭沫若翻译苏鲁支，则更多出于自身的需要和选择。留日学人群体不同思路的筚路蓝缕，可谓由留德学人薪火相传而承受之。相比较治文学者如冯至的沉潜于诗，治哲学者如贺麟之探究黑格尔，梵澄的苏鲁支译介却自有其不可替代之价值，那就是他不但有诗哲互动之意味，更有究心世界文化之宏愿，日后探究梵印文化当为明证。《苏鲁支语录》之终于推出，实在意味深长。数代多位知识精英的"接力赛跑"，终于酿出了果实。徐梵澄终于译出了《苏鲁支语录》，这对现代中国的尼采接受来说，极为关键；而对苏鲁支的中国旅行而言，则更为重要。当郭沫若毅然向左转，并慨然抛弃了尼采和苏鲁支之后，徐梵澄毅然接过鲁迅布置的任务。而更有趣则在于，与郭沫若选择同一政治理想的知识精英，居然也有人反而接过了苏鲁支的旗帜，不但不以此为耻，反而将之援为自己的精神支柱，其苏鲁支译介，究竟有何意义呢？我们不妨来考察一下楚图南其人其事。

---

① 冯至："谈读尼采（一封信）"，原载《今日评论》第1卷第7期，1939年，此处转引自成芳主编：《我看尼采——中国学者论尼采（1949年前）》，南京：南京大学出版社，2000年，第430页。

二、本土学人的理解：以楚图南为中心

即便我们梳理由鲁迅—徐梵澄的尼采轨迹，乃至《苏鲁支语录》中转诞生的留日—留德渠道，但不可否认的是，任何一种文化资源都不可能被某个群体所独占，作为公共文化资源的大师巨子就更是如此了。所以，下面我们要讨论的苏鲁支接受个案，乃是一位并未有过任何留学背景的本土学人，既与日、德无关，亦与其他相关国度如英、美等没有直接关系，但他通过英语工具的帮助，同样能够深入接触尼采与苏鲁支，并引之为自身的重要文化资源。

楚图南（1899—1994）这样的人物，其走近尼采，选择苏鲁支，有其特殊的个体生性与历史语境形成因素。①"1903 年冬，我在东北和一些进步教师、学生一起，被作为'共产党要犯'受到缉捕。"② 在吉林监狱的这段囚牢生活，不但没有摧毁一个知识精英的意志，反而给了楚图南汲取资源、重新振作的机会，甚至成就了一位翻译家和诗人，譬如说对尼采的深度接触和尚友。楚图南这样交代其尼采译介和接受背景："关于尼采的著作，我以前曾在鲁迅、郭沫若以及高尔基的作品中，看到过他们对尼采的一些介绍和评论。但是，比较系统而完整地接触尼采的作品，倒还是在狱中度过的这几年。"所以，他这样解释其尼采译介的特殊功用：

> 我和同案的难友们，身居囹圄，时刻都面临着死亡和恐怖的威胁。在这种特定的环境下，尼采作品中的那种反对社会现实，冲决一切罗网的呐喊；那种向往未来，向往"超人"世界的渴求，给我以联想，尼采仇恨现实、憎恨"狼群"社会的思想，自然也引起了我的一些共鸣。③

---

① 参见张维"学者型的外交活动家楚图南"，见《思想战线》第 25 卷总第 154 期，1999年第 4 期，第 91—95 页。

② 楚图南：《查拉斯图拉如是说》再版前言"，见金惠敏、薛晓源编：《评说"超人"——尼采在中国的百年解读》，北京：社会科学文献出版社，2001 年，第 174 页。

③ 楚图南："《查拉斯图拉如是说》再版前言"，见金惠敏、薛晓源编：《评说"超人"——尼采在中国的百年解读》，北京：社会科学文献出版社，2001 年，第 175 页。

非常有趣，作为革命党人的楚图南，在困境艰难之际，引以为精神资源的居然是尼采。甚至不仅如此，他进而谈到了鲁迅："我在狱中的几年，通过翻译尼采的自传体的《看哪，这人》，反映尼采哲学思想的格言录体《查拉斯图拉如是说》等作品，也使我对鲁迅在危境中的那种心境有了进一步的理解。"① 如此，我们可以看到一个有趣的维度，就是中国之尼采接受史中，鲁迅传统形成了一个强有力而且有延续性的"谱系延伸"。甚至这样一种"谱系网结"并不仅仅表现在鲁迅自己有意识建构的"鲁迅—梵澄、冯至"脉络，也出现在"鲁迅—楚图南"线索方面。如谓不信，在事隔多年之后，楚图南在新时代再版旧译之际提及 1927 年9 月鲁迅为《唐宋传奇集》所作序例时的一段话，"时大夜弥天，璧月澄照，饕蚊遥叹，余在广州"；并加注道："根据当时我所处的环境及心情，这话想起来是颇有深意的。鲁迅正是以他所不信仰的古代虚幻缥缈、悲欢离合的'怪异'、'传奇'，表示他对现实的反抗和排遣他沉重的心情。"而这显然与尼采之仇恨现实、"狼群"社会的思路有共通之处。②

这样就为我们透视楚图南的译者心境提供了良钥，也就不难理解，他为什么会宣称自己"是扣着铁的严肃，在死的战栗，也是在死的大宁静中，译下了这东西"③。但楚图南确实是有自己的独特尼采理解的：

> 如同在宗教上，释迦与基督之不同，尼采在哲学和艺术上也是与叔本华、波特莱尔极端相反而发挥了他的凌越千古的哲理和热情。他以为悔恨报仇，自怯懦而生，释迦却征服了这，以德报怨，种善因缘，所以他称佛教为"卫生的哲学"，要使它和哀怜可鄙如基督教者有所区别。此外，他以波特莱尔为颓废派典型。谓退化的本性，以非人的欲望对生命复仇，而否定了生命，遂产生了叔本华的哲学。于是以古代希腊的德阿尼希斯及波斯的查拉斯图拉来寄托了他的原

---

① 楚图南"《查拉斯图拉如是说》再版前言"，见金惠敏、薛晓源编：《评说"超人"——尼采在中国的百年解读》，北京：社会科学文献出版社，2001 年，第 175 页。
② 楚图南"《查拉斯图拉如是说》再版前言"，见金惠敏、薛晓源编：《评说"超人"——尼采在中国的百年解读》，北京：社会科学文献出版社，2001 年，第 175 页。
③ 楚图南"《查拉斯图拉如是说》译者题记"，引自金惠敏、薛晓源编：《评说"超人"——尼采在中国的百年解读》，北京：社会科学文献出版社，2001 年，第 169 页。"这东西"指《查拉斯图拉如是说》，即《苏鲁支语录》。

始健壮的音乐和诗情，来建筑了照耀于未来的超人的哲理。①

这段开端颇有见地，颇符合二元思维不破不立的原则。其实这也符合楚图南他少年以来的思想，他少时就有诗云："大梦谁先觉，平生我自知。犯难以入世，行矣复奚疑。"② 其时，他已参加蔡和森所领导的社会主义青年团，慨然有投身革命的豪情壮志，日后更逐步走上一个职业革命者的道路。可就是这样一个"革命文人"，却是引尼采为最艰难时刻的精神支柱的，这为我们理解尼采的现代中国接受提供了一个非常有益的补充视角。可为什么，为什么是尼采？幸则楚图南日后与后辈谈心，曾这样提及翻译尼采的初衷：

> 一是德意志民族是勤于思考的民族，是出大思想家的民族。马克思、康德、黑格尔的著作已有人介绍到中国，而对尼采的著作，当时还没有系统而完整的任何一种著作的全译本。其二，德国人尼采的英文译本较容易带进监狱。军阀政府的狱政当局，对尼采的著作，由于无知，会"宽容"一些。其三，通过对英文原著的译述，还可巩固和提高英文阅读能力，并也教育和帮助同案、同监的年轻朋友、学生。③

如此思考，确实不但有其理想性的一面，更有现实可操作的因素，相当可信。尤其是楚图南当年翻译所依据的原本乃是美国"世界佳作现代文库"（The Modern Library of the World's Best Books）的 64 开袖珍英译本至今还得保存，"在这本历经近 70 年的小书上，扉页及封底的空白处都用英文记满了父亲译述此书的说明、注解。书中空白处还有大量的说明和批注。"④ 可见，楚图南所提的说法，并非空穴来风。楚图南之接近苏鲁

---

① 楚图南："《查拉斯图拉如是说》译者题记"，引自金惠敏、薛晓源编：《评说"超人"——尼采在中国的百年解读》，北京：社会科学文献出版社，2001 年，第 167 页。

② 《入世》（1922 年夏），见楚图南：《苕草集——楚图南诗词选集》，北京：人民文学出版社，1995 年，第 3 页。

③ 楚泽涵："步履 征程 企望——《楚图南集》校后记"，载《群言》2000 年第 2 期，第 38 页。

④ 楚泽涵："步履 征程 企望——《楚图南集》校后记"，载《群言》2000 年第 2 期，第 38 页。

支，与选择尼采有关，而后者又与认知德国文化有关，可见知识谱系的形成有其特定的"圈域"关联。而通过楚图南这个个案，我们会很有意思地发现，尼采的中国接受，其实有一个相当自然形成的"圈域"，即有它特定的脉络和流向。从鲁迅开始，到徐梵澄、冯至等人，有其学院化的线索；而在楚图南身上，则有政治型知识精英的轨迹。而更有趣的是，为楚图南等人往狱中传送各类书刊的陈翔鹤（1901—1969），又居然是冯至的沉钟社同仁，这种知识与社会网络的形成真是饶有趣味。

楚图南这样理解尼采的精神与意义："人不是一种目标，人乃是一种过渡，一种桥梁，他（指尼采，笔者注）教我们走着这桥梁，这高撑在巨壑绝巅之上的一根绳索。由毁灭到创造，经过战栗和斗争，渡到更遥远的未来，光明的未来，那伟大的'日午'！"而接下去他自己则表白说："我就是以这种精神，这种意味，而赏味了尼采。事实上，他也帮助了我在死和黑暗的严肃与无助中，度过了一段绝望和幻灭的生活。"① 确实，尼采不仅帮助楚图南支撑过了艰难的狱中岁月，而且也在日后成为他重要的精神支撑。抗战时代，楚图南任教于云南大学，在昆明的民主政治生活中扮演了颇为重要的角色。作为一个左倾知识分子，楚图南的路径与闻一多、李公朴有相似之处，他们日后在昆明声气相应、有所合作，也说明了这一点。但楚图南的不同之处则在于，他是一个革命者，而非仅是一个同情左翼、言论左倾的知识分子而已。所以他的事例最好不过地说明，尼采的思想中有着多重因子，苏鲁支也有着革命的力量！

三、我们需要怎样的苏鲁支？——译本批评的思想史意义

就《苏鲁支》的汉译史来看，虽然此前茅盾、鲁迅、郭沫若、林语堂等先后译出过部分，但真正的全译本之出版仍要到了1936年。当时萧籁、梵澄两人的译本先后由商务印书馆（3月）、生活书店（9月）推出，此后又有雷百韦（中华书局1940年版）、高寒（楚图南，贵阳文通书局1947年版）译本②。但真正进入公共文化流通领域，并成为讨论话

---

① 楚图南：《〈看哪，这人〉译序》（1932年），见金惠敏、薛晓源编：《评说"超人"——尼采在中国的百年解读》，北京：社会科学文献出版社，2001年，第172页。

② 卫茂平：《德语文学汉译史考辨：晚清和民国时期》，上海：上海外语教育出版社，2004年，第136页。

题的则为前两个译本，因其时间接近而且基本为首次推出，所以当时便有时人作出评论，引起了一场关于苏鲁支的讨论。

先是君度通过英、日译本并郭沫若译本考究、质疑梵澄的译本，通过文本对勘，指出问题所在①；后则林同济（1906—1980）对两个全译本作出很不客气的批评。君度一方面认可梵澄的德译本的功劳，另一方面则质疑其可信度，但同时坦承自己不通德文作校勘的局限性，希望"有懂德文，对于尼采也有些偏爱的朋友出来校正一下"②。譬如，他对"道德讲座"（Von den Lehrstühlen der Tugend）这段的引用如下：

> 郭译：对这些皋皮设讲的大贤者的心目中，智慧便是梦的安睡。
> 梵译：于这班盛称底智者，智慧不过无梦的睡眠。
> 英译：Wisdom was sleep without dream. （智慧是无梦的睡眠）③

我推测，这段话的德文应当为：

> Allen diesen gelobten Weisen der Lehrstühle war Weisheit der Schlaf ohne Träume: sie kannten keinen bessern Sinn des Lebens. ④

这是一个完整的句子，上引译文皆不全。直译当为：

> 一切被称颂的讲座智者之智慧，只是无梦的安眠：他们不知道生命还有其他的更妙的意义。⑤

---

① 君度"关于《苏鲁支语录》"，原载《中流》第 1 卷第 8 期，1936 年 12 月 30 日，见郜元宝编：《尼采在中国》，上海：上海三联书店，2001 年，第 227—232 页。

② 君度"关于《苏鲁支语录》"，原载《中流》第 1 卷第 8 期，1936 年 12 月 30 日，见郜元宝编：《尼采在中国》，上海：上海三联书店，2001 年，第 232 页。

③ 君度"关于《苏鲁支语录》"，原载《中流》第 1 卷第 8 期，1936 年 12 月 30 日，见郜元宝编：《尼采在中国》，上海：上海三联书店，2001 年，第 227—228 页。

④ Friedrich Nietzsche: Werke und Briefe: Die Reden Zarathustras. Friedrich Nietzsche: Werke, S. 6320 (vgl. Nietzsche-W Bd. 2, S. 297) (c) C. Hanser Verlag http://www.digitale-bibliothek.de/band31.htm。

⑤ 王岳川编：《尼采文集 查拉图斯特拉卷》，周国平等译，西宁：青海人民出版社，1995 年，第 24 页。

大约说来，这样一种理解必须放置在整体的思想史框架下，结合作者的思路来求其甚解。这就要求翻译者最好兼具研究者的身份，至少是态度，而梵澄应当说是具备这个条件的。他既通德文，又对尼采饶有兴趣，故此来作这样的翻译即便不是最佳人选，亦为"难得之匹"，否则鲁迅也不会独独看上他。其实比较上述译文，之间并无大的出入，但进入汉语语境，确实没有尼采德语表达得那样畅达诗意。"道德讲座"这段叙述的是苏鲁支听智者宣道而产生的感想，大致是对此类占据道德讲座却又只知"催眠"的智者的讽刺，所以尼采会判定对于这些人来说，智慧仅仅是无梦的睡眠，意思实际上已经接着解释得很清楚了，就是他们不懂得生命还有更好的意义。① 君度若能仔细阅读上下文，其实可以理解尼采的基本思想，并推敲出各译文之间并无多大的出入；但他的追问给我们提出的问题是，中译文如何才能既含留原意，又能化盐于水般地进入到汉语语境之中。郭沫若倒是大手笔，译成"智慧便是梦的安睡"，就传达尼采原意而言，倒也不可谓不行，我想郭氏不至于连 ohne（没有）的意思都不明白，他故意这样略去而引申为"安睡"，实际上倒是体贴尼采意味，并尽可能在汉语中创化的。但就忠于原文而言，梵澄是做到了。

林同济所批评挑战的，首当其冲的是梵澄译本，因是由德文直接译出，且主编者郑振铎褒扬有加，所谓"他的译笔，和尼采的作风是那样的相同，我们似不必再多加赞美"②，可能益发激起读者的期待，故此林同济非常恼火，不但称此评语为"荒谬"，更认为："这位梵澄先生是已把尼采扑杀了！"而同样，商务印书馆的萧籁译本也被认为是"同丘之貉"③。而林同济是通过与德文本的对勘进行其批评的，所以虽然"火药猛烈"，但却是一种学理上站得住脚的批评方式。

譬如讨论引言第三节的部分，他就分别引述了德文原文与梵、萧译本进行讨论：

---

① 参见〔德〕尼采：《苏鲁支语录》，徐梵澄译，北京：商务印书馆，1992 年，第21—24 页。

② 郑振铎：《〈苏鲁支语录〉序》（1936 年），见郜元宝编：《尼采在中国》，上海：上海三联书店，2001 年，第 226 页。

③ 林同济：《尼采〈萨拉图斯达〉的两种译本》，原载《今日评论》第 1 卷第 16 期，1939 年 4 月 16 日，见郜元宝编：《尼采在中国》，上海：上海三联书店，2001 年，第 285 页。

Ich beschwöre euch, meine Brüder, *bleibt der Erde treu* und glaubt denen nicht, welche euch von überirdischen Hoffnungen reden! Giftmischer sind es, ob sie es wissen oder nicht.

......

Einst war der Frevel an Gott der größte Frevel, aber Gott starb, und damit starben auch diese Frevelhaften. An der Erde zu freveln ist jetzt das Furchtbarste und die Eingeweide des Unerforschlichen höher zu achten, als den Sinn der Erde![①]

林同济引梵澄译本:

我与你们立誓,兄弟们,对于土地守忠实,不相信那班向你们说起超地球底希望的人们!那皆是人类的毒杀者,渠们自知或不知道。……

曾经有一个时间,对上帝的亵渎是大不敬,但上帝死掉了,这班不敬者也同死掉了。对于土地不敬在现在是最可怕的事呵,将于不可知者的心肠,比对土地的意义更加崇拜![②]

这段翻译让林同济非常恼火,认为"佶屈聱牙",而"最后一句,真令人瞠目莫解";同时他又引萧译本:"且如人心以为有不可知之物,高出于此世界意义者,则当訾毁之。"认为也是"意义一样地晦暗"[③]。实际上,从文本校勘进行核对的话,中译文和德文并无重大差别,意思基本是都出来了。但关键是在如何理解尼采的思想。

林同济实则要强调的是"尼采有个基本的概念:对生命的肯定。以积极的态度来接受生命;以纯入世的精神,向'人'的身上,建个'超

---

① Friedrich Nietzsche: Werke und Briefe: Zarathustras Vorrede. Friedrich Nietzsche: Werke, S. 6293(vgl. Nietzsche-W Bd. 2, S. 280)(c)C. Hanser Verlag http: //www. digitale-bibliothek. de/ band31. htm 此处德文原文有小错,此处径改之。

② 林同济:《尼采〈萨拉图斯达〉的两种译本》,原载《今日评论》第 1 卷第 16 期,1939 年 4 月 16 日,载郜元宝编:《尼采在中国》,上海:上海三联书店,2001 年,第 285—286 页。核对后来的新校译本,基本没有改变。参见〔德〕尼采:《苏鲁支语录》,徐梵澄译,北京:商务印书馆,1992 年,第 6 页。

③ 林同济:《尼采〈萨拉图斯达〉的两种译本》,原载《今日评论》第 1 卷第 16 期,1939 年 4 月 16 日,见郜元宝编:《尼采在中国》,上海:上海三联书店,2001 年,第 285、286 页。

人'的基础。在他的眼中，一向基督教出世之说，天堂之谈，不但是怯懦者逃避现实的手段，并且风气所被，将要把生命本身摧残而无遗"。①可惜在抨击了两位译者之后，林氏并未给出一个标准译法来。② 当林氏立论之际，不过而立之后不久，仍有其"血气方刚"的一面，未免有些苛求于人。实际上，译事之难，唯当事者可体会，所谓"如鱼饮水，冷暖自知"，自有其非常人所道处。林氏是以政治学为专业之学者，此时又当战国策派将起之际，而该派所援引的文化资源主要来自德国，而尼采又符合他们所强调的力之搏战的思想需要③，作为自诩对《苏鲁支》"百读不厌"者，林同济对尼采确有深刻认知，所谓尼采"嗅到现代西方欧西文化的中心病象"，所建超人虽仅"一种诗意的憧憬，一种乌托邦的追求"，但确是"把宗教家'超于人'的高度认合于道德家'入于世'的热力，再透过苏格拉底以前希腊异教的自卫精神，唯美精神，而烧烤出他心目中所独有的理想人格型"④。所以其所批评，不但颇有力度，而且背后则不无争夺"话语权"的意味在；日后林氏转业文学，自己多少也接触文学翻译，或可更有"同情之理解"。

当然，从另一个方面来讲，梵澄译书之际方当青年，毕竟还属"练笔之作"，未到炉火纯青之境，有些"生僻晦涩"乃至错误都是正常的。日后徐梵澄自己在老年时代校核重出此书时，说过这么一段话："倘现在要我翻译这书呢，我必然迟疑而又迟疑，谨慎到不敢轻易下笔了。但少年时代不同，那时仿佛是'笔所未到气已吞'，学肤而气盛。不到半年，便已全部译完。一往求时间经济。每天从早到晚，坐在窗下用毛笔佳纸写正楷小字。慢慢一字一句译出，很少涂改，不再誊钞，

---

① 林同济：《尼采〈萨拉图斯达〉的两种译本》，原载《今日评论》第 1 卷第 16 期，1939 年 4 月 16 日，见郜元宝编：《尼采在中国》，上海：上海三联书店，2001 年，第 285 页。

② 钱春绮是这样译的："我恳求你们，我的弟兄们，忠于大地吧，不要相信那些跟你们侈谈超脱尘世的希望的人！他们是调制毒药者，不管他们是有意或无意。……从前亵渎上帝乃是最大的亵渎，可是上帝死掉了，因而这些亵渎上帝者也死掉了。现在最可怕的乃是亵渎大地，而且把不可探究者的脏腑看得比大地的意义还高。"〔德〕尼采：《查拉图斯特拉如是说》（详注本），钱春绮译，北京：三联书店，2007 年，第 7—8 页。

③ 关于战国策派的论述，参见江沛：《战国策派思潮研究》，天津：天津人民出版社，2001 年。丁晓萍、温儒敏《"战国策派"的文化反思与重建构想（代前言）》，见温儒敏、丁晓萍编《时代之波——战国策派文化论著辑要》，北京：中国广播电视出版社，1995 年。

④ 林同济《我看尼采——〈从叔本华到尼采〉序言》（1944 年），此处自成芳编：《我看尼采——中国学者论尼采（1949 年前）》，南京：南京大学出版社，2000 年，第 564、573、575—576 页。

便成定稿；一部完了，检阅一过，便发出去。"① 应该说，这样一种交代，给我们理解这样一部重要译著的生产背景提供了重要的材料，这里基本上是一种兼有"养身性"与"做练习"兼而有之的一种简单工作历程，而并非自觉该如何"担大任"而"载史册"的后世追认的皇皇勋绩。而且，梵澄对自己少年译作的不足也不无解释："30 年代，着眼在绍介西洋思想入中国，只求大旨明确，不必计较文字细微。"② 作为一个严谨学人，自然不该以任何理由为自己的"疏忽"开脱，但毕竟这样一种思路也给我们理解那个时代著译粗疏可能性提供了一种基本价值取向。

但对于气盛而又确实有挑剔底气的林同济来说，却是不肯罢休。他接着又校勘了第三节的一句话，乃是：

Nicht eure Sünde-eure Genügsamkeit schreit gen Himmel, euer Geiz selbst in eurer Sünde schreit gen Himmel!③

梵澄译为：非为你们的罪恶——乃你们的自足呼声动天，在罪恶中的吝惜呼天！

萧籁译为：此非汝之罪过——乃汝自满之心，号泣于旻天；即汝在罪过中，悲悯之诚。号泣于旻天也。④

在林氏看来，这是尼采"铸出一句最警醒最惊人的话"，因为这是从他的思想根源里来的，"尼采认为一般人所谓的幸福，理性道德，正义，都不免带着中产阶级（Bourgeois）的小派头，满带着乡愿的气味。他提倡'大傲视'（die große Verachtung），看穿一切的假面具，

---

① 徐梵澄《缀言》，见〔德〕尼采：《苏鲁支语录》，徐梵澄译，北京：商务印书馆，1992 年，第 2 页。

② 徐梵澄《缀言》，见〔德〕尼采：《苏鲁支语录》，徐梵澄译，北京：商务印书馆，1992 年，第 2 页。

③ Friedrich Nietzsche：Werke und Briefe：Zarathustras Vorrede. Friedrich Nietzsche：Werke，S. 6295（vgl. Nietzsche-W Bd. 2, S. 281）（c）C. Hanser Verlag，http：//www. digitale-bibliothek. de/band31. htm。

④ 林同济：《尼采〈萨拉图斯达〉的两种译本》，原载《今日评论》第 1 卷第 16 期，1939 年 4 月 16 日，见郜元宝编：《尼采在中国》，上海：上海三联书店，2001 年，第 286 页。核对后来的新校译本，没有改变。参见〔德〕尼采：《苏鲁支语录》，徐梵澄译，北京：商务印书馆，1992 年，第 7 页。

打破一切的小拘谨，而建立一套沸腾腾、活泼泼的真热诚。"① 更重要的是，他指责两位译者连辩词的本领都没有，"晓不得 schreit gen Himmel 乃是罪恶通天之意，而糊涂了事地译为'呼声动天'、'号泣于旻天'，真是令人笑骂皆非！"② 实事求是地说，这句的批评打到了痛处，因为 schreit gen Himmel 确为一俗语，有罪恶通天之意；而且他由此引申出尼采的"中产阶级"背景也是有道理的，也就是德国人所谓的"有教养的市民阶层"（Bildungsbuergertum）③。到指出第三处问题，即引言第四节时，林同济已懒得再引德文（他说是"印刷困难"），只将二人的中译文引出了事。由对苏鲁支翻译的仔细推敲，林同济得出这样的结论：

> 翻译是个重大的事业，因为翻译是介绍外来文化的工具。介绍外来文化是个民族的必需，因为与外来文化接触是维持民族生存的条件。古人翻译佛经的精绝艰苦精神，于今已罕见了。四周环绕着，大都是买办式的译人，官僚化的主编，污秽贪婪，软弱贱卑，扰乱熙熙，欺人亦复自欺。……④

这段批评火力过猛，怎么说梵澄都无法归入买办译人之列的，而且应该说他还是少有的现代知识精英谱系中的人物。至于说译者"根本不了解原文，不了解尼采，只不负责任地，发挥他们的亵渎精神，把一部第一等天才的作品，随便毁坏到体无完肤"则不但过于吹毛求疵⑤，而且有人身攻击的嫌疑了。梵澄所译，本自德文，这也正是鲁迅看重并约请其

① 林同济《尼采〈萨拉图斯达〉的两种译本》，原载《今日评论》第 1 卷第 16 期，1939 年 4 月 16 日，见郜元宝编：《尼采在中国》，上海：上海三联书店，2001 年，第 286 页。

② 林同济《尼采〈萨拉图斯达〉的两种译本》，原载《今日评论》第 1 卷第 16 期，1939 年 4 月 16 日，见郜元宝编：《尼采在中国》，上海：上海三联书店，2001 年，第 287 页。

③ 钱春绮这样翻译："向上天呼叫的，不是你们的罪，而是你们的自我满足，是你们罪恶中的贪心向上天呼叫！"参见〔德〕尼采：《查拉图斯特拉如是说》（详注本），钱春绮译，北京：三联书店，2007 年，第 9 页。

④ 林同济《尼采〈萨拉图斯达〉的两种译本》，原载《今日评论》第 1 卷第 16 期，1939 年 4 月 16 日，见郜元宝编：《尼采在中国》，上海：上海三联书店，2001 年，第 288 页。

⑤ 林同济《尼采〈萨拉图斯达〉的两种译本》，原载《今日评论》第 1 卷第 16 期，1939 年 4 月 16 日，见郜元宝编：《尼采在中国》，上海：上海三联书店，2001 年，第 287 页。

翻译的重要原因①；而且就梵澄的德文造诣来说，他留德多年，在当时的语境内，恐怕要找一个真能超过他的合适译者也不很容易。林同济很可能是在留美时期而学习德文，其德文水平应不会超过梵澄。但此处的"剑拔弩张"，却实在不可谓"客气"。

从表明来看，这似乎是一场留德学人与留美学人关于苏鲁支译介的话语权之争。②但再追问一层，则涉及现代中国之思想创造的根本原则问题。陈寅恪曾深刻指出：

> 窃疑中国自今日以后，即使能忠实输入北美或东欧之思想，其结局当亦等于玄奘唯识之学，在吾国思想史上既不能居最高之地位，且亦终归于歇绝者。其真能于思想上自成系统，有所创获者，必须一方面吸收输入外来之学说，一方面不忘本来民族之地位。此二种相反而适相成之态度，乃道教之真精神，新儒家之旧途径，而二千年吾民族与他民族思想接触史之所昭示者也。③

这里所揭示出的一个重要维度值得关注，就是输入外来文化与更新本土传统之间的关系。具体言之，就是如何处理"传统"与"外物"的关系。在这里，就是该当如何面对尼采？如何面对苏鲁支？按照陈寅恪的主张，其态度基本上是调和二元，"忠实输入"固然必要，"自家立场"也绝对必不可少，但过于偏向哪一端都是不可取的。而林同济等战国策派人物选择的路径，显然就是直接拿来的化用，大致接近于强调本民族之传统。但陈寅恪显然已经上升到一个更高的层次，他的主张乃是"一

---

① 有论者称"曾留德的梵澄据英文悉数译出《苏鲁支语录》"，卫茂平：《德语文学汉译史考辨：晚清和民国时期》，上海：上海外语教育出版社，2004 年，第 136 页。此论似不确，一则郑振铎在序言中已明确指出："这部译文是梵澄先生从德文本译出的"。郑振铎：《〈苏鲁支语录〉序》（1936 年），见郜元宝编：《尼采在中国》，上海：上海三联书店，2001 年，第 226 页。二则此言日后也得到徐梵澄自己的承认："郑序中有一句过奖之言：'这部译文是……从德文本译出的。'——这是事实，我承认。"徐梵澄《缀言》，见〔德〕尼采：《苏鲁支语录》，徐梵澄译，北京：商务印书馆，1992 年，第 3 页。

② 可我们应该注意到，即便在战国策派内部，陈铨兼有留德、留美背景，他在从政治角度阐释尼采时，也显得过于激进；其观点连林同济都"持异议"。参见丁晓萍、温儒敏：《"战国策派"的文化反思与重建构想（代前言）》，见温儒敏、丁晓萍编：《时代之波——战国策派文化论著辑要》，北京：中国广播电视出版社，1995 年，第 13—14 页。

③ 《冯友兰〈中国哲学史〉下册审查报告》，见刘桂生、张步洲编：《陈寅恪学术文化随笔》，北京：中国青年出版社，1996 年，第 17 页。

方面吸收输入外来之学说，一方面不忘本来民族之地位"，只有在这样两种"相反而适相成之态度"的作用下，才真的可能"于思想上自成系统，有所创获"。徐梵澄走的是"玄奘路线"，而林同济等更近于"传统派"。但鲁迅的路径无疑更具陈寅恪标立的典范作用，一方面他与郭沫若有相近之处，因为其他方面的工作和需要而不得不放下《苏鲁支》的译事，但另一方面他却绝没有如郭沫若那样的极端，而是意识到"玄奘路线"的意义，这正是梵澄得以薪尽火传，完成这样一项事业的重要动力。在现代中国的苏鲁支与尼采接受史上，鲁迅绝对是功不可没。而他之所以有此意识，同样根源于他对中国文化发展的整体承担和伦理意识。不是说郭沫若等人就没有，就识见而言，无疑鲁迅要高上一筹。现代中国的文化建设是一个整体性的大事业，任何人都不可能也没有必要去"包打天下"，但领袖者的重要性就在于有全局规划意识，自己可以不做，但却不可以让此场域"缺失资源"。就此而言，鲁迅、陈寅恪作为"为此文化所化之人"确为其匹，因为从这些小节细事上我们可以看出他们的通识与文化伦理观，这是一个民族极为需要而又很难形诸直白表述的。

尽管我们充分肯定梵澄"沉默工作"的重大文化史价值，但林同济的尼采批评仍有其不可取代的思想史意义。一方面，这确实显示出中国现代学术与知识场域的多元丰富和精彩演进，因为如果没有德文修养为底气，林同济又如何能激烈发言，并作这样的严厉批评呢？无论如何，有争论比死气沉沉好，学术正是在辩驳问难中前进，思想正是在热烈对话中衍生！不知道梵澄当时有否读到此文，但就其日后的长篇译序和解释来看，他似乎并非"没有针对性"；而其译文的"没有大改"好像也说明了一种态度。其中三昧，深为有趣。总体看来，战国策派"对尼采的移用，还是出于文化思考，目的在于文化重构"。他们的"倾慕和张扬"①，与一般的追星族可是迥异，目的在于立足自身文化重建的"致用"。

就苏鲁支镜像的东向而言，我们可以看到，从鲁迅—郭沫若等一代的发凡起例，以及其分途而行，到徐梵澄、楚图南（还有雷白韦等）以不同的方式译成了《苏鲁支语录》②，再到君度、林同济等人的苏鲁支翻译批评，他们的选择和努力，构成了苏鲁支的中国意义。诚如有论者所

---

① 丁晓萍、温儒敏：《"战国策派"的文化反思与重建构想（代前言）》，见温儒敏、丁晓萍编：《时代之波——战国策派文化论著辑要》，北京：中国广播电视出版社，1995 年，第 10 页。
② 〔德〕尼采：《查拉图司屈拉如是说》，雷白韦译，中华书局，1940 年。

指出的："晚清乃中国历史上少有的大变动时代，面对此国运飘摇风雨如晦的艰难局面，崛起一大批救亡图存的仁人志士。这些人分属于不同的政治集团，彼此间有过咬牙切齿地论战与纷争……在改良群治变革中国社会，推动中国历史近代化进程这一根本点上，两派宗旨大致相通。至于以身许国的志向，更不会因政治策略的得失而磨灭其光辉。"① 这段论述放置在现代中国的整体背景里依然符合若节。正是这些不同志趣、不同选择乃至不同政见的精英的整体努力，构成了现代中国最为精彩的"博弈进程"。而苏鲁支这位波斯的圣哲，经由德人尼采的创化依然成为一重文化转移的典型，再经东渡，由现代中国诸多知识精英参与接力的这样一种汉化过程，深刻介入了现代中国的思想史与历史进程。反之，这又为其"文学镜像"的"文化符码化"提供了畅通的渠道。② 总体而言，可以认为苏鲁支成为一种现代中国语境里的文化符码，它至少有这样三重意味，一则是作为勇于冲决网罗，尤其是西方旧文明传统的诗哲尼采的精神化身；二则他意味着现代中国知识精英资鉴外来资源，创构自身文化传统的不懈之集体努力；三则通过林同济的批评、楚图南的现实取用，苏鲁支也意味着尼采资源完全充当一种多维度、多功能的精神向度资源。

---

① 陈平原：《中国现代学术之建立》，第 276 页。
② 一个理论性的概述，参见范劲：《影响的符号化和后现代时代的比较文学》，载《中国比较文学》2007 年 4 期。

第六章 建国时代"浮士德"的意义转换

——以现代中国若干知识精英的接受为中心

一、回答这个问题：要不要译《浮士德》？

就现代性对中国的冲击而言，我倾向于将19世纪末期作为其开端，无论是1894年肇自外衅的甲午战争，还是1898年源于内困的戊戌变法，都将19世纪90年代确定为无可疑义的又一大变局的开端。自此时起至五四时期，也就是在19世纪90年代至20世纪初，无论是早期轰轰烈烈的救亡与反满，还是后来喧嚣热闹的争权与夺利，其实贯穿其中的主线仍是知识精英寻求启蒙可能的艰难之路。救亡、争权与启蒙实在是紧密相连，须臾不可分离，故此"启蒙时代"实可作为其标志。而在进入20世纪20年代之后，随着军阀割据的消解、国民政府北伐统一的完成，建国随即成为不可逆转的时代潮流。虽然民族战争的危机几乎是在统一的前后脚就已登陆了中国，但正是在这样的苦难背景之下，作为困苦忧患、战争频仍的20世纪20—40年代，不仅成为经济、政治领域建设的全面肇端，同时也成就了现代中国学术、文化建设的黄金时代，正是在"烽火连三月"的艰难时世之中，蹒跚迈入现代的中国学术映射出其辉煌灿烂的未来之光。故谓这近二十多年的岁月为"建国时代"①。本文试图探

① 1949年的政权更迭，导致了这一"建国时代"的非常规性终结。作为剧烈转型的时代，20世纪50年代虽然进行过另类路径的"建国"努力，但从本质上来看，20世纪50—70年代具有其特殊的政治、文化意味，亦即意识形态之重新塑造民众与建构国家，成为其主流色调。前17年即便被称为"大建设"时代，但其中所孕育的"三反"、"五反"、"三年自然灾害"、"大跃进"等，皆可与后10年人为的"文化大革命"视作一线，都是中国历史，尤其是现代中国进程中决不可轻易忽略的"经验财富"。故此这段时间不妨称作"理想时代"（在某种程度上是"幻想时代"）。进入80年代后的中国，我们期待已经过去的20余年与未来的时间里，经过这代人的不懈努力，我们可以真的成就自己历史上的辉煌时代，所以可以称之为"变革时代"。

讨的，正是这段时间里，因由外来文学镜像之一——浮士德的接受问题，而触及的中国知识精英的认知层次与思考路径。

1922 年时，郭沫若曾提及关于是否要译《浮士德》的争论，关涉到现代中国知识精英对待外国文学名著的态度与思路，值得细加剖析：

> 最近读《小说月报》十三卷七号，见通信栏中，有万良濬君把翻译《浮士德》、《神曲》、《汉姆雷特》，未免太不经济的旧话重提。万君以为"以上数种文学，虽产生较早，而有永久之价值者，正不妨介绍于国人"，他是赞成翻译的。沈雁冰君的答函，说是"翻译《浮士德》等书，……也不是现在切要的事"。他说"个人研究与介绍给群众是完全不相同的两件"；"因为个人研究固能惟真理是求，而介绍给群众，则应该审度事势，分个缓急"。①

万良濬是一普通读者。郭沫若从 1919 年起开始翻译《浮士德》，并曾在《时事新报》双十节增刊上发表过。② 1920 年 6 月，张东荪去函建议其进行全译工作，并作为"共学社丛书"之一发表。当时田汉在翻译《哈姆雷特》，并部分在《少年中国》上发表。最早提及此类工作不经济的是郑振铎，他在 1921 年夏季的《文学旬刊》上发表《盲目的翻译者》，对此类工作提出批评。

这几位人物，郭沫若、茅盾（沈雁冰）、郑振铎、张东荪无不是现代中国知识精英里的佼佼者。他们对《浮士德》的译介尚如此意见径庭，一般常人更会各持己见。在我看来，正如有论者对晚清中国知识精英的评价那样："晚清乃中国历史上少有的大变动时代，面对此国运飘摇风雨如晦的艰难局面，崛起一大批救亡图存的仁人志士。这些人分属于不同的政治集团，彼此间有过咬牙切齿的论战与纷争……在改良群治变

---

① 《论文学的研究与介绍》，见《时事新报·学灯》1922 年 7 月 27 日，郭沫若：《郭沫若论创作》，上海：上海文艺出版社，1983 年，第 633 页。茅盾的原话以及他对这一问题的答复和解释，可参见茅盾：《我走过的道路》上册，北京：人民文学出版社，1981 年，第 234—237 页。

② 如果我们比较一下歌德在东亚的翻译史就可以看出，早在 1884 年，日本就译出了《列拿狐》；1913 年，日本就出版了《浮士德》的全译本。Hsia, Adrian 夏瑞春："Zur Faustrezeption in China"（中国的浮士德接受），in Hsia, Adrian（hg.）*Zur Rezeption von Goethes "Faust" in Osta-sien*（歌德《浮士德》的东亚接受），Bern, Berlin, Frankfurt am Main, New York, Paris & Wien: Peter Lang Europäischer Verlag der Wissenschaften, 1993. S. 166 – 167。

革中国社会，推动中国历史近代化进程这一根本点上，两派宗旨大致相通。至于以身许国的志向，更不会因政治策略的得失而磨灭其光辉。"①在我看来，这一论断不仅适合于对晚清的评价，将之放大到整个现代中国的发展框架之中，依然符合若节。无论其主张立场为何，但在涉及改良群治、文化寻路、建设中国这些方面，并没有根本歧异。区分则在于，具体路径的选择以及脚踏实地的入手处。

我们注意到，现代中国的知识精英往往身兼多任，如这里提到的诸位，往往既是学者，又为作家，还是翻译者、出版家，他们对本国文化建设的自觉参与、对外国文学与文化的熟知、对知识出版流通途径的熟悉，都决定了他们考虑问题的角度和策略，不会不深有所思。实际上将这个关于浮士德的论争，放入现代中国的文学与思想整体潮流中去考察，就不难发现这不过只是双方一场大论争的注脚而已——即1922年的文学研究会与创造社之争。在郭沫若看来："文学的好坏，不能说它古不古，只能说它醇不醇，只能说它真不真，不能说19世纪以后的文学通是好文学，通有可以介绍的价值。"②而茅盾则在承认人有选择介绍一切文学作品自由的同时，针锋相对地提出现代文学的使命及主体立场的选择问题。这就是发表于《文学旬刊》第45期（1922年8月1日）上的《介绍外国文学作品的目的》：

> 对于文学的使命的解释，各人可有各人的自由意见，而且前人、同时代人，已有过不少的争论。我是倾向人生派的。我觉得文学作品除能给人欣赏外，至少还须含有永久的人性和对于理想世界的憧憬。我觉得一时代的文学是一时代缺陷与腐败的抗议或纠正。我觉得创作者若非全然和他的社会隔离的，若果也有社会的同情的，他的创作自然而然不能不对社会的腐败抗议。我觉得翻译家若果深恶自身所居的社会的腐败，人心的死寂，而想借外国文学作品来抗议，来刺激将死的人心，也是极应该而有益的事。我觉得，翻译者若果本此见解而发表他自己的意见，反对与己不同的主张，也是正当而且合于"自由"的事。有些作家，尤其是空想的诗人……对扰攘的人事得失，视为蛮触之争，曾不值他的一顾。这种精神，我当然也

---

① 陈平原：《中国现代学术之建立》，北京：北京大学出版社，1998年，第276页。
② 转引自茅盾：《我走过的道路》上册，北京：人民文学出版社，1981年，第236页。

很佩服。但如果大部分的其余的人，对于扰攘的人事得失感着切身的痛苦，要求文学来做诅咒反抗的工具，我想谁也没有勇气去非笑他们。处中国现在这政局之下，这社会环境之内，我们有血的，但凡不曾闭了眼，聋了耳，怎能压住我们的血不沸腾？从自己热烈地憎恶现实的心境发出呼声，要求"血与泪"的文学，总该是正当而且合于"自由"的事。①

所以他会心急如焚般地提出作家的社会使命："我以为现在我们这样的社会里，最大的急务是改造人们使他们像个人。社会里充满了不像人样的人，醒着而住在里面的作家宁愿装作不见，梦想他理想中的幻美，这是我所不能了解的。"② 这两种思路，正揭示出他们各自所代表的文学流派的基本价值立场的迥异。即以茅盾、郑振铎、叶圣陶为核心的文学研究会，强调的是"为人生而艺术"，介入现实、文以致用；而以郭沫若、成仿吾、郁达夫为核心的创造社，则主张"为艺术而艺术"，特别注重文艺的天才属性。正可谓旗鼓相当，在双方的早期论战中，基本形成了对峙格局。

其实，虽然同样同属现代中国知识精英，且郭沫若、茅盾二人更被认为是鲁迅之后的现代文学巨子，但由于教育背景的差异，创造社与文学研究会有着根本的立场主张之别。这或许正是郭沫若婉言谢辞茅盾、郑振铎等人的好意相邀的另一层重要因素。郭沫若显然是有其自负的，在他看来："中国文坛大半是日本留学生筑成的。创造社的主要作家是日本留学生，语丝派的也是一样。此外，有些从欧美回来的慧星和国内奋起的新人，他们的努力和他们的建树，总还没有前两派的势力浩大，而且多是受了前两派的影响。"③ 显然，文学研究会是被列入到"此外"之列的。④ 在我看来，虽然创造社普遍具有留日背景，但其思想的重要渊

① 茅盾：《我走过的道路》上册，北京：人民文学出版社，1981年，第236—237页。
② 茅盾：《我走过的道路》上册，北京：人民文学出版社，1981年，第237页。
③ 郭沫若：《桌子的跳舞》，《沫若文集》第10卷，第333页。
④ 仅就文学研究会12个发起人来看，也只有周作人、朱希祖、蒋百里三人为留日学生。而且并非核心成员。贾植芳：《中国留日学生与中国现代文学》，见王琢编：《中日比较文学研究资料汇编》，第168—169页。另关于文学研究会的组成人员情况，请参见陈安湖主编《中国现代文学社团流派史》，武汉：华中师范大学出版社，1997年，第44—52页。

源与资源，乃是德国文学与精神。① 这一点，在郭沫若等核心人物身上表现得特别明显，而作为德国文学与文化精神象征的歌德也理所当然地成了他们的重要资源。这其中，浮士德作为歌德最重要的作品与思想载

① 留日学人通过留学日本而对德国文化的亲近乃至推崇，是当时一个颇为普遍的现象，因为在当时，"尼采思想乃至德意志哲学，在日本学术界是磅礴着的。"郭沫若《鲁迅与王国维》，《沫若文集》第 12 卷，北京：人民文学出版社，1954 年，第 535 页。就中国留日学人来看，因留日而受到德国文化影响的，不乏其人，如王国维对康德的推崇："笃生哲人，凯尼之堡。息彼众喙，示我大道……赤日中天，烛彼穷阴。丹凤在霄，百鸟皆喑。谷可如陵，山可为薮，万岁千秋，公名不朽。"《康德像赞》，见《海宁王静安先生遗书》第 15 册，商务印书馆，1940 年，第 22 页。关于王国维对叔本华思想的接受，请参见王攸欣：《选择·接受与疏离——王国维接受叔本华、朱光潜接受克罗齐美学比较研究》，北京：生活·读书·新知三联书店，1999 年。鲁迅也一样受到德国思想的影响，请参见伊藤虎丸：《鲁迅的早期尼采观与明治文学》，见王琢编《中日比较文学研究资料汇编》，杭州：中国美术学院出版社，2002 年，第 201—225 页。郭沫若则称："准备学医的人，第一外国语是德语。日本人教语学的先生又多是一些文学士，用的书大多是外国的文学名著。例如我们在高等学校第三年级上所读的德文便是歌德的自叙传《创作与真实》（《Dichtung und Wahrheit》），梅里克（Mörike）的小说《向卜拉格旅行途上的穆查特》（《Mozart auf Reise nach Prague》）。这些语学功课的副作用又把我用力克服的文学倾向助长了起来。我和德国文学，特别是歌德和海涅等的诗歌接近了，便是在这个时候。"郭沫若：《沫若自传第二卷——学生时代·创造十年》，见《郭沫若全集》文学编第 12 卷，北京：人民文学出版社，1992 年，第 66 页。成仿吾、田汉、郁达夫等人对德国文学接近，都有相似之处。如郁达夫就回忆说："后来学到了德文，与德国的短篇——或者还是说中短篇来得适当些——作家一接触，我才拜倒在他们的脚下，以为若要做短篇小说者，要做到像这些 Erzählungen 的样子，才能满足。德国的作家，人才很多，而每个诗人，差不多总有几篇百读不厌的 Erzählungen 留给后世，尤其是 19 世纪的中晚，这种珠玉式的好作品，不知产生了多少。即就保罗·海才（Paul Heyse）他们所选的《德国说库》（Deutsches Novellen-Schatz）与《新德国说库》的两丛书的内容来说，已经是金玉满堂，教人应接不暇了，其他的丛书专集，自然是更多得指不胜屈。"郁达夫：《林道的短篇小说》，见陈子善、王自立编：《卖文买书——郁达夫和书》，北京：生活·读书·新知三联书店，1995 年，第 255 页。郁达夫与德奥文学的关系，可参见刘久明：《郁达夫与外国文学》，武汉：华中科技大学出版社，2001 年，第 132—182 页。成仿吾留日之初，虽然年纪较小，但他的"外国语文造诣颇深"，且因为"熟悉英文，他学德文又快又好"，而"由于学习德文而接近了歌德、席勒"，对德国文学有相当深切的亲近感。这是他投入创作活动的重要原因，后来干脆中途退学归国任职，担任泰东书局文学方面的编辑主任。《忆创造社》，载郑伯奇：《沙上足迹》，哈尔滨：黑龙江人民出版社，1999 年，第 10、12 页。关于德国文学对创造社作家的整体影响，有亲历者是从其主要成员的留日语境中论述的："日本由于在第一次世界大战中资本主义迅速发展，而成为最凶恶的帝国主义，日本文学界也得到相应的反映，小资产阶级的自然主义文学骤然衰落，从欧洲传入的某些新文学流派得以滋长。创造社作家在这样的学习环境中，耳濡目染，自然不免受到了一定的影响。因此，王尔德、梅特林克、有岛武郎等人的名字曾时时出现在创造社作家的笔下。但是这种影响并不深刻，对创造社一些主要作家最有影响的，毋宁说是十九世纪初的浪漫主义作家，而德国的歌德、席勒和海涅的影响特别显著。"《略谈创造社的文学活动》，载郑伯奇：《沙上足迹》，哈尔滨：黑龙江人民出版社，1999 年，第 59—60 页。将歌德、席勒等古典主义作家归入浪漫主义当然有问题，但德国文学对创造社的深刻影响显然是清楚的。

体，就具有非常特殊的含义。所以，在关于浮士德的论战上，他们当然要抢得"制空权"。

　　但文学研究会在这方面似乎并不太甘于示弱，其文学活动有五个主要方面，除了文学批评、报刊出版、研究旧文学、创造新文学之外，就是译介外国文学①。在这个方面，他们也不愿意失去话语权力。茅盾、张闻天的浮士德言论，不妨做此看。从目前的材料来看，看不出茅盾对浮士德与歌德有多么深刻的认知，即便在他的《西洋文学通论》中也基本上是一带而过②。真正在此论战上显示实力的，是张闻天。1922 年 8 月，张闻天发表长文《哥德的浮士德》，在他看来，浮士德对人生的积极态度就是其根本思想：

　　　　浮士德自从经过种种试验之后，因为能替别人谋幸福，替别人争自由，所以他快乐了，他满足了，但这还不过是自我发展过程中的一段，如果他能迟十年而死，也许他对于这种行为不能满足吧！也许有新的欲望产生出来吧！

　　　　执着人生，充分地发展人生，我以为就是浮士德中所包含的根本思想！③

请注意，此时的张闻天乃是文学研究会成员，所以此文自然也就有其特殊的文学场域意味。并非简单地就歌德论歌德，或就浮士德论浮士德。无论是"执着人生"，还是"充分地发展人生"，其实就是"为人生"，不过是"借他人酒杯浇自家心中块垒"，回应的仍是文学研究会的基本立场"为人生"。

　　但这种由既定的"思维取向"而使"浮士德注我"的文章，其实并不

---

　　①　陈安湖主编：《中国现代文学社团流派史》，武汉：华中师范大学出版社，1997 年，第46—53 页。

　　②　茅盾只在《浪漫主义》一节中简略地提到了《浮士德》，他说："'狂飙社'的哥德，用一句现在的通行的话，是反动了，没落了。于是在十年'为政'以后，他要到意大利去游历，吸点新鲜空气，开拓一下胸襟。但是无论如何，他已经不是从前的哥德了。"茅盾：《西洋文学通论》，上海：复旦大学出版社，2004 年，第 80 页。此书初版于 1930 年 8 月，上海：世界书局。

　　③　闻天（张闻天）：《哥德的浮士德》（续），见《东方杂志》第 19 卷第 18 号，1922 年 9 月。哥德即歌德。此文分三期在《东方杂志》连载，分别为第 19 卷第 15 号、第 17 号、第 18 号，时间为 1922 年 8—9 月。

能真的进入德国思想史语境，循歌德的精神史轨迹去寻求正解。虽然这一点并不一定重要。但如果比较郭沫若的思路历程的话，我们就会发觉，他对浮士德的渐行渐近，乃是发自诗人心性的一种心神契合，其境界层次非常人可与之相提并论。对于此剧译事的起源，郭沫若有这样的回忆：

> 我开始翻译《浮士德》已经是 1919 年的事了。那年就是五四运动发生的一年，我是在五四运动的高潮期中着手翻译的。我们的五四运动很有点像青年歌德时代的"狂飙突起运动"（Sturm und Drang），同是由封建社会蜕变到现代的一个划时代的历史时期。因为有这样的相同，所以和青年歌德的心弦起了共鸣，差不多是在一种类似崇拜的心情中，我把第一部翻译了。那时的翻译仿佛等于自己在创作的一样，我颇感觉着在自己的一生之中做了一件相当有意义的事。①

五四时期的郭沫若年纪（1892—1978）未及而立，正是读书既久、辄思发明的时代；而且他的中国新诗创造者的身份也是在此期奠立的，《女神》的主要诗歌就创作于此期，其横空出世不啻为"启明之星"。当然我们应注意到，在郭沫若的翻译与创作之间有着良性的互动，他自己就有过所谓"翻译是媒婆，创作是处女，处女应该加以尊重"的话②；虽然不无"借他人酒杯"的策略，但郭沫若的浮士德翻译，却呈现出一片创造的天才景象，就看他将《浮士德》题词的创造性翻译：

> 生潮中，死浪上，
>
> 淘上又淘下，
>
> 浮来又浮往！
>
> 生而死，死而葬，

---

① "《浮士德》第二部译后记"，见郭沫若：《郭沫若论创作》，上海：上海文艺出版社，1983 年，第 657 页。关于郭沫若的浮士德接受，可参见 Gálik, Marián："Rezeption und Wirkung von Goethes *Faust* in China-Der Fall Guo Moruo（1919—1947）"（歌德《浮士德》在中国的接受与影响——以郭沫若（1919—1947）为例），in Hsia, Adrian（hg.）*Zur Rezeption von Goethes "Faust" in Ostasien*（歌德《浮士德》的东亚接受），Bern, Berlin, Frankfurt am Main, New York, Paris & Wien：Peter Lang Europäischer Verlag der Wissenschaften, 1993. S. 183 – 195。

② "我的作诗的经过"，见郭沫若：《东方赤子·大家丛书：郭沫若卷》，北京：华文出版社，1999 年，第 18 页。

> 是个永恒的大洋，
>
> 是个起伏的波浪，
>
> 是个有光辉的生长，
>
> 我驾起时辰机杼，
>
> 替"造化"制造件有生命的衣裳。

然后他有一段附记说道："我此刻正在从事 Faust 全译，译到了这首歌词，我看和你所译的《生?》底一诗颇能同调。这首歌词是从'地祇'底口中唱出的。地祇只是'创造精神'（Geschäftiger Geist）底象征。我喜欢他颇能道尽生死一如底妙谛。"① 妙就妙在不仅作者有这样的创造意识，即便落实在作品之中，也见不出半点的翻译斧凿的痕迹，倒恰是浑然天成的自家创造。这是一般文人所无法相提并论的。之所以如此，恐怕还在学养问题。

若论及德国文学的修养，文学研究会与创造社无法相比，虽然前者对介绍德国文学也很感兴趣②，但一则不通德文，二则缺乏语境，所以只能主要译介外人文字，而少有具备自家独立眼光的批评。创造社诸君则不同，他们都具备留日背景，又承受了德国文化精神的熏陶，更兼德文娴熟，所以介绍其德国文学来，简直是如数家珍，而且能跟上时代潮流，譬如对当时德国表现主义文学的译介，就不仅是有一篇翻译作品，而且介绍托勒尔（Ernst Toller，1893—1939）其人，更能对其作品与思想进行评论："在他的作品就是《转换》，《机器破坏者》，以及这篇《群众＝人》等的内容也不曾免脱 petit bourgeois 的以什么人类爱改革世界为

---

① 郭沫若"致陈建雷"，见《新的小说》第 2 卷第 1 期，1920 年 9 月。

② 1921 年，文学研究会新建，并以改造《小说月报》作为其"准机关"刊物，该刊不久就关注到了"德语文学"，曾如此宣称："我们觉得国人对于德奥文学太冷淡了一点，从第七期起，我们特约许多精于那方面文学的朋友，切实介绍近代的德奥文学到中国来。"《最后一页》，见《小说月报》第 12 卷第 6 号，1921 年 6 月。果然，当年第 8 号即开辟了"德国文学研究专栏"，但都从日人作品译出，如山岸光宣《近代德国文学的主潮》、《德国表现主义的戏曲》、金子筑水《最年青的德意志的艺术活动》、片山孤村《大战与德国国民性及其文化艺术》，均见《小说月报》1921 年第 12 卷第 8 号。之后还有 A. Filippov《新德国文学》（1922 年第 13 卷第 8 号）、Gerhart Hauptmann 原著《新德国文学的新倾向》（1922 年第 13 卷第 12 号）、余祥森《二十年来的德意志文学》（1929 年第 20 卷第 8 号）等。关于此期创造社、文学研究会介绍德国文学的情况，可参见王锦厚：《五四新文学与外国文学》，成都：四川大学出版社，1996 年第 2 版，第 615—624 页。

目的的表现主义一般的色彩。然我们在《解放的伏坦》这篇 Komödie 里面便不得不承认他思想的进步。"① 郭沫若更自承受德国表现主义戏剧影响很深，他对德国表现派曾"寄以无穷的希望"，更直接表白，他的诗剧《棠棣之花》、《孤竹君之二子》就受到德国表现派戏剧的影响，"特别是表现派的那种支离破碎的表现，在我支离破碎的头脑里，的确得到了它的最适宜的培养基。妥勒尔的《转变》、凯惹尔的《加勒市民》，是我最欣赏的作品。那一派人有些崇拜歌德的，特别是把歌德的'由内而外'……的一句话作为了标语。"②

不仅如此，即便是德国因素的影响③，也是非常复杂的。其中，经由翻译所得来的影响也是显而易见的，譬如"女神三部曲"（《女神之再生》、《湘累》、《棠棣之花》）就是借用了《浮士德》中"永恒之女性/引领我们向上"（Das Ewig-Weibliche/Zieht uns hinan）之思想为基本精神④。再追问得深些，在不同的时代，由于语境的变迁、接受主体需求的不同，即便对同一个人物、同一部作品，他也会生出新的阐释和资源转化意味来。⑤

---

① 李铁声《群众＝人·附记》，见《创造月刊》第 2 卷第 3 期，1928 年 9 月。这里提到的几篇都是拖勒尔具有代表性的作品。

② 转引自田本相《西方现代派戏剧对我国的影响》，见〔美〕约翰 J. 迪尼、刘介民：《现代中西比较文学研究》，成都：四川人民出版社，1988 年，第 2 册第 862 页。当然值得重视的是，郭沫若的戏剧创作来源决非单一，诸如挪威之易卜生、比利时之梅特林克、英国之王尔德、法国之波德莱尔、魏尔仑、美国之惠特曼等。同上揭书。

③ 当然这里强调德国元素的影响，并非忽视郭沫若对其他思想资源（包括外国与本土）也很重视。他自己就这样说过："我因为自来喜欢庄子，又因为接近了太戈尔，对于泛神论的思想感受着莫大的牵引。因此我便和欧洲的大哲学家斯宾那沙（Spinoza）的著作，德国大诗人歌德的诗，便接近了。……我那时不知从几时起又和美国的惠特曼的《草叶集》，德国的华格纳的歌剧接近了……"《我的作诗的经过》，见郭沫若：《东方赤子·大家丛书：郭沫若卷》，北京：华文出版社，1999 年，第 16 页。太戈尔、斯宾那沙、华格纳今译分别为泰戈尔、斯宾诺莎、瓦格纳。

④ Goethe, Johann Wolfgang: *Faust*（浮士德）. Kommentiert von Trunz, Erich. München: Verlag C. H. Beck, 1994. S. 364. 中文本参见〔德〕歌德：《浮士德》，董问樵译，上海：复旦大学出版社，1983 年，第 694 页。这一论述参见秦川：《郭沫若评传》，重庆：重庆出版社，1993 年，第 53 页。《女神之再生》且直接引《浮士德》结束部分为序词。

⑤ 譬如郭沫若曾这样解释："就在诗剧一头一尾的彼此之间也有矛盾，那便是一开头是男性的上帝，而一结尾是女性的光明圣母。……大体上男性的象征可以认为是独立自主，其流弊是专制独裁；女性的象征是慈爱宽恕，其极致是民主和平。以男性从属于女性，即是以慈爱宽恕为存心的独立自主，反专制独裁的民主和平。这应该是人类幸福的可靠保障吧。"《〈浮士德〉简论》，见郭沫若：《沫若文集》，北京：人民文学出版社，1961 年，第 13 卷第 521 页。这显然与其时的时代语境乃至政治诉求有关。

虽然此时德国文学作为一门学科已经在现代大学制度内落地生根①，但真正在社会层面产生广泛影响的，仍属郭沫若、茅盾之流的文学创作者兼外国文学译介者。这也正是建国时代的重要特征，即专业化的分工尚在建构进程之中；"爱美的"（Amateur）批评仍可占据文化场域主流位置。在这一过程中，我们不太能看到专业的德语文学研究者的身影，未免遗憾。但"介绍"与"创造"，是当时的两个标尺，其实二者并非截然分割的"道如鸿沟"，而应"相互生发"才是。郭沫若在这方面的工作，应该说是很有典范意义的。如果没有他对德国文学和其他外国文学的如此广泛的阅读、翻译与汲取，很难想象他的创作能真的诞生出如许理想的"处女"来。

就歌德之东渐影响而言，其声名先至，选译后来。若论作品之大行其道，则还是进入 20 世纪 20 年代后的事。就其博大浩瀚的文学作品而言，虽然《铁手骑士葛兹》、《威廉·麦斯特》、《赫尔曼与窦绿苔》、《亲和力》、《哀格蒙特》等均是一流作品，且均有汉译，但若论对现代中国整体影响之大，仍是《少年维特之烦恼》与《浮士德》②。再具体论述之，则维特与浮士德这两个文学镜像，有极为重要的接受史意义；不过，必须指出的是，有些未得到大众足够关注的镜像，如迈士特等，也有其值得揭示、比较的深意。

二、20 世纪 20—40 年代接受主体的立场变迁：从留日学人到留德学人

其实，无论关于《浮士德》翻译必要性的讨论进行如何，浮士德的

---

① 蔡元培在改革北大的过程中，特别关注外国文学的分系建设。1918 年，增设法国文学门、德国文学门。1919 年，废门改系。这里包含一个重要思路，即将科、门的序列取消了，而径直设立为系，德国文学门改为"德国文学系"。梁柱：《蔡元培与北京大学》，北京：北京大学出版社，1996 年，第 52、55—56 页。

② 当然像《列拿狐》这样的作品，在当时也是受到重视的。如《小说月报》第 16 卷曾登出文基的译作，第 17 卷第 6 号又发表短文推荐此著，称："这是一部伟大的极有趣的禽兽史诗，内容充满了对于当时无知的君主，横暴的贵族与一切的僧侣的冷隽的讽刺，而把这些人都穿上了禽兽的衣服，书中的主人翁列那，是一头机警绝伦的狡狐。他用他的智力，他的谎话，来逃避了刑罚，玩弄了兽国的王与后与贵族，欺压了无辜的兔与羊与鸡。在那时，惟有他那样的人才能得胜，才能生存于当时的社会。作者在这里真是满蕴着他的悲愤的冷讽与热嘲！"记者《介绍〈列那狐的历史〉》，见《小说月报》第 17 卷第 6 号，1926 年 6 月 1 日。

接受早已拉开序幕，并不以若干人等的意见为转移。这其中的代表人物则以两类人为中心，一则是留日学人，他们经由日本这一西学转贩地接触到德国文化而一发不可收拾；一则是本土与德国文化产生关联之学人，如在德国人开办的学校就学的学生等。有趣的是，这两类人的交汇，不但有了共同的话题，而且留下了文本的见证。这就是《三叶集》。在此著中，留日的郭沫若、田汉与在本国的宗白华（同济毕业，后留德）大谈歌德，当时岁在青春岁月，所以自有一股激情，而且相互激励、生发，感觉很是良好。宗白华在接到郭沫若的《浮士德》汉译之后，随即复信称："浮士德诗译我携到松社花圃绿茵上仰卧细读，消我数日来海市中万斛俗尘，顿觉寄身另一庄严世界。今日公诸《学灯》，使许多青年同领此境，也不枉你这番心血了。"①

而此际的郭沫若与田汉正在东洋孤岛，不但滋润在友谊中，而且徜徉在德国精神中②，而扮演中心角色的仍是《浮士德》。郭沫若给远在国内的宗白华这样描述道：

> 午后我们读了读《浮士德》的前部，寿昌喜欢从 Strasse 至 Marthens Garten 诸幕，我喜欢的是自 Am Brunnen 以后。我看我们俩人嗜好不同，也是我们境遇不同的地方。我读 Zwinger 一节，我莫有不流泪的时候。我日前有首诗是：

> **泪之祈祷**
> Wer fuehlet,
> Wie waehlet
> Der Schmerz mir im Geberin?
>   Goethe

> 狱中的葛泪卿（Gretchen）！

---

① 《三叶集》，《宗白华全集》，第 1 卷，第 290 页。

② 关于郭沫若与歌德的思想关联，请参见姜铮：《人的解放与艺术的解放——郭沫若与歌德》，长春：时代文艺出版社，1991 年。当然，我们应该注意到的是，此期的郭沫若等人，其思想资源显然是多元化的，不仅是德国，包括其他异国资源如英国诗人雪莱、美国诗人惠特曼，都扮演了重要角色；即便是在德国诗人中，也还有海涅等。参见《三叶集》，《宗白华全集》第 1 卷，第 295—314 页。

狱中的玛尔瓜泪达（Margerete）！

要你才知道我心中的凄怆，

要你才知道我心中的悔痛。

你从前流过的眼泪儿……

流到我眼里来了。

……

法律上的制裁不算什么，社会上的制裁也不算什么，最苦痛的是良心上的制裁。葛泪卿忠于她的良心，能弑其母沉死其子而终不能逃狱。Ist sie gerichtet？Ist sie gerettet？①

从这段的描述中，我们可以在一定程度上还原 20 世纪 20 年代中国青年知识分子对"浮士德"的接受现场。即便是志趣相投、教育背景相近的朋友，对同样一个浮士德，也是"仁者见山，智者见水"，各有其不同的侧重、发掘和共鸣。这一方面固然显示出读者主体在文学接受过程中的重要作用②；另一方面，我们也应认识到，也只有"受者"本身具备多重丰厚艺术层面的前提下，这样一种"各言其说"的接受才是可能的。当然，归根结底，我们要凸显的还是接受主体的意义。

虽然早在五四时代，陈独秀就对歌德之德国情有独钟；但这种倾向到了 1922 年，待张闻天发表《哥德的浮士德》后，其政治取向则更为鲜明③。其实，不仅是留日学人在此期注意到歌德，留美的吴宓（1919 年 7 月 24 日）同样取浮士德为楷模："近世名贤，如 Goethe 之 Faust，则躬荷箕锄，浚辟汗地，以成耕田。Sainte-Beuve，则每日著书不休，积至六

---

① 《三叶集》，《宗白华全集》第 1 卷，第 293—295 页。这一段所引德文有误，乃是葛泪卿的倾诉。原文为：Wer fühlet，/Wie wühlet /Der Schmerz mir im Gebein？/Was mein armes Herz hier banget，/Was es zittert，was verlanget，/Weißt nur du，nur du allein！郭沫若最后两句用德文的意思是：她是自尽了吗？她是获救了吗？（Ist sie gerichtet？Ist sie gerettet？）。

② 在这个方面，康斯坦茨接受美学学派（Konstanzer Rezeptionsästhetik）阐述颇多。其代表人物姚斯（Hans Robert Jauss）将审美活动分为三个基本范畴，即"创造"、"愉悦"、"净化"。读者的再创造在其中扮演相当重要的角色。参见〔德〕姚斯、〔美〕霍拉勃：《接受美学与接受理论》，周宁等译，沈阳：辽宁人民出版社，1987 年。

③ 必须指出的是，不仅是郭沫若、田汉，这里所提到的陈独秀、张闻天、刘大杰等，均具有留日背景。

十馀巨帙，均为自逃于忧患。"①

对于现代中国而言，"建国时代"的重任不再是当初的"驱除鞑虏"那样的以破坏性事业为标准，而是以"制度创立"的建设性功绩为准绳。然而幸与不幸的是，这样的建国时代，必须与民族危机共同开始。歌德作《浮士德》用了30多年（1797—1832），郭沫若译《浮士德》也用了近30年（1919—1947）。但如果我们将观察的屏幕放大，就可以看到，恰恰是在郭译浮士德的30年间（即20世纪20—40年代）正是现代中国最为重要的建国时代，表现在德国文学的接受上，有一重大的主体变迁，即留德学人逐渐登上历史舞台。我曾特别指出："留德学人对于德国文化资源的接受，乃是一个具有标志性意义的转折。这既意味着接受主体的彻底变化（相对于传教士），也意味着在对象国亲身经历的居留与学习过程并非可有可无（相对于留日学人）。"② 这一判断，如果落实到《浮士德》翻译与接受的具体事件上，也可以得到印证。

虽然与郭沫若是至交好友，并且早在五四时代就有过"三叶集"的热烈讨论与激烈共鸣。但留德归来的宗白华，其思考与关注显然已有所变化。有论者认为，"宗白华是出于对歌德的喜爱，听从王光祈的召唤来法兰克福的。"③ 将宗氏留德的原因完全归之于歌德，可能不无夸张；但对于少年求学时代的宗白华来说，歌德的影响显然是相当明显的，他自称此期自己的口号就是"拿叔本华的眼睛看世界，拿歌德的精神做人"④。但就他此时对歌德的理解而言，仍处于相对初级的状态。在《三叶集》亦以聆听郭沫若的高论为主。但到了1932年撰文纪念歌德百年冥辰，在他对歌德的理解中，显然浮士德扮演了重要角色：

---

① 吴宓：《吴宓日记》第2册，北京：生活·读书·新知三联书店，1998年，第44页。Sainte-Beuve 即圣伯夫（Charles-Augustin Sainte-Beuve，1804—1869），著名的法国文学批评家及文学史家。

② 叶隽：《另一种西学——中国现代留德学人及其对德国文化的接受》，北京：北京大学出版社，2005年，第10页。

③ 顾彬《美与虚—评传—宗白华漫谈》，见《美学的双峰》，第379页。亦见 Wolfgang Kubin："Zong Baihua（1896—1996）und sein aesthetisches Werk", in Kaderas, Christoph & Meng Hong（Hrsg.）: *120 Jahre chinesische Studierende an deutschen Hochschulen*, *22 DAAD-Forum Studien*, *Berichte*, *Materialien*（中国留学生在德国高校120年），Bonn: Deutscher Akademischer Austauschdienst, 2000, S. 139—145. 原书将宗白华打印为 Zhang Baihua，当为印刷错误，径改为 Zong Baihua。

④ 《我和诗》，写于1923年，刊于《文学》第8卷第1期，1937年1月1日出版，后有修改，见林同华主编《宗白华全集》第2卷，第151页。

　　浮士德是歌德人生情趣最纯粹的代表。《浮士德》戏剧最初本，
所谓《原始浮士德》的基本意念是什么？在他下面的两句诗：

　　我有敢于入世的胆量，

　　下界的苦乐我要一概担当。

　　浮士德人格的中心是无尽的生活欲与无尽的知识欲。它欲呼召
生命的本体，所以先用符咒呼召宇宙与行为的神。神出现后，被神
呵斥其狂妄，他认识了个体生命在宇宙大生命面前的渺小。于是乃
欲投身生命的海洋中体验人生的一切。他肯定这生命的本身，不管
他是苦是乐，超越一切利害的计较，是有生活的价值的，是应当在
他的中间努力寻得意义的。这是歌德的悲壮的人生观，也是他《浮
士德》诗中的中心思想。①

所以难怪宗氏对歌德的意义拔到极高的高度："所谓近代人生，则由伟大
的歌德，以他的人格、生活、作品表现出它的特殊意义与内在的问题。"②
这种认知水平与他在《三叶集》中的歌德爱好者身份大是不同。在刚开始
与郭沫若接触的信中，宗白华提到："我不久预备做一篇《德国诗人歌德
（Goethe）的人生观与宇宙观》，想在这篇中说明诗人的宇宙观以 Pantheist
为最适宜。要请你帮忙，供给我些材料。"③ 郭沫若回信以积极响应④，宗

────────────

　　① 宗白华：《歌德之人生启示》，见周冰若、宗白华编：《歌德之认识》，南京：钟山书
局，1933 年，第 16—17 页。

　　② 《歌德之人生启示》，作者原注：1932 年 3 月为歌德百年忌日所写，见《宗白华全集》
第 2 卷，第 1—2 页。

　　③ 《三叶集》，《宗白华全集》第 1 卷，第 230 页。

　　④ 郭沫若在回信中对此点大加响应和发挥："……所以你要做的《德国诗人歌德底人生
观与宇宙观》我真是以先睹为快的呢！歌德虽说不是个单纯的诗人，可是包围着他全人格的那
个 Strahlenkranz 中，诗人底光彩是要占一最大部分的了。歌德底宇宙观和人生观我虽不曾加以
精密的分析，具体的研究，可是我想他确是个 Pantheist. 他是最崇拜 Spinoza 的。他早年（24
岁）的时候，无意之中，寻出了 Spinoza 底书来读了——书名他虽不曾说出来，想来自然是 Spi-
onza 底 Ethica cum geometricum 了——他大大地欢喜；他说他再不曾感受过那种精神上的慰安和
明快。这段事实叙述在他自叙传 Dichtung und Wahrheit 底第四部第 16 卷中。此书可惜弟处没有，
不能把歌德自身的话写出来，真是抱歉。司皮诺志底 Ethik，我记得好像是 Hoffding 底《近代哲
学史》底评语，说他是一部艺术的作品，是一部 Drama。我看他这句话正道着'诗人底宇宙观
以 Pantheism 为最适宜'底反面。司皮诺志底 Pantheist，是不用说的。歌德受了司皮诺志底化，
也是一种既明的事实。所以你意想中的歌德，和我意想中的歌德是相吻合的。只是我对于歌德
底作品，许未曾加以详细的研究，精密的分析；有你的研究论文快要出现，可不令我快活欲死
么？我想歌德底著作，我们宜尽量地多多地介绍，研究，因为他所处的时代——'胁迫时
代'——同我们的时代很相近！我们应该受他的教训的地方很多呢！"《三叶集》，《宗白华全
集》第 1 卷，第 237—238 页。

白华1920年1月30日信云："你对于歌德的观念同我一样，所以我们的思路极相同，也不足怪了。我那篇《歌德宇宙观》极难下笔，我这里歌德的书又极少，我又没有详细的研究，精密的分析，将来只好就我自己所直感的写了出来，以待他人的校正罢了。"① 1920年1月7日《致郭沫若信》说："我今天又偶然翻 Faust 来浏览，他那 Prolog im Himmel 真好极了。你愿意把他译出来么？可试验一下。若译了出来就好极了。我预备做的《歌德人生观与宇宙观》真不容易，还不晓得怎样下笔，我这里又没有什么书参考，全靠我的直觉，及在 Faust 同他的小传自传中搜集证据；所以能够做出一个什么东西，还不得而知呢？"② 但显然的是，早年宗白华虽对歌德颇为用心，但远谈不上有深刻认知。而这种前后颇有高下之分的论述水准，主要还是与他去德国留学深度读书与接触德国文化大有关系。

当然，还可纳入比较维度的，是另一位留日学人、以《德国文学概论》独标新意的刘大杰。刘氏对浮士德就颇有自家体会，他在《德国文学概论》中花相当之篇幅（专门设一节题为"浮士德与哥德的思想"）论述《浮士德》，不但详细介绍诗剧情节，也注意阐发自己的观点："在全篇的根本思想，是人生的真意义，就是努力。浮士德的得救，是他自己努力的结果，是自救不是蒙恩。世界太广漠了，自然太伟大了，绝不是一点小智慧所能了解的。想理解人生是什么，非与人生非与自然接近不可，有了长久的经历，有了长久的体验，自会到达满足的一日。"③ 将浮士德精神一言以"努力"蔽之，虽然不乏洞见，但仍未免显得狭隘；相比之下，宗白华留德之后的思路显然更全面且触及问题的根本。

一方面是由于自身的学养背景，影响现代到中国知识精英的浮士德接受；但在另一方面，随着时代语境的日益严峻，学者的认知也不可避免地要走向前台，面对公众发言。相比要到20世纪30年代中期后才陆续归国的陈铨、冯至等来说，1925年归国的宗白华，无疑要更早地面对这一状况。20世纪30年代的歌德接受，因了歌德逝世100周年，而显得格外的热烈与浓重；相比十年前（1922年）的逝世90周

① 《三叶集》，《宗白华全集》第1卷，第240页。
② 《三叶集》，《宗白华全集》第1卷，第241页。
③ 刘大杰：《德国文学概论》，上海：北新书局，1928年，第128页。

年，不但因了周年数的"逢百正日"而应者云集，也因为进入建国时代（1931 年"九·一八"事变亦可视作民族战争的开端）中国人精神的特殊需要，而显得意义非凡。① 抗日战争的胜利，既有民族战争的艰苦卓绝，又有世界范围反法西斯战争的宏观背景。而在此中，值得注意的一个维度则是外来文学资源的功用。这不仅表现在登上舞台的各种剧目②，也包括潜移默化成为精神资源的文本与形象力量。进入 20 世纪 40 年代后，浮士德又成为一个相对突出的标志。

如果说启蒙期的浮士德，是在与个体精神的"斗争"中不断呈现其外来资源的意义；那么在救亡期的浮士德，则是在民族战争的"烽火"中持续展示其不朽、不屈的精神力量。此期的浮士德意义，主要是由留德学人担负起诠释的责任的，冯至、陈铨的看法，不妨看作此期浮士德诠释的代表。陈铨对浮士德精神的概括，大约为以下五端：对世界人生永不满意、不断努力奋斗、不顾一切、感情激烈、浪漫。用诗意的语言来描述，就是：

> 歌德的浮士德的态度，就是浪漫主义者的态度，——他有无穷的理想，内心的悲哀，永远的追求，热烈的情感，不顾一切的勇气。③

但所有这些解释，归根结底，还是要来解决中国的当下问题。所以，陈铨自然就要在批判中国传统的"乐天安命"思想之后，来强调"与时俱

---

① 有代表性的文集如周冰若、宗白华编：《歌德之认识》，南京：钟山书局，1933 年。其编者前言对当时各大报刊的纪念特刊、副刊的文章有一系统的目录性梳理，所涉及者包括"德华日报附出之葛德纪念特刊"、"大公报文学副刊"、"北平晨报之葛德逝世百周年纪念号"、"鞭策周刊"、"清华周刊"、"新时代月刊"、"读书杂志"、"小说月报"、"现代月刊"等，还有张月超的《歌德评传》。总体而言，此书代表了当时国内研究歌德的水平，李长之的评论执论公允，不乏创见，可以参照。李长之：《歌德之认识》，见《新文学里程碑·评论卷》，第 484—485 页。当时另有一本关于歌德评论的文集，陈淡如编：《歌德论》，上海：乐华图书公司，1933 年。收文 18 篇，附歌德年谱，内容亦算丰富，但颇多牵强之作，比不得《歌德之认识》更具代表性。

② 如席勒的《威廉·退尔》就曾被改编为《民族万岁》且影响甚大，编者是宋之的与陈白尘，其内容则变为"反映我国东北各阶层人民不堪日本帝国主义蹂躏、奋起联合反抗"。宋时："宋之的传略"，载《新文学史料》1984 年第 1 期，第 143 页。

③ 陈铨：《浮士德的精神》，见温儒敏、丁晓萍编：《时代之波——战国策派文化论著辑要》，第 363—366 页。

进"的必要性。因为这"知足常乐"的想法，"在从前闭关自守的农业社会，外无强邻，还有相当的价值"，可一旦处于当今"生存剧烈竞争的时代，不改变这种态度，前途只有暗淡不堪"。他一方面认为"奋斗努力，不顾一切，也不是中国的理想"，但却承认它正是"目前最需要的精神"；而在感情方面，"浪漫主义者无限的追求，更可予我们静观的哲学以根本纠正"①。最后他得出结论说：

> 总起来说，浮士德的精神是动的，中国人的精神是静的，浮士德的精神是前进的，中国人的精神是保守的。假如中国人不采取这一个新的人生观，不改变从前满足，懒惰，懦弱，虚伪，安静的习惯，就把全盘的西洋物质建设，政治组织，军事训练搬过来，前途怕也属有限。况且缺乏这个内心的新精神，想要搬过西洋外表的一切，终究搬也不过来！②

显然，陈铨的用意很明确，在这样的一个"战国时代"，需要的是将浮士德精神的引入，是一种全新的"人生观"。陈铨在该文的末尾给读者留下了一个美好的想象，说："在歌德浮士德的结尾，浮士德被救了，天使们把浮士德的灵魂欢迎到天上去。"紧接着就问："我们可能变成浮士德，来受天使的欢迎？"实际上他问的是，在这样一个弱肉强食、生存竞争的"战国时代"，我们中华民族能否延续数千年文明之命脉，获得"凤凰涅槃"般的新生。用他自己的话来说就是："中华民族怎样还可在这一个战国的时代，演出伟大的光荣一幕！"③ 作为战国策派的重要代表，陈铨的浮士德个性特征极为鲜明，而纸背的"致用"色彩也一览无余。但必须指出的是，这种难免"功利"论定的浮士德阐释，并非救亡时代的唯一选择。

同陈铨一样，冯至明确提到了《浮士德》在西南联大时代的重要作用："那时我读《浮士德》，把它看作是一部肯定精神与否定精神斗争的历史。歌德把文艺复兴时期一部魔鬼战胜浮士德的传说颠倒过来，使奋斗终生的浮士德在百岁高龄虽不免于死亡，最后还是宣告了虚无主义者

---

① 陈铨"浮士德的精神"，《时代之波》，第366—367页。
② 陈铨"浮士德的精神"，《时代之波》，第367页。
③ 陈铨"浮士德的精神"，《时代之波》，第367页。

魔鬼的失败。我反复诵读浮士德的独白和浮士德与魔鬼的对话,受益很深。"① 可见在冯至心目中,浮士德成为正义的象征,而魔鬼正代表了邪恶势力。他曾用"天行健,君子以自强不息"来概括浮士德的一生,在某种意义上,这未尝不可看作是他自己的"夫子自道"。在艰难的环境中求生存,而又不澌灭对正义的向往和追求,冯至坚守的正是"君子"这条底线。但冯至并没有将正义与邪恶绝对地对立起来,他认识到:"代表'恶'与否定精神的魔鬼并不是一无是处,他随时都起着刺激'善'更为积极努力的作用。"②

但很显然,冯至与陈铨对浮士德的解读策略和背后用意是不同的。冯至更着力于从文本的细读入手。他自己也说过,"歌德青年时期的诗和小说,我青年时曾以极大的热情读过",虽然"进入中年,对往日的爱好不想再过问了"③,但这说明冯至是有着相当充裕的文本阅读经验来阐释与理解"浮士德"的。从他议论"浮士德"的入手点也可以看出,他着手的往往是比较小的口子,如"魔"、如"人造人"等。但可以从冯至在论文后的注释中看出,他不但仔细阅读文本,而且参阅了相关资料乃至研究专著,所可列举者,诸如歌德席勒的通信、歌德与爱克曼的谈话、《歌德论自著之浮士德》、《诗与真》,乃至梨克特的《歌德的浮士德》等④。正是由于这种较为全面的研究和把握,更由于从细致的文本细读入手,所以冯至的歌德理解相当入微。而且虽然也带有强烈的"意在当下"色彩,但比之陈铨用作工具的思路,冯至相对客观的立场则无疑更易让人接受,也更具学术价值。

三、作为时代精神标签的文学镜像:以迈士特为
参照的浮士德接受

歌德对冯至的影响,绝不仅仅是一个"浮士德",冯至在《歌德论述》的短序中谈到自己的缺陷和遗憾:

---

① 《"论歌德"的回顾、说明和补充》,《冯至学术论著自选集》,第378页。
② 《"论歌德"的回顾、说明和补充》,《冯至学术论著自选集》,第378页。
③ 《"论歌德"的回顾、说明和补充》,《冯至学术论著自选集》,第377页。
④ 《〈浮士德〉里的魔》注释,《冯至学术论著自选集》,第313页。

作者最感缺陷的是：这里谈到歌德的晚年，而没有谈到他的青年；谈到《维廉·麦斯特的学习时代》，而没有谈到《漫游时代》；谈到歌德东方的神游，而没有谈到他的意大利旅行；谈到他的自然哲学，而没有谈到他的文学和艺术的理论。①

问题的趣味性在此呈现出来，即如果真的希望理解歌德，我们不仅要考察到浮士德，也还应注意到迈士特。之所以说是迈士特，而不是在中国语境更为著名的维特之类②，是因为这是歌德几乎用一生精力在构思的"平行工程"（《浮士德》1768—1832，《迈士特》1777—1829），有论者认为："歌德之所以要用一生讲述两个表面看来有些相似的故事，其实正是为了从不同的侧面揭示现代人共同的宿命。"③此论提纲挈领，值得予以关注。但实际上冯至当初对此已有所接触，并如此论述道：

> 歌德所有的作品几乎都是他的自白，其中最重要的是《浮士德》与《维廉·麦斯特》那两部大著。这两部都是他从青年时起始，陪伴了他的一生，直到他死的前夕才完成的。书中的主人公都是走过无数的迷途，最后在工作里得到解脱，在事业里体会得到生活的意义。但是那里边并没有空虚的伦理的教训。④

应该说，冯至对迈士特的接近是相当自觉的，这正是作为一个专业学者与一般文人很不一样的地方。他始终在一种比较思维之中，去更客观地判定浮士德之于歌德思想发展的意义，如他常将这两部著作相提

---

① 《"论歌德"的回顾、说明和补充》，《冯至学术论著自选集》，第 377 页。
② 关于维特在中国现代文学里的接受情况，参见 Yang, Wuneng: *Goethe in China（1889 - 1999）*（歌德在中国（1889—1999））. Frankfurt am Main, Berlin, Bern, Bruxelles, New York, Oxford & Wien: Peter Lang GmbH Europäischer Verlag der Wissenschaften, 2000. S. 79 - 91。
③ 具体论述之："一方面，无论是浮士德还是威廉（即迈士特，笔者注），作为四海为家的漫游者，他们都完全摆脱了羁绊的自由的人，是狂飙突进时代的解放者；另一方面，他们又面临着巨大的限制，不得不永远处于被迫行进之中无法停歇。总之，是生命历程中两个自由的旅人，却多少失去了前进的目的，向前走这个动作仿佛成了目的本身。"张辉：《一半是进步，一半是回归——〈威廉·麦斯特的漫游时代〉臆解》，见北京大学比较文学与比较文化研究所编：《多边文化研究》第 2 卷，北京：新世界出版社，2003 年，第 240 页。
④ "歌德与人的教育"（1945 年），见《冯至全集》第 8 卷，第 84 页。

并论用来论证自己的观点①；当然，这也与他此期坚守学人本位有关，一个值得列举的事例就是，当20世纪40年代战争时期时，他与夫人姚可昆合译了《威廉·麦斯特的学习时代》②。在我看来，正是因了能够常以迈士特为参照，冯至对浮士德的理解，才不至过于肤浅与流于俗见。

如果说《威廉·麦斯特的学习时代》还多些小说的味道，《威廉·麦斯特的漫游时代》其实只能算半类小说，它更多的意义显然停留在思想史文本之上。歌德经由此书所表达的思想洞见，才是此书的精华所在。从小说艺术的角度来打量此书，既无精心的结构，亦乏引人的情节，人物形象泛泛，长篇大论冗长……若不是因了对歌德自家思想表述的兴趣，以及对理想探究的追索，常人恐怕很难爱读这样的小说。譬如经常有这样的箴言式叙述：

> 科学的（甚至一切方面的）大害在于，那些没有任何思想见地的人竟不惮大谈理论，因为他们不懂得，还有很多知识没有赋予人们这样做的权利。他们一开始就是以值得称赞的理智进行工作，但这种理智是有限度的，一旦超过了这个限度，它便面临变为荒谬的危险。由理智预先决定的领域和遗存，便是实践活动的范围。理智在实践中很少迷误；更高的思想范围：做结论和下断语，不是它的事。
>
> 经验先有利于科学，后有害于科学，因为经验不仅包含法则，而且包含很多例外。决不能取二者的平均值当作真理。
>
> 据说，真理存在于两种截然相反的见解中。绝非如此！这二者

---

① 在谈到歌德是实际主义者时，冯至说："宇宙万象，只要他遇到，他无不关心注意，同时也没有一件他所遇到的事物不经过他的目光变得更鲜明，不经过他的声音变得更清楚，他在《维廉·麦斯特的漫游时代》里极力推崇脚踏实地的手工艺。他认为纯良的手工艺和崇高的精神是相辅而行的。他在《浮士德》第二部里嘲讽过以为'自我'可以创造一切的哲学思想，他若是看见一个青年说是要学哲学，却不能把自己的书桌整理清楚，他就会愤怒起来。"《歌德与人的教育》（1945年），见《冯至全集》第8卷，第85页。再如论述歌德晚年以工作为原则时，所举例就是两部作品：《浮士德》与《维廉·麦斯特的漫游时代》。《歌德的晚年》（1941年），见《冯至全集》第8卷，第79页。

② "维廉·麦斯特的漫游时代"，见《冯至全集》第10卷。冯至对迈士特的全面论述，可参见冯至所撰《译本序》，上揭书，第1—19页。

之间的问题是：不可见的，永远积极活动的生命正陷在沉思之中。①

这三段话涉及三大问题，即科学、经验与真理。这些都不是一般意义的小说家言，而是饱含了作为思想家的歌德漫长人生阅历以及历史馈赠的"贻世良言"。有了这样一种作为人世智者和知识与真理探索者的迈士特为参照，那在陈铨笔下不顾一切、浪漫形迹的浮士德，在冯至这里就要沉静许多。在冯至笔下，我们寻不到对浮士德的概括性描述，而只看到具体的入手细节，如魔鬼的形象、海伦娜的意义、人造人的功用……由此延展而出的，才是需要读者自己动脑思考的"怎样的浮士德"？而更重要的是，冯至并非没有自家用心，正如他的夫子自道："但是这些篇处处都接触到重要的几点：蜕变论、反否定精神、向外而又向内的生活。"② 这样的研究，才是真的逼近歌德思想根本的"能见义理"之作。

而比较一下更擅长"化作资源"的郭沫若。则不同接受者由于主体需要不同、志趣有异、方法各擅等因素所造成的"接受差异"也就是完全可以理解的了。1947年，郭沫若认为《浮士德》的"结果仍为封建残余的势力所吹盲而倒地而升天。这倒的的确确是悲剧。歌德是意识到了，而且无可如何地呼吁着'永恒之女性'以求解放"。他进而如此阐释浮士德的时代意义：

> 我们今天的道路是很明了的，认真说，不是升天，而是入地。就是"永恒的女性"也须要求得她的解放。在中国的浮士德，他是永远不会再老，不会盲目，不会死的。他无疑不会满足于填平海边的浅滩，封建诸侯式地去施予民主，而是要全中国成为民主的海洋，

---

① 〔德〕歌德：《威廉·麦斯特的漫游时代》，关惠文译，北京：人民文学出版社，1993年，第311—312页。

② 《"论歌德"的回顾、说明和补充》，见《冯至学术论著自选集》，第377页。冯至在《歌德论述》出版之后，又陆续写过一些关于歌德的文章，最后合成一本《论歌德》，这些文章已经有意识地修正和调整他过去的某些看法，如在1979年所写的《〈浮士德〉海伦娜悲剧分析》就明确地说："近来重读《浮士德》第二部中被称为'海伦娜悲剧'的第三幕，感到过去对于歌德的看法过于简单，往往根据歌德某些著名的言论来评述歌德的为人和他的作品。歌德不止一次地说，古典的是健康的，浪漫的是病的，便认为歌德是反对浪漫主义；歌德不止一次地说，席勒写作是从主观的概念出发，他自己是从客观的实际出发，便认为歌德是现实主义的。但是，重读《海伦娜》以后，觉得我的那些看法并不完全准确，因为歌德在某些作品中的创作实践跟他的言论有时并不一致。"见《冯至学术论著自选集》，第329页。

真正地由人民来做主。①

这样一种论述,其"为我所用"的色彩是相当明显的,而且,更沾染了极为强烈的政治与意识形态烙印。② 不是说不可以这样解释,但毕竟文学与学术都还有其相对独立的价值与意义,一概纳入到文化政治的范围中既不可取,也未必真的就有利于长远发展。然而,这种现象往往又是现实发展中的常态,无论中外,亦无论古今。浮士德固然免不了被"借重"的命运,迈士特难道就能避免?维特呢?列拿狐呢?或许,关键还在于,文学镜像如何才能进行有效度的功能发挥?如何更合理、更有效地参与现代中国的精神构建与文化进程?应该说,同样是歌德的伟大创造,这里列出的四个文学镜像,具有很大的意义差别。维特在五四时代的巨大功用毋庸赘言,且不说从巴金的"激流三部曲"中可以寻到的那种心灵迷惘与青春激情之映射,就是看一看《子夜》里茅盾"妙笔生花"之借用,就更知道维特的影响在现代中国究竟有多大。迈士特这个人物,其实意义更加重要,但现代中国仿佛不能察,反倒是那位迷娘博得了众多同情与关注的目光。③ 我并非否认迷娘的可爱与重要,但若只取迷娘,而将迈士特弃之如敝履,未免就是"买椟还珠"了。这正如在《浮士德》中,葛丽卿固然清丽动人、海伦娜固然美奂美伦,但浮士德

---

① 《〈浮士德〉第二部译后记》,见郭沫若:《郭沫若论创作》,上海:上海文艺出版社,1983年,第659页。当然,我们应注意到郭沫若对歌德的认识经历过不同的阶段,主要与其自身思想的发展脉络息息相关。参见杨武能:《歌德与中国》,北京:生活·读书·新知三联书店,1991年,第164—170页。1944年2月时,他曾说过这么一段对歌德的评价:"歌德有自知之明,知有相反的二种精神,斗争于其心中,而力求其调剂,宏己以救人。虽为脱尽中世纪之袈裟,但糜其毕生的精力所求得者,乃此理念之体现。体现之于文,体现之于人,进而求其综合统一。——日耳曼民族未听此苦劳人的教训,误为狂兽所率领而化为虎狼,毒性所播,并使它族亦多效尤而虎狼化。人类在如海如洋的血泊中受难,因而于劳苦人的体念倍感深切。——人乎,人乎,魂兮归来!"《人乎,人乎,魂兮归来——新版〈浮士德〉题辞》,见郭沫若:《郭沫若全集》文学编第19卷,北京:人民文学出版社,1992年,第411页。这一论述显然与纳粹德国密切相关。

② 参见《目前的形势和我们的任务》,见《毛泽东选集》,北京:人民出版社,1991年第2版,第4卷第1140页。

③ 马君武就曾翻译过《威廉·麦士特的学习时代》中的诗《米丽容歌》(Mrignou),迷娘为主要角色。《马君武集》,第432—433页。此诗原名当为 Mignon,参见 Johann Wolfgang von Goethe: *Gesammelte Gedichte*. Geneva: Lechner Eurobooks, 1994. S. 9. 张威廉先生将之译为"迷娘",译文亦是迥异。参见张威廉译注《德国名诗一百首》,上海:上海译文出版社,1988年版,第96—99页。

仍是最具价值的中心人物。而列拿狐的登得大雅之堂，则充分说明现代中国本就具有"海纳百川"的胸怀与意识。

本土原创的文学镜像固然可成为毫无疑问的时代精神标签，但来自异域的文学镜像的意义转换过程，可能同样具有非常巨大的"潜在功用"。而且"译介"与"原创"本就难以截然区分，在以西学东渐为最重要时代背景的现代中国语境里就更是如此。从这个角度来说，浮士德这一德国文学镜像的个案考察也就不仅具有限于一隅的意义；异域文学镜像在现代中国复杂、多元的传播与接受过程，或许是一个值得大加开辟的学术空间。

第七章 退尔镜像的中国变形及其所反映的文化转移①

一、作为开国英雄的退尔：革命时代译介者
马君武的深意与汉译本的意义

虽然对席勒的系统性介绍要等到 20 世纪初年，但在李凤苞《使德日记》提及歌德时即称其"编纂昔勒诗以为传奇"②；早在 1890 年，《威廉·退尔》就载入了作为清廷驻德使馆外交官的张德彝（1847—1918）的记录，所谓主角"被迫箭射亲儿头上之桔"③，正是此剧的标志

---

① 关于退尔此剧在中国的接受，可参见 Hsia, Adrian: Der chinesische Wilhelm-Tell-Roman（中国的退尔小说）, in *Akten des Symposiums "Deutsche Literatur und Sprache aus ostasiatischer Perspektive"*（"东亚视野中的德国文学与语言研讨会"文集）, Veröffentlichungen des Japanischen-deutschen Zentrums Berlin, Band 12, 1992, S. 85–95。《由〈威廉退尔〉带出的席勒译介》, 见卫茂平：《德语文学汉译史考辨：晚清和民国时期》, 上海：上海外语教育出版社, 2004 年, 第139—146 页。Zhu, Hong: *Schiller in China*（席勒在中国）, Frankfurt am Main, Berlin, Bern, New York, Paris & Wien: Peter Lang Europäischer Verlag der Wissenschaften, 1994。

② 李凤苞：《使德日记》, 见刘锡鸿、李凤苞：《英轺私记·使德日记》, 台北：文海出版社作为沈云龙主编《近代中国史料丛刊第十六辑》印行, 无年份, 第 133 页。参见《汉译第一首英语诗〈人生颂〉及有关二三事》, 见钱锺书：《钱锺书集·七缀集》, 北京：生活·读书·新知三联书店, 2002 年, 第 152 页。

③ 金楷理清星使及张德彝等人在朔斯皮拉园观剧，"所演系瑞士国将改民主之前, 有某省总督, 为人暴虐, 民多不服, 多结党欲叛。有某甲善射, 百步之外, 星点能中。一日甲将持弓箭入党, 告其妻以打猎, 甲之子年十三岁, 亦随往。其省城中某处立有高杆, 上置总督帽, 下有兵卒看守, 凡人过者, 皆须脱帽, 以示恭敬, 否则执以治罪, 甲因过未免冠被执……总督谓：'知尔善射, 今赐汝一橘, 令尔子立于百步外, 置其头上, 射之中则赦尔自主自由, 否当杀之。'……甲乃跪天祷告, 既而箭发中橘, 官民见之, 齐声称贺。搜其身, 另得一箭。问：'尔此箭何用'甲云：'若伤吾子, 备此以射汝者。'"张德彝：《随使德国记》, 转引自钟叔河：《百年前的平乒党——张德彝〈随使德国记〉》, 下载于 http://wymecnu.blog.sohu.com/49725455.html, 2010 年 1 月 14 日。参见钟叔河：《书前书后》, 海口：海南出版社, 1992 年, 第 201 页。《魏玛的远邻——在国际歌德学会第 79 届年会上的发言》, 见叶廷芳：《扬子—莱茵——搭一座文化桥》, 上海：上海外语教育出版社, 2008 年, 第 59 页。

性。1903 年时，赵必振依据日人编本所做的"德意志文豪六大家列传""希陆传"（席勒传）①。但真正译介此剧并在中国语境产生重大影响的，是辛亥时代之开国元戎马君武。

马君武译介德国文学作品并不多，但颇有自家眼光。除了歌德之外，他在众多的德语文学作品中选择席勒的《威廉·退尔》。马君武虽然雅好文学，但由于其专业是工程科学，所以不可能有太多时间进行这方面的工作，事实上他翻译的完整的文学作品也确实数量有限，所以他的译介工作的背后意义就特别值得挖掘。而此中，译介于 20 世纪 10 年代的《威廉·退尔》②，确实可以说与中国的时代背景有相互生发之意义。

威廉·退尔（Wilhelm Tell）是瑞士民间传说中之英雄人物，席勒将此历史传说与 14 世纪瑞士人民反抗异族侵略的斗争相结合，所以这个故事就有了不同寻常的深意，变成了一部歌颂民族解放的"史诗剧"。而当其时拿破仑入侵德国，此剧对德国人民坚定信心、激励爱国热情、反抗侵略，则更有极大之现实意义。马君武撰此剧译言是在约 1914 年底，正当辛亥革命后不久，国家正处在严重关头，所以他说："吾欲译欧洲戏曲久矣，每未得闲。今来居瑞士之宁茫湖边，感于其地方之文明、人民之自由，到处瞻仰威廉退尔之遗像，为译此曲。此虽戏曲乎？实可作瑞士开国史读也。予译此书，不知坠过几多次眼泪。予固非善哭者，不审吾国人读此书，具何种感觉耳！"③ 此言凿凿，译者之意，非仅在译事而已，当属"别有幽怀"者，而"幽怀"之意则直指"世道人心"，希望

---

① 赵乾龙：《席勒和中国文学》，见杨武能选编：《席勒与中国》，成都：四川文艺出版社，1989 年，第 27 页。不过阿英说是 1902 或 1903 年，赵必振依据日人编本所做的"德意志文豪六大家列传""可特传"（歌德传）。阿英《关于歌德作品的初期中译》，见《人民日报》1957 年 4 月 24 日第 7 版。不久又发表了《德国文豪格代希尔列尔合传》，见《教育世界》第 70 号，1904 年 3 月。另见王国维：《王国维哲学美学论文辑佚》，上海：华东师范大学出版社，1993 年。

② 〔德〕许雷（席勒）原著《威廉退尔》，刊《大中华杂志》第 1 卷第 1—6 期，1915 年 1 月 20 日—6 月 20 日；单行本，上海中华书局印行，1925 年 12 月初版，1929 年 11 月 3 版，1941 年 3 月昆明 4 版。

③ 《〈威廉退尔〉译言》（约 1914 年底），见《马君武集》，第 258—259 页。马君武所表达的这个意思，也为日后国人所表露的接受史所证实，仲民描述自己阅读德文原文的感觉是"好像我周身的血液曾经沸腾了不少的次数，热烈的情绪也时常随着他描写的深浅忽而紧张，忽而驰放。尤其是那从字里行间流露出来的一种自然的爱国心诱出我不少的眼泪。"仲民：《读了马君武译的威廉退尔以后》，见《泰东月刊》第 1 卷第 5 期，1928 年 1 月 1 日。项子龢则亦称："泪为之收，血为之沸，头为之昂，臂为之健"。《译者弁言》，见席勒：《威廉·退尔》第 18 页，项子龢译，上海：开明书店，1936 年。

民众能够读此剧而思国家，报国家也。作为一腔热血的报国者，马君武推崇德国文学，其主要目的在"唤醒民众"，所以经他选择译介的德国文学则集中于德国文学发展的古典时期反封建提倡资本主义上升期时代精神的歌德、席勒，其"经世致用"之心显露无遗。

1925 年，中华书局出版《威廉·退尔》的单行本，马译乃以一种"崭新"的方式重又出现在中国公众面前。仿佛与此相呼应，郑振铎在《小说月报》上发表其名著《文学大纲》中的一节"18 世纪的德国文学"，称此剧乃席勒最有名之剧本，并特别提及退尔："当威廉·退尔在射苹果时，或当他们在黎明的红光中报告胜利的消息时，不知怎样的总使读者感到一种不可言论的感动。"① 特别值得提及的是，电影界于同年引入了德国同名电影，并改赋中国影名为《义士退尔》，倒颇符合中国侠义传统，在上海大戏院播映。只可惜其效果似乎差强人意，所谓"只见寥寥的几个客"虽未必完全反映事实②，但其未见轰动效应当是不假。

有趣则在于，不是德国人改编的电影，而是中国人改编的戏剧获得了轰动效应。相比较《义士退尔》的"备受冷落"，《民族万岁》却"极受追捧"。这既与接受语境、文化适应相关，也和时代转移、历史背景相关。相比较 20 世纪 20 年代相对的"风平浪静"，20 世纪 30 年代则风起云涌，面对日本侵略的咄咄逼人，国家民族需要振臂一呼、应者云集的时代英雄。退尔的形象，正符合了这样的大时代要求。而恰在此时，项子和的新译本出版③。虽然此前已有对马译本颇为严厉的批评④，但作为留德同学的项子和，却立论相对谨慎，认为"偶以译本与原文参照，见其所译简略之处颇多，意或译自节本"，而在他看来"席勒与歌德齐名，此等世界文字，精神文字，自由文字，爱国文字，不可无足本之华译，因从以洪之意卒译之"。⑤ 从马译到项译，相距约二十年，无论是从语言变化，还是文化发展等各方面因素来看，再加一个新译本并非"多

---

① 郑振铎《文学大纲·十八世纪的德国文学》，见《小说月报》第 16 卷第 12 号，1925 年 12 月 10 日。

② 郑振铎《介绍"威廉·退尔"》，见《文学周报》第 234 期，1926 年 7 月 18 日。

③ 席勒：《威廉·退尔》，项子龢译，上海：开明书店，1936 年。

④ 有论者曾对勘马君武译本与德文原本，指出其错误、删减、脱漏等诸多问题，参见仲民《读了马君武译的威廉退尔以后》，载《泰东月刊》第 1 卷第 5 期，1928 年 1 月 1 日。

⑤ 《译者弁言》，见席勒：《威廉·退尔》，项子龢译，上海：开明书店，1936 年，第 18 页。以洪即陆以洪，为项子和友人。

此一举"。而此时的中国语境，更促使项译需要承担起更加沉重的时代使命。毕竟，对于现代中国而言，汉译本的产生关系极为重要。除了马译首开风气之外，项译的与时俱进也是一个重要的存在。

从辛亥前后到抗战风云，退尔沉寂终于揭开了轰轰烈烈的异族文学镜像的"大放光芒"！

二、本土作家的再创努力——宋之的与陈白尘
改编本《民族万岁》①

20 世纪 30—40 年代，席勒更多地呈现为战争风云时代的"民族英雄"。其译介代表为：郭沫若、宗白华、陈铨、李长之等。在这一时期，由于前期文化建设时代的积累，虽然战争阴云密布并终究山雨欲来，可并没有妨碍文化创造的成熟期的到来。西南联大时代的学术成就固然值得骄人，在文学创作与译介方面也同样呈现出不凡的气象。这同样表现在席勒接受这个命题上。首先，是席勒戏剧的总体汉译增多，《奥里昂的姑娘》、《阴谋与爱情》、《华伦斯坦》在 30 年代早期相继推出，而且基本都有两个以上译本；作为席勒在中国接受的扛鼎之作，《退尔》自然不能例外。有趣则在于，从德国电影到中国戏剧，退尔的中国命运，来了个 180 度的大转变。

将戏剧搬上舞台的创举，更使席勒的中国接受呈现出一种多维度、多层次、多意义的状况。抗战中，我国曾上演此剧，给民众极大之鼓舞。抗战军兴，剧人南迁，而此剧之能进入当时戏剧人的视野之中，既有相当程度的偶然性，也从另一个方面反映出《退尔》作品的普及性。作为改编者之一的陈白尘追忆说："我和之的当时改编它，只是为了救急；上海业余剧人协会到重庆后急需要抓个剧本上演，便抓到这个剧本来改编。"② 但话说回来，时势需要是一回事，外来文化能否提供实质性资源供选择使用又是另一个因素。由此可见，《威廉·退尔》的中译本在当时语境里已经是相当有影响，至少剧作家的脑中是"有这根弦"的。

---

① 参见郑华汉《〈威廉退尔〉与〈民族万岁〉》，见杨武能选编：《席勒与中国》，成都：四川文艺出版社，1989 年，第 71—84 页。

② 陈白尘 1984 年 8 月 10 日致郑华汉函，转引自郑华汉《〈威廉退尔〉与〈民族万岁〉》，见杨武能选编：《席勒与中国》，成都：四川文艺出版社，1989 年，第 83 页。

　　虽然在陈白尘与宋之的的文学生涯中，这部剧作并不常被提及。但其意义则在于，陈白尘与宋之的都是主流的戏剧界人士，并不通德语，与德国文学也少有牵连。这也就意味着，德国文学在现代中国的流布已经有一定规模和影响，它们至少可潜移默化地影响到主流文艺界人士的创作倾向。陈白尘（1908—1994）在"九·一八事变"后领导学生爱国运动，而被政府迫害，日后左倾，加入中共组织，走上文艺道路，日后成为重要的戏剧家和学者；而宋之的（1914—1956）早年是北平大学法学院学生，积极参加了学生的抗日演剧活动。① 当抗战爆发之际，各界人士均"同赴国难"，可谓是"有钱出钱，有力出力"，作为剧人自然也不例外。上海剧作者协会推选了陈白尘、宋之的、章泯三人为改组与扩大协会组织的筹备干事，这就使陈、宋合作有了前提和基础。更重要的是，他们在抗战前后都未及而立，乃是血气方刚的时候，再加上"国难当前"，更有一种"上马击狂胡，下马草军书"的激情，这就使他们的退尔接受有着非常明确的"致用"目的。再加上"国破山河在，城村草木生"的悲凉，这种接受与创作氛围就更加强烈。

　　1937 年 7 月 15 日，上海剧作者协会更名为中国剧作者协会，并决定由全体会员集体创作一个剧本，即《保卫卢沟桥》，此剧以各自独立的三幕剧形式出现，陈白尘参加第二部分《卢沟桥是我们的坟墓》创作，此剧仅用了 5 天时间。1937 年 8 月 7 日，即在上海蓬莱大戏院上演，反响强烈。1937 年 10 月后，陈白尘自己创作了多幕剧《卢沟桥之战》②。我们看到，《民族万岁》的改编创作也是在此前完成的，它有一个整体性的背景③。当然，这部剧作的第一作者是宋之的，他就更是一个有着"投笔从戎"倾向的文艺工作者。④ 实事求是地说，这样一部"仓促而成"的"急就章"，有着太多可以完善的地方。好在其主要目的是为了

---

　　① 关于宋之的的情况，参见陈沂《怀念宋之的同志》，见宋之的：《宋之的散文选》，南京：江苏人民出版社，1983 年，第 204—210 页。1941 年他还导演了《希特勒的杰作》、《马门教授》。袁志英：《〈威廉退尔〉在中国》，见杨武能选编：《席勒与中国》，成都：四川文艺出版社，1989 年，第 87 页。

　　② 卜仲康：《陈白尘生平纪略》，见卜仲康编：《陈白尘专集》，南京：江苏人民出版社，1983 年，第 21—23 页。

　　③ 陈白尘自己也说过："《卢沟桥之战》在《文学》上发表及在渝蓉两地公演时，曾经一再说明它和全上海剧作者集体创作之《保卫卢沟桥》的血缘关系。"陈白尘：《〈汉奸〉题记》（1938 年），见卜仲康编：《陈白尘专集》，南京：江苏人民出版社，1983 年，第 179 页。

　　④ 宋之的、陈白尘：《民族万岁》，汉口出版：上海杂志公司，1938 年。

"即学见用"，为的是在舞台上鼓舞民众士气。所以，其评价标准主要不在艺术性上的"更上层楼"，而在实践性方面的"接受效果"。

从这个意义上来说，《民族万岁》作为上海业余剧人协会到重庆后公演的第一个剧目"演出情况，极盛一时，为大后方的演剧运动又打下了一块基石"①。经过宋之的与陈白尘合作改编后的《民族万岁》，其内容不再是异国风情的瑞士民族独立，而是变为"反映我国东北各阶层人民不堪日本帝国主义蹂躏、奋起联合反抗"②。如果说重庆，毕竟是陪都大市，民众接受层次较高；那么从基层的剧团演出状况，则更可看出此剧的"普遍意义"何在。当时一剧团到四川泸县公演，宣传抗日。当地报纸如此介绍列入剧目的《民族万岁》："要怎么才可以收复失地；要怎么才可以杀尽倭寇；要怎么才可以复兴民族；要怎么才可以最后胜利；一切的一切都在《民族万岁》中告诉观众"③。实事求是地说，如此改编，确实将《威廉·退尔》的意义有"简单化"的嫌疑，而且过于"洋为中用"。但当国难之际，谁不慨怜身世，风吹飘絮，人如浮萍。而在"国难当头，谁不感时伤世？"的背景下④，借此抒怀，并望有作用于大局，也是可以理解。陈白尘曾经有这么一段"夫子自道"，不妨看作是编者心声，文章的名字就叫作《为什么演——〈民族万岁〉》：

> 这里面，虽只描写了一段农民自卫抗战的史实，但是个典型的史实。在这革命群里，有房产被毁的地主，有遭蹂躏的农民，有被压迫苦役的工人，有铤而走险的英雄，也有为了恋爱的追求遭受阻碍愤而参加的伪军官。——可是他们都在一个目标："抵抗外侮"的旗帜下统一而抗战起来。这里却没有如我们所常见的、像用长长的麻绳将民众硬绑去参战的事情。也没有说抗战只此一家不用别人过问的事。比如，戏中三个村落的民众，到后来三千余人去参加义勇军，这是什么力量叫他们去的？难道是"麻绳主义"么？——简单得很，是政治的动员！再比如，戏中的地主领袖史国雄，跟农民

---

① 卜仲康：《陈白尘生平纪略》，见卜仲康编：《陈白尘专集》，南京：江苏人民出版社，1983年，第23页。
② 宋时：《宋之的传略》，见《新文学史料》1984年第1期，第143页。
③ 载《民报》1938年7月3日第4版，四川泸县。
④ 〔法〕马克·布洛赫：《历史学家的技艺》，张和声等译，上海：上海社会科学出版社，1992年，第1页。

领袖梅三，跟群众英雄魏大鹏怎么握手起来的？伪军军官陆侃言又怎么和梅三做成朋友？而教书先生和农民某甲的田产官司为什么中途停止，言归于好起来？这难道是"包办主义"所能奏效的？——也简单得很，是门户开放，上下一致，去除成见，精诚团结。我们谨以《民族万岁》这个戏贡献给四川上下人士者，第一便是希望在这两点小小意见上，受到注意。①

当然，必须承认的是，席勒在《威廉·退尔》中所呈现的思想复杂性与开放性（如对法国革命的态度），根本无法在《民族万岁》中体现出来，这与其时德国与欧洲历史语境有关，此处不赘。而在救亡诉求如火如荼的 1938 年，这恐怕也不会引起国人的兴趣，他们只看重作为"爱国同胞的精神食粮"的《民族万岁》。② 所以陈铨干脆更标明自家的"致用立场"，将席勒的"民族性"大幅提升，明确指出："歌德是'世界诗人'，他的眼光常常都注意全人类的发展，他问题的对象，是整个世界人生。"而与歌德相对照，"席勒是'民族诗人'，他的作品，比较多含地方性，他充分发挥德国民族的精神，他有德国民族性格一切伟大的特点。"③ 如此立论当然有道理，但肯定不全面。作为日耳曼学者的陈铨，不可能对席勒的世界性一面与人类关怀的终极思考"一无所知"，之所以如此斩钉截铁地将歌德与席勒"一分为二"，还是因了"时势迫人"的致用选择。这个时候，他更多是以战国策派代表的身份发言，要掀起现代中国的"狂飙突进"，所以自然会将"狂飙时代的席勒"拈出，大作表彰。此期的席勒接受基本上可以被看作高潮迭起的时代，尤其可以显出一名文化伟人在特殊的时代背景与历史语境中，可以经由中介者之"妙笔生花"，产生出何其"璀璨光耀"的重大意义？

在《民族万岁》里，退尔一变而为猎手魏大鹏；三州湖畔集会一变而为清风岭秘密集会；盖斯勒一变而为土肥正雄……这些还都是表层的改动，有些方面是有其特色的，譬如在艺术结构上对人物的合并与数量减少，则使得文学形象塑造更得以突出，这是值得肯定的；渗入中国传

---

① 陈白尘：《为什么演——〈民族万岁〉》，见《新蜀报》1938 年 2 月 17 日第 3 版。

② 包时：《民族万岁——爱国同胞的精神食粮》，见《新蜀报》1938 年 2 月 20 日星期增刊第 4 版。

③ 陈铨：《狂飙时代的席勒》，见《战国策》第 14 期，1940 年 12 月 1 日。

统文化的内容，譬如教书先生角色虽以神父罗瑟曼、守林人斯多西为原型，但已是满口"之乎者也"①；还有就是英雄群像的成功塑造，不仅是猎手魏大鹏，还有梅三、史国雄、韦明等诸多人物，他们折射出"抗日统一战线"的各阶层群体的代表是如何形成的。这一政治意味，也是《退尔》的作者所没有的。

总之，借助退尔的中国变形，青年诗人宋之的、陈白尘实现了他们的"致用目的"。而退尔，也完成了东渐过程的重要使命，在中国抗击外侮、争取自身民族独立的过程中"熠熠生辉"。可就作品本身的艺术性而言，不必评价太高，因为正如陈白尘自己所提到的同期作品那样："仅一未经艺术加工的报告剧而已。"② 故此，对《民族万岁》作为戏剧作品本身，我们要有一个客观的艺术评价尺度；相比较《威廉·退尔》在德国戏剧史、文学史上的重要地位，《民族万岁》就更没有可比性了。但这部戏剧作为中德文化交流史的个案，却具有重要价值，值得深入探究。

当然，值得深入追问的问题或许在于，如此艺术性、思想性兼具的德国戏剧代表作之一如《退尔》，为何在中国第一流的剧作家如陈白尘手里没有完成一种"更上层楼"的质的提升？就如同歌德由中国文学启发所完成的若干艺术作品如《中德四季晨昏杂咏》（Chinesisch-deutsche Jahres-und Tageszeiten）？陈白尘其人，在中国现代戏剧史上值得关注，所谓"投身救亡运动，以话剧鼓舞士气，针砭时弊，扬清激浊"，描述的就是其"铁肩担道义，妙手出佳剧"的经历，但问题在于"世莫不知有《岁寒图》与《升官图》也"③。作为戏剧家陈白尘鼎立之作的是《岁寒图》与《升官图》，而非"应命文学"的若干作品。陈白尘是有比较深刻的思考的："只有自由才能消灭黑暗。吝惜自由者也就无异于助长黑暗。没有一个作者当他沐浴于阳光之下时，还愿意回到暗室里去寻找

---

① 具体论述，参见郑华汉：《〈威廉退尔〉与〈民族万岁〉》，见杨武能选编：《席勒与中国》，成都：四川文艺出版社，1989 年，第 80 页。

② 他这里指的是《汉奸》、《卢沟桥之战》，"前者是在临启程时逼出，后者是在后台化妆室的嘈杂空气中赶成。其潦草的程度，说来自己也觉汗颜。"陈白尘：《〈汉奸〉题记》（1938 年），见卜仲康编：《陈白尘专集》，南京：江苏人民出版社，1983 年，第 180 页。

③ 程千帆：《南京大学教授陈君墓碑》（1994 年），见陈虹编：《舞台与讲台——戏剧家陈白尘》，南京：南京大学出版社，2003 年，第 7 页。

题材的。但他被幽禁于暗室之中，却永远也不会描写太阳。"① 可即便是陈白尘，也并没有通过对德国戏剧的接受与仔细推敲，在艺术史上获得一种"精进"的可能。

三、20 世纪 50 年代的时代转换及退尔功用——以冯至、张威廉等日耳曼学家的阐释为中心

20 世纪 50 年代先后又出现了两个《退尔》译本②，张威廉、钱春绮分别以学者、爱好者身份重新翻译，何以然？如果说，马君武在民初开国时代，以一种"凌厉摧折"之气而引进退尔，为的是给新国家之建设立下可以循望的民族国家之模范；而宋之的、陈白尘以热血青年之戏剧诗人的胆魄，为危难之民族而重新塑造退尔的中国形象。进入 20 世纪 50 年代以后，退尔的再度重来，有其更为特殊的时代背景与历史语境。此期的冯至、张威廉，都在知命前后，对人生、对艺术，有着颇为洞达的认知；而其学养，也都有了相当程度的积累。作为第二代德文学者中的佼佼者，他们的退尔阐释不但具有专业特点，而且有一定的权威性。因为这毕竟是专业人士的"专家之言"。

在北大德文教授冯至看来，席勒"在《威廉·退尔》里写只要人民团结起来，就足以使外族的统治遭受失败"，将其戏剧创作明确与时代背景、政治现实联系起来③，重心则落在了人民身上。以冯至这样的生性，对退尔这样的人物不会太有个体的兴趣与共鸣，所以他的判断也很明快：

> 退尔不属于吕特里的盟誓者，他本来想忍受下去。在迫不得已时他才起来反抗；退尔的反抗并不是解放本身，而只是解放的信号。所以我们说，剧中的英雄并不是退尔，而是那些牧人、渔人、猎夫。这些劳动人民在剧本里也是人人性格分明，每一个人的性格都具有代表性。个人主义的英雄威廉·退尔并不是很可爱的，可爱的是剧

① 《为〈升官图〉演出作》（1946 年），见陈白尘：《五十年集》，南京：江苏人民出版社，1982 年，第 425 页。

② 席勒：《威廉·退尔》，张威廉译，上海：新文艺出版社，1955 年。席勒：《威廉·退尔》，钱春绮译，北京：人民文学出版社，1956 年。

③ 《席勒》，《冯至全集》第 5 卷，第 376 页。

本中的劳动人民。①

这段话很能代表那时代的立场，即功劳属于劳动人民的，历史是人民大众所创造的。所以，冯至在此剧的解读中更多地读出"对于人民的歌颂"："这里出现的都是劳动人民，他们诉说他们是怎样开辟山林，勤于耕种，而他们劳动的果实却被外来的统治者掠去，他们的生命财产，被人任意宰割，同时他们认识到，只要团结起来：'暴君脚底下的地便空了'。"② 诚然，席勒的本意也非仅塑造退尔一人之英雄形象，瑞士四森林湖畔的三州（瑞兹、乌里、林间）代表结盟的那一场就凸显了此点：当富尔斯特（Wlater Fürst）、神父罗色曼（Rösselmann der Pfarrer）、辅祭人彼得曼（Petermann der Sigrist）、牧人阔尼（Kuoni der Hirt）、猎人威尼（Werni der Jäger）、渔夫罗地（Ruodi der Fischer）和其他 5 位乡民（fünf andere Landleute），共 33 人前进，环立在篝火周围时③，这一"举火燎天何煌煌"的辉煌场景，正体现出英雄群像的多姿多彩。可如果没有典型文学形象的塑造，那就不可能有一部文学作品的出类拔萃，毕竟，文学作品在相当程度上是需要依靠文学典型形象来说话的。其实，席勒虽非全力塑造退尔，但他的形象塑造还是很成功的。诚如他在民众心中的形象："他是我们自由的缔造者，／他完成了伟大的事业，／他承受了艰难的困厄。／来吧，所有人都来吧，／让我们都赶往他的家，／为民众的救星山呼万岁吧！"④ 退尔就是这样非常成功的文学形象，这是必须要加以确认的。所以，我们应当看到民众、英雄两个层面的含义，仅是过分强调某一方面都难免有其"片面"的地方。

冯至强调的另一个主题是"团结"，他鲜明表态："'要团结，要团

① 《德国文学简史》，见《冯至全集》第 7 卷，第 322 页。

② 《"建筑自由庙宇"的伟大诗人——纪念席勒逝世一百五十周年》（1955 年），见冯至：《冯至全集》第 5 卷，石家庄：河北教育出版社，1999 年，第 385 页。

③ Schiller, Friedrich von: *Wilhelm Tell*. In Martini, Fritz und Müller-Seidel, Walter（Hrsg.）: *Klassische Deutsche Dichtung. Band 16.*（德国文学经典，第 16 册）Freiburg im Breisgau: Verlag Herder KG, 1964. S. 254。

④ 德文为：Wo ist der Tell? Soll er allein uns fehlen, / Der unsrer Freiheit Stifter ist? Das Größte/ Hat er getan, das Härteste erduldet. / Kommt alle, kommt, nach seinem Haus zu wallen, / Und rufet Heil dem Retter von uns allen. Schiller, Friedrich von: *Wilhelm Tell*. In Martini, Fritz und Müller-Seidel, Walter（Hrsg.）: *Klassische Deutsche Dichtung. Band 16.*（德国文学经典，第 16 册）Freiburg im Breisgau: Verlag Herder KG, 1964. S. 320。

结！'是这剧本里最响亮的呼声。"之所以如此，显然与其时的政治需要
密切相关：

> 《威廉·退尔》是席勒逝世前一年出版的，它后来对于德国人
> 民反抗拿破仑的自由战争起过极大的作用。据说在作战时许多青年
> 战士常常背诵《威廉·退尔》中的词句以鼓励自己。现在，美帝国
> 主义者重新武装西德，把西德作为进攻苏联和人民民主国家的军事
> 基地，德国又处在分裂状态。所以，席勒剧本中"团结统一"的号
> 召是具有现实意义的。①

这里已经毫无遮掩地将当下的现实政治问题与历史挂起钩来，颇有将
历史语境里的《退尔》服务于东德—西德的冷战对峙（背后是苏联—
美国抗衡）的意思。这点印之以其访德归来的游记文章则似更清楚，
冯至曾在 1954 年 8 月访问德国，并在 1955 年发表《魏玛的席勒故居》
一文，其中不但推崇《退尔》为席勒晚年"最丰富的成果"，而且强
调："这剧本通过不同的形象，都是号召团结统一，这种响亮的呼声对
于现在处于分裂状态的德国更具有绝大的现实意义。"② 这里所指之意
不言而喻。

所以，我们也就不难理解，冯至在其 20 世纪 50 年代的席勒阐释为
何始终紧扣"现实"，包括对《退尔》的阐释也不例外，"18 世纪末，
正是拿破仑夺取了法国人民革命的果实，准备向邻国发动大规模侵略战
争的时期，席勒深深地感到这种威胁，他所写的这些剧本虽然是历史剧，
但其中的一切都是针对着德国的现实。"③ 如果我们将这个问题和当时中
国的时代语境联系起来看，则更清楚。在 20 世纪 50 年代，席勒接受很
具象征意义。1955 年尤其重要，不但有纪念席勒逝世 150 周年的大会，
也还有将其作为世界文化名人的纪念活动④。其时文化界名人如茅盾、

---

① 《反抗暴政、反对战争的诗人》（1955 年），见冯至：《冯至全集》第 5 卷，石家庄：
河北教育出版社，1999 年，第 373—374 页。
② 冯至：《魏玛的席勒故居》，原载《旅行家》1955 年第 5 期，见冯至：《冯至全集》第
5 卷，石家庄：河北教育出版社，1999 年，第 402 页。
③ 《席勒》，见《冯至全集》第 5 卷，第 376 页。
④ 1959 年，又举行席勒诞辰 200 周年纪念大会。

贺敬之等纷纷发表文章①，一方面固然是纪念伟大诗人，另一方面其发言方式也有近乎表态的一面。在冯至，作为日耳曼学权威而又身在北京，恐怕多少有这方面的因素制约。②

所以，如果深入追问下去，冯至此期发表席勒文章虽多，对《退尔》之论述固多，但真正的学术论点却难得体现。实际上，即便是在其《德国文学简史》里表述的观点也是有问题的。道理很简单，如果没有退尔这样的英雄镜像的生成，又如何可能有《退尔》此剧的经典效应与后世认同？当然，冯至之所以持续不断表彰此剧，除了以上揭出的种种复杂因素之外，恐怕也还出于一个基本思路，即此剧使命多半是热爱祖国的典范，通过这部剧本表达"只要人民团结起来，就足以使外族的统治遭受失败"的信念。③

已被作为某种象征和标志的"日耳曼学权威"冯至，其《退尔》解读有其难以回避的复杂性。相比之下，倒是另一位日耳曼学者的张威廉的席勒阐释，似乎更为平实。作为南大德文教授的张威廉，当然也不可能完全摆脱自己身处时代的普遍特点乃至某种局限，譬如对民众的重视、强调现实意义、阶级斗争意识等，譬如张威廉就认为通过《退尔》，"席勒不但在这里唤起了德国民众的民族意识，他并且在这里传播了反抗封建统治阶级的民主思想。"④ 但张氏的总体把握是客观、冷静与理性的，譬如在谈退尔作为个体英雄与整体的关系时，就显然与冯至的否定倾向不同：

> 作者赋予了本剧的主角退尔以猎人的行业，他没有参与吕特丽
> 集会，却在结盟者的口中一再提到他的名字，说明他并没有因为他

---

① 关于 1955 年席勒纪念的情况，参见 Zhu, Hong: *Schiller in China*（席勒在中国）. Frankfurt am Main, Berlin, Bern, New York, Paris & Wien: Peter Lang Europäischer Verlag der Wissenschaften, 1994. S. 51 – 54。

② 参见同期发表的文章《豫西观感》（1955 年 7 月 15 日），原载《文艺报》1955 年第 13 期，见冯至：《冯至全集》第 5 卷，石家庄：河北教育出版社，1999 年，第 387—391 页。

③ 《席勒》，见冯至：《冯至全集》第 5 卷，石家庄：河北教育出版社，1999 年，第 376 页。

④ 张威廉：《"威廉·退尔"及其现实主义的成就》，见《南京大学学报》1956 年第 3 期。另张威廉日后还专门作过席勒与中国关系的论文，参见张威廉：《席勒，他的为人和他对中国的了解——纪念席勒诞生 225 周年》，见杨武能选编：《席勒与中国》，成都：四川文艺出版社，1989 年，第 3—10 页。

那独往独来的行动而脱离了群众，而且是一个群众所爱戴的英雄。我们必须看到全民族对于所遭受的外来压迫有不可容忍的愤怒和群起反抗的决心，才能了解退尔的射杀州官，不是出于个人的自卫或复仇而是为人民除害，把同胞已经决定要做的事先做掉最艰难的一部分。从此也可以了解作者为什么要在最后加上派利齐大一场，把退尔纯洁的和派利齐大负疚的内心再做一鲜明的对比。①

至少，在这里我们可以看到张威廉的分析是建立在文本细读的基础上的。而且，张威廉的一大贡献是揭示了个体英雄与人民大众的有机互动维度，即英雄是出自人民而又代表人民的。但他或者过于夸大了退尔的"先知先觉"意识，退尔的"拔剑而起"，首先还是血性男儿的自卫行动，不过它同时也符合民族觉醒的整体意识，这样或许更接近于真实。张威廉接着指出："席勒是面对着当时强邻压境下的德国而选用这段题材来写作的。这段题材不独使当时的德国民众对之发生迫切的兴趣，认为是与他们直接相关的事实与现象，而且给他们清楚地解答了当前迫切的问题：人民是有权创造自己的幸福，反抗暴力以自卫的。"② 其大体思路或许与冯至有接近之处，但其分析更为精细，让人读其结论有"水到渠成"之感。

虽然当年都曾求学于北大德文系，也都是欧尔克教授（Waldemar Oehlke，1879—1949）的高足③，但作为师兄辈的张威廉在学术道路上却并不"显赫"。相比较冯至的"后来居上"，不但曾留德镀金，而且更在1955年当选为中国科学院的学部委员，成为日耳曼学的权威人士，中国文学界与学术界的代表人物之一；张威廉则默守一隅，副教授当了相当漫长的时间。实事求是地说，就学术才华、识见与敏锐力而言，冯至确实要高出一筹，可在席勒阐释，尤其是《退尔》阐释的问题上，张威廉不但平实，而且也显得胸有主见。这至少告诉我们，即便面临时代的背景制约与相对局限，作为学人主体位置的立定，仍是相当重要的。"为

---

① 《威廉·退尔》（1955年），见张威廉：《德语教学随笔》，南京：南京大学出版社，2000年，第135页。

② 《威廉·退尔》（1955年），见张威廉：《德语教学随笔》，南京：南京大学出版社，2000年，第135页。

③ 关于作为日耳曼学者的冯至、张威廉情况，可参见拙著：《中德文化关系评论集》，上海：上海外语教育出版社，2008年。

发言而发言"或许有其不得已的因素，但至少应坚持自己的"学术立场"，尽可能将问题守到相对客观平稳的"客观性考察"上，这样无论是对外界对自己，都是一种立得住的态度。

以上我们讨论了文学镜像接受的三种不同方式，即译介、改编与阐释，而这样的工作是由不同的人物身份来完成的，即翻译者、戏剧家和研究者。作为翻译者的马君武，当然不是个职业译者，他的更重要身份，乃是革命家，所以这就决定了《退尔》之初入中国有着强烈的"政治"意味；宋之的与陈白尘都是戏剧家，但他们在抗战特殊年代下对《退尔》的借用，成就了《民族万岁》在戏剧舞台上的实践成功；至于冯至和张威廉，作为中国日耳曼学的代表人物，他们在 20 世纪 50 年代大背景中的退尔阐释，则让我们理解那代学人面对异国镜像时的"艰难"和"选择"。

值得指出的是，在 20 世纪 10 年代、30 年代、50 年代，退尔镜像一再成为一种凸显的"异国文学镜像"，成为现代中国文化史上的重要参与者和见证者，实在是饶有意味。个体英雄—民族万岁—人民团结，这几乎演进出时代精神迁变的基本主题词来。在民国肇创推翻暴政之际，讲究个体英雄的勇往直前与领袖作用；在抗战军兴、国破家亡之际，则推崇民族至上，一切以民族存亡为价值标准；而到了社会主义时代，无疑要注重人民的利益，强调团结就是力量。当初席勒创作《退尔》时，或许远没有考虑过这么多的意义衍生，然而文化转移的现象就是如此有趣①，作为现代中国之重要外来介入者的《退尔》，其功用或者还远未得到足够的揭示，但相比较前述之《苏鲁支》、《浮士德》，《退尔》，至少给我们树立起一个迥然不同的维度，即在理解德国精神时的"向下"的一面。对于理解现代中国的进程来说，作为下层英雄代表的退尔，其在场与出场，绝非可有可无。

---

① 所谓"文化转移"（Les transferts culturels），乃指历史研究的一种方法定向，"其目的在于强调民族范畴之间或更广泛地说是文化范畴之内的密切联系、相互交融，以及试图理解通过何种机制，民族文化认同借助外来引进的文化获得自身的发展"。埃斯帕涅（Espagne, Michel）《文化转移和书籍的历史》，见韩琦、〔意〕米盖拉编：《中国和欧洲：印刷术与书籍史》，北京：商务印书馆，2008 年，第 209 页。Espagne, Michel: *Les transferts culturels franco-allemands*（法德文化转移），Paris: Presses Universitaires de France, 1999。

第八章　结　论

一、"诗人巨像"与"文学镜像"的二元互补

通过以上的研究，我们不由不提出的问题自然是，这样一种有选择的德国诗人的中国接受史，究竟说明了什么呢？当然，你选择的都可算是德国文学史上的大家，歌德及其《浮士德》、席勒及其《退尔》，还有尼采和他的《苏鲁支》，然而这样一种选择究竟说明了什么？就现代中国的德国文学接受而言，其他的人物也并非就不重要，即便将相对较近的人物如曼氏兄弟、霍普特曼、苏德曼等人排除在外，那么至少还有像克莱斯特、荷尔德林、蒂克、施莱格尔兄弟等煌煌巨星，如何可以忽略？可如果我们回归到现代中国的接受史语境，就会发现，原来其中自有奥妙。仅以其时产生相当影响的若干"排行榜"而言，就各有其标准不同。如谓不信，我们不妨略举二例以做考察。

1902 或 1903 年，诸如赵必振依据日人编本所作的"德意志文豪六大家列传"，其中就提到歌德、席勒等人（"可特传"、"希陆传"）①，其中涉猎的主要是重要的大家人物；1914 年，应时出版《德诗汉译》（1914 年 1 月由浙江印刷公司出版），这是第一部译自德语的著作②。此书选诗人 10 位，诗作 11 首，除歌德、席勒、海涅等大家外，另选豪夫（Wilhelm Hauff，1802—1827）、乌兰德（Ludwig Uhland，1787—1862）、

---

① 赵乾龙：《席勒和中国文学》，见杨武能选编：《席勒与中国》，第 27 页，成都：四川文艺出版社，1989 年。不过阿英说是 1902 或 1903 年，赵必振依据日人编本所做的"德意志文豪六大家列传""可特传"（歌德传）。阿英：《关于歌德作品的初期中译》，见《人民日报》1957 年 4 月 24 日第 7 版。不久又发表了《德国文豪格代希尔列尔合传》，见《教育世界》第 70 号，1904 年 3 月。另见王国维：《王国维哲学美学论文辑佚》，上海：华东师范大学出版社，1993 年。

② 应时：《德诗汉译》，上海：世界书局，1939 年再版。

毕尔格（Gottfried August Bürger, 1747—1794）、施瓦布（Gustav Schwab, 1792—1850）等名家，但至于像赖尼克（Robert Reinick, 1805—1852）、沙米索（Adelbert von Chamisso, 1781—1838）、纪善勃赉希（H. Ludwig Griesebrecht）等人①，虽不能尽现德国诗史，但颇有独到的文学史眼光；而郁达夫在 1931 年撰《歌德以后的德国文学举目》，提到的则超过此数，共有 15 位作家（在出版社意见上另增加 4 人），包括歌德、席勒、海涅、克莱斯特（Kleist, Heinrich von, 1777—1811）、尼采、豪普特曼（Hauptmann, Gerhart, 1862—1946）、苏德曼（Sudermann, Hermann, 1857—1928）、凯泽（Kaiser, Georg, 1878—1945）、托勒尔（Toller, Ernst, 1893—1939）、魏特金德（Wedekind, Franz, 1864—1918）、施尼茨勒（Schnitzler, Arthur, 1862－1931）②，郁达夫另加 4 人是黑贝尔（Hebbel, Christian Friedrich, 1813—1863）、凯勒（Keller, Gottfried, 1819—1890）、托马斯·曼（Mann, Thomas, 1875—1955）、瓦塞曼（Wassermann, Jacob, 1873—1934）；此外，他还列了个补充名单，包括：格里尔帕策（Grillparzer, Franz Seraphicus, 1791—1872）、弗莱塔克（Freytag, Gustav, 1816—1895）、霍夫曼斯塔尔（Hofmannsthal, Hugo von, 1874—1929）、德布林（Döblin, Alfred, 1878—1957）、亨利希·曼（Mann, Heinrich, 1871—1950）、布罗德（Brod, Max, 1884—1968）等。这个名单虽是在中华书局编辑草拟基础上增补，但确实仍有一定之代表性。在歌德、席勒、海涅等传统名家之外，已注意到将克莱斯特、黑贝尔、格里尔帕策、凯勒等纳入视域，甚至作为哲学诗人的尼采也没有错过，而当代作家中则所举更是不少。不过，擦肩而过者也不算少，譬如作为浪漫派集大成者的诗人代表蒂克（Tieck, Ludwig, 1772—1853），还有如荷尔德林，当其时代者如黑塞、卡夫卡等，仍不可不说有重要遗漏。不过当然谁也不是全知全能，而且品藻选择标准亦各有自，不必太

---

① 尤其是纪善勃赉希，查辞书与文学史索引均无此人。张威廉主编《德语文学词典》，上海：上海辞书出版社，1991 年。Salzer, Anselm & Tunk, Eduard von（Hrsg.）：*Illustrierte Geschichte der deutschen Literatur*（插图本德语文学史）。Band 6. Köln：Naumann & Göbel, 无出版年份。或疑德文拼写有误。

② 1931 年，中华书局拟组织中国翻译界先翻译 19 世纪后的百种世界文学名著，国别分配如下：英、法、俄各 20 种，南欧、北欧各 10 种，德 15 种，日 5 种。郁达夫《歌德以后的德国文学举目》，原刊《现代文学评论》第 2 卷第 3 期、第 3 卷第 1 期合刊，1931 年 10 月 20 日，此处自郁达夫：《郁达夫文集》第 6 卷，广州/香港：花城出版社/生活·读书·新知三联书店香港分店，1983 年，第 88—89 页。

过苛求。

从另一个角度，就推荐作品而言，则也确实颇有见地。如论歌德，择其《浮士德》、《麦斯特》，一下子就把握住了他的最关键性的两部作品；特别推崇黑贝尔乃是歌德、席勒之后的"一大悲剧作家，系界在德国新旧戏剧之间的一条桥梁，世界文学名著的译丛里，这却是不可少的人物"，举其代表作分别代表初期、成熟期、后期，即《犹滴》（Judith, 1840）、《玛利亚·玛格达莱娜》（*Malia Mageddalene*, 1844）、《阿格妮丝·贝尔瑙厄》（Agnes Bernauer, 1851）①。

这份德国文学书目的名单是由林语堂、郁达夫共同选编的，这两位与德国当然有一定渊源，但却未必是最佳人选。林语堂虽在德国莱比锡大学拿到了博士学位，但研究的却是《古代中国语音学》（Altchinesische Lautlehre），而从本质上来说他还是接受英美文化影响更多；而郁达夫则虽对德国文学饶有兴趣，但终究是由日本旁涉而来。所以其整体修养，倒还未必如他的弟子、日后留日的刘大杰，后者师从日本之欧洲文学史家小铃寅二，从而不仅培养了自家的世界文学阅读兴趣，更学会了如何以学术方法来处理世界文学对象。当初严复就强烈批判那种转译的风气，认为："大抵翻译之事，从其原文本书下手者，已隔一尘，若数转为译，则源远益分，未必不害，故不敢也。颇怪近世人争趋东学，往往入者主之，则以谓实胜西学。通商大埠广告所列，大抵皆从东文来。夫以华人而从东文求西学，谓之慰情胜无，犹有说也；至谓胜其原本之睹，此何异睹西子于图画，而以为美于真形者乎？俗说之诤常如此矣！"② 这话虽然只是翻译，但若论及整体性的文化转移，也一样适用。当然严复看到的更多是一种走向极端的片面之危害，却不容陈寅恪之通达认知，陈氏曾谈论过文化传播的渠道之别："间接传播文化，有利亦有害：利者，如植物移植，因易环境之故，转可发挥其特性而为本土所不能者，如基督教移植欧洲，与希腊哲学接触，而成欧洲中世纪之神学、哲学及文艺是也。其害，则辗转间接，致失原来精意，如吾国自日本、美国贩运文化中之不良部分，皆其近例。然其所以致此不良之果者，皆在不能直接研

---

① 郁达夫：《歌德以后的德国文学举目》，原刊《现代文学评论》第2卷第3期、第3卷第1期合刊，1931年10月20日，此处自郁达夫：《郁达夫文集》第6卷，广州/香港：花城出版社/生活·读书·新知三联书店香港分店，1983年，第93页。

② 《与曹典球书》（1904年），见《严复集》第3册，第567页。

究其文化本原。"① 应该说，针对中国语境的间接传播之弊端，严、陈二氏所见略同；但陈氏的这段之所以很有见地，在能够一分为二地看问题，就是文化传播之"直接法"、"间接法"各有所长，并不能因中国一地间接传播之失而就完全否定一种方法本身。

虽然这样一份名单，或许仅仅表现出一种意见，但总体来说还是表现出他们作为诗人的见地，尤其又是与德国文化相关联者，对当时的中国语境的德国文学认知而言应该具有相当程度的代表性。至于说到各类德国文学史著述，如《德国文学史大纲》、《德国文学概论》、《德意志文学》等②，也都有一定之影响，此处不赘。

我们必须指出的是，在这一接受史的阐释过程中，除了应当充分重视由本土媒介树立的诗人巨像之外，我们也仍能回应接受对象本身的文学史、思想史价值意义的问题。相比较尼采的苏鲁支、歌德的浮士德，退尔形象的中国阐释声调相对单一，至少远不如前者那么众声纷纭、喧哗嘈杂，无论是辛亥革命之前欲借之以唤醒国魂的马君武，还是抗战之际的宋之的、陈白尘，乃至建国之后的张威廉、冯至，都不约而同地称道其人民性，可以见出某种程度的"同质性"来，这恐怕不能归责于学者或作家的"浅见"，而应主要反映出《退尔》创作本身的"目标明确"。确实，席勒的戏剧创作，在成就了自家"史诗气象"的辉煌的同时，确实也有其不容规避的弱点，马克思所批评的"时代精神的单纯的传声筒"或许过于苛厉③，但其作品多元阐释度的欠缺则是事实。故此，退尔的意义单一，不能仅看作一种偶然现象。当然，异族形象变换与阐释的单一化倾向，并不是一件值得特别大惊小怪的事情，但值得追问的是，这种情况究竟是一种规律性现象或"远近高低各不同"。至少从这

---

① 蒋天枢：《陈寅恪先生编年事辑》，上海：上海古籍出版社，1981 年，第 83 页。

② 现代中国（1949 年前）进行较为系统的"德国文学史撰著"的主要人物及其著作是张传普（张威廉）：《德国文学史大纲》，上海：中华书局，1926 年。刘大杰：《德国文学概论》，上海：北新书局，1928 年。刘大杰：《德国文学大纲》，上海：中华书局，1934 年。李金发：《德国文学 ABC》，上海：ABC 丛书社，1928 年。余祥森编《现代德国文学思潮》，上海：华通书局，1929 年。余祥森：《德意志文学》，上海：商务印书馆，1930 年。余祥森编《德意志文学史》，上海：商务印书馆，1933 年。李长之：《德国的古典精神》，成都：东方书社，1943 年。比较详细的论述，参见拙著：《德语文学研究与现代中国》，北京：北京大学出版社，2008 年。

③ 《马克思致斐·拉萨尔》（1859 年 4 月 19 日），见马克思、恩格斯：《马克思恩格斯选集》第 4 卷，北京：人民出版社，1972 年，第 340 页。

几个主要个案文学镜像的比较来说，应属后者。因为在苏鲁支、浮士德这两个形象上，其接受情况恰恰相反。虽然在众多阐释中也不乏简单化倾向，但显然更能显示出一种"众说纷纭"乃至"激烈辩论"的气象。而这也从另一个层面反证出，尼采、歌德的思想覆盖力度是极其强大的，一种伟大思想的标志本身就应该是其"可阐释空间的丰富多元"。相比较本就多少沾染哲学思维表述的苏鲁支（其本质还是哲人的诗性言说），浮士德基本上是个纯粹的文学人物，可在这样一个文学镜像的塑造上，歌德恰恰十分成功地赋予了其独特的思想与哲学品格，而这样一种"运思于诗"的高明，真是舍歌德其难为。问题讨论到这里，已经逼近了下一个问题，即"授者"对"受者"的规定性问题，暂且收住。

总体来说，"诗人巨像"与"文学镜像"之间应该是一种互补、互动、互释的关系，仅仅从某一个单向度去理解，都难免其局限性。不过，过分强调一体感也有问题，譬如维特、浮士德都被打上浓烈的歌德标签，郭沫若说："我们知道'浮士德'中的浮士德，就是歌德自己的化身，'威廉·迈斯达'中的威廉，也不外是渥尔夫冈他自己。"[①] 商承祖也说："我们把《少年维特的烦恼》未尝不可以改称《少年歌德的烦恼》。"[②] 诚然，这些著作中难免有诗人的影子和事迹在，但文学作品毕竟不是自叙传，它是经过升华加工后的艺术创造，这是基本分野所在，不可不别；但诗人原相与文学镜像毕竟千差万别，岂可任意等同？郭、商二氏可谓乃现代中国很有代表性的人物，一为诗人，一为学者，他们如此直截了当地做相近判断，可见其时的风气所向。故此，我们提出"诗人巨像"与"文学镜像"的区分维度，也就是揭示出德国文学东渐过程中的二元问题，是值得特别关注的。必须充分呈现此二元，才可能追索在这二元现象之后的那个统一之"道"所在。也就是说，在这二元表象之后的那个"精神"（Geist）在哪里？

二、接受维度的变形：德诗东渐对受者主体的规定性

除了以这样一种接受史史实区分以反证来源国文学史、思想史以外，我以为这样一种比较研究的意义还在于，如何进一步在细密的维度上区

---

① 郭沫若：《创造十年》，上海：现代书局，1932 年，第 97 页。
② 商章孙：《少年维特之烦恼考》，载《时与潮文艺》创刊号，1943 年 3 月 15 日。

分接受维度的变形问题。这是一个枢纽性环节，对我们深入进行此类研究有重要意义。在本书研究中，我特别选择了不同的点铺展接受研究，即就诗人巨像而言，是国别留学群比较、单个国别（留德）学人群、作为日耳曼学家冯至的个案；在文学镜像而言，则也紧扣某个文学形象本身，展开在现代中国语境内的问题史。

一般而言，接受美学倾向于体现主体性的功用，如姚斯就指出："接受过程是有所选择的。接受过程具有删节、价值变换的过程，简单化，同时也再次复杂化。因为接受毕竟是独立的，具有新创的能力，而不是一味地对传统进行依赖性模仿。"而更重要的是："接受中所提出的疑问揭示了选择的意义"[①]。有论者在论及文学影响的关键因素时就强调："授者提供选择，受者自身才决定取舍。"[②] 特别凸显了受者的作用，诚然，受者作为接受主体，起到了决定性的枢纽作用，殆无疑议。可问题在于如果没有"授者"，那么受者又何从受起？必须有给予，才能有取舍。这也是一个颠簸不破的真理。再进一步，如果我们将授者看作是原作者的话，那么即便摒除掉中介过程的各种因子之外（如翻译、媒介、评家、教师等），授者的意义依然重大。或谓各种文学镜像其实所反映者则一，故此有所谓德语文学符码之说，譬如将某个具有代表性意义的诗人如歌德看作一个文化符码。[③] 这当然有一定的道理，但如果仅做此看，也就过分简化了"授者"的能动意义和规制功用。

作为一代诗哲，歌德不仅成就了文学世界里的君王事业，而且是人类思想史和文明史不可规避的"诗人巨像"。对于现代中国来说，歌德之影响乃是不可回避的重大命题。在宗白华的视域里："诗中的境／仿佛似镜中的花，／镜花被戴了玻璃的清影，／诗镜涵映了诗人的灵心。"[④] 而在冯至那里："你生长在平凡的市民的家庭，／你为过许多平凡的事物感叹，／你却写出许多不平凡的诗篇；／你八十年的岁月是那样平静，好

① 姚斯：《歌德的〈浮士德〉与瓦莱里的〈浮士德〉：论问题与回答的解释学》，见〔德〕姚斯、〔美〕霍拉勃：《接受美学与接受理论》，周宁等译，沈阳：辽宁人民出版社，1987年，第146页。

② 卫茂平：《中国对德国文学影响史述》，引言第1页。

③ 范劲：《德语文学符码与现代中国作家的自我问题》，上海：华东师范大学出版社，2008年，第17页。

④ 《题歌德像》，原刊1922年7月27日《时事新报·学灯》，见《宗白华全集》第1卷，第357—358页。

像宇宙在那儿寂寞地运行，／但是不曾有一分一秒的停息，／随时随处都演化出新的生机，／不管风风雨雨，或是日朗天晴。"① 在冰心的心目中，歌德则极为宽广博大：

> 万有都蕴藏着上帝，
>
> 万有都表现着上帝；
>
> 你的浓红的信仰之华，
>
> 可能容她采撷么？
>
> 严肃！
>
> 温柔！
>
> 自然海中的遨游，
>
> 诗人的生活，
>
> 不应当这样么？
>
> 在"真理"和"自然"里，
>
> 挽着"艺术"的婴儿，
>
> 活泼自由的走光明的道路。
>
> 听——听
>
> 天使的进行歌声起了！
>
> 先驱者！
>
> 可能慢些走——？
>
> 时代之栏的内外，
>
> 都是"自然"的宠儿呵！
>
> 在母亲的爱里，
>
> 互相祝福罢！②

可郭沫若回忆歌德对他的影响却是一个较为特殊的、也很有趣的例子。与多数人的美好回忆不同，郭沫若的歌德追述常带贬义：

---

① 《十四行二十七首 歌德》（1941 年），见冯至：《冯至全集》第 1 卷，石家庄：河北教育出版社，1999 年，第 228 页。

② 冰心：《向往——为德诗人歌德九十年纪念作》，见周冰若、宗白华编：《歌德之认识》，南京：钟山书局，1933 年，第 1—2 页。

　　我最初从事于戏剧的创作是在民国九年的九月。我那时候刚好把《浮士德》悲剧的第一部译完，不消说我是受了歌德的影响的。歌德的影响对于我始终不是甚么好的影响。我在未译《浮士德》之前，在民国八九年之间最是我的诗兴喷涌的时代，《女神》中的诗除掉《归国吟》（民国十年作）以外，大多是作于这个时期。第三辑中的短诗一多半是前期的作品，那是受了海涅与太戈尔的影响写出的。第二辑的比较粗暴的长诗是后期的作品，那是受了惠迭曼（Whitman）的影响写出的。……我那时候要算是感受过些"茵士批里纯"的了。但是自从我把《浮士德》第一部译了之后，这种状态我是绝少感受着的了。内在的感激消涸了。形式的技巧把握束缚起来，以后的诗便多是些没有力气的诗，有的也只是一些空嚷。……我自从译完《浮士德》第一部之后我便开始做起戏剧来了。第一篇的诗作就是《棠棣之华》……全幕的表现完全是受着歌德的影响，全部只在诗意上盘旋，毫没有剧情的统一。①

一方面我们要认识到，对于中国现代文学乃至整体社会场域的重要人物，郭沫若的自传当然会有相当的场域因素制约，故此"不能尽信"；但另一方面，诗人之追溯"逝水年华"，也有其艺术上"向真"的一面。故此，我们应从"诗与真"（Dichtung und Wahrheit）的双重角度去把握之。我想这其中有几个因素值得关注：一是郭氏自述的时代背景。当他如此对歌德显得"不恭"，甚至称呼其为"西洋贾宝玉"（这可是一个颇有贬义的绰号了）时②，正是大革命之后，郭沫若东渡十年的时代。他不仅抛弃歌德，也拒绝尼采，从这个意义上，恐怕时代需求和自我左转的功

---

　　① 《我的作诗的经过》，原载《质文》第2卷第2期，1936年11月，此处转引自郭沫若：《郭沫若全集》第16卷，北京：人民文学出版社，1989年，第214—218页。实际上，这一点，也为后世论者所指出，如叶维廉就批评郭沫若只学到了歌德的情感而没有其恣肆的想象力。〔美〕叶维廉：《中国诗学》（增订版），北京：人民文学出版社，2006年。而范劲则进一步认为，"实质是这一情感性自我在内容上的空洞。这种空洞自我及其镜像歌德注定要成为现代性追寻者克服的对象，这当然不是歌德的过错，只是表明，'五四'人对他者的叙述方式将歌德符号化约成了单义的情感象征。"范劲：《德语文学符码与现代中国作家的自我问题》，上海：华东师范大学出版社，2008年，第20页。这里似乎过于凸显了符号化的意义，而忽略了歌德作为诗人巨像本身对受者的规定性功用。

　　② 郭沫若：《创造十年》，上海：现代书局，1932年，第97页。

利抉择成分更强些。所以，对郭氏自述"以今日之我讨昨日之我"不可尽信。二是译介工作本身对创造主体的深度影响。虽然我们已经意识到外来影响的力度，但译介工作之重要，尤其是对一个创作者在创作过程中的同时进行的重要翻译作品的潜在规定性，恐怕是超出一般想象的。而郭沫若的青年时代创作，恰与其翻译过程密切相关，如果我们讶异于其创造文学产品数量之丰富（在创作、翻译方面几乎是并驾齐驱），必须从资源采择与活力激发两个方面有机互动地去找原因。三是创造主体在资源向度上不可避免地面临"多重博弈"的困境，仅就郭氏自述来看，至少在德国资源的歌德、海涅之外，还有美国之惠特曼、印度之泰戈尔。这些资源本身不是"一加一等于二"的关系，而是构成了一种相当复杂的博弈张力，如何融汇化生，对主体本身既是一种大机遇，也是一重大挑战。四是授者之于受者的规定性制约。虽然我们这里强调了受者的主体性因素，但不可否认的是授者的原型力量。这里郭氏给了最好的实证之例。也就是《棠棣之花》与《浮士德》的关系，而作为其特点的"诗意盘旋"与"剧情不协"正也是歌德戏剧创作中的大病。有论者曾深刻指出："歌德一辈子热心地经营剧院，可是他创作的重点并不在戏剧方面。虽说他的旷世巨著是用戏剧的形式铸就的，可是它并不是这种意义上的一个剧本：非要把它搬上舞台演出，它花蕊里所有的蓓蕾才绽开怒放。正好相反！谁要是看过《浮士德》的演出，不论这次演出是何等的完美精彩，都难免会有一种失望的感觉，深深感到这部不朽的诗篇有多少精美绝伦纤巧细腻的思想光辉因此遭到破坏。"① 这段话道出一个基本事实，就是作为表演性的戏剧而言，歌德并不能算成功。歌德一方面指导剧院的实际演出活动，另一方面在自己创作时却偏偏"思想高于实践"，他在文本中并不太注意戏剧演出的实际效果。所以，难怪斯太尔夫人不客气地批评歌德"不屑于费心处理戏剧高潮，使之产生戏剧性"②。但歌德并非是真的"知错犯错"，这样的选择有着他深刻的思想基础，在他看来："不取悦于人的才是货真价实的东西；新兴艺术之所以

---

① 《歌德的哀格蒙特》（1893 年），见〔德〕梅林（Mehring, Franz）：《论文学》（Aufsätze zur deutschen und ausländischen Literatur），张玉书等译，北京：人民文学出版社，1982 年，第 65 页。

② 〔法〕德·斯太尔夫人（Mme De Staël）：《德国的文学与艺术》（De L'allemagne Seconde Partie La Littérature et Les Arts），北京：人民文学出版社，1981 年，第 179 页。

败坏,就在于它想要取悦于人。"① 歌德立定作为一个艺术家的"艺术伦理"原则,即绝不"媚时媚世"。但另一方面,不得不承认的则是,作为艺术品,歌德作品确实有其局限,譬如重现在郭沫若剧作中的"剧情不协"。应该承认,作为中国现代文学里最具创造性力量的诗人郭沫若,应该是具有相当明确的主体性自觉意识者。可即便是这样一个大诗人,他在面对强大的授者主体(虽然这个授者本身并没有直接对郭这个受者进行教育或对话)时,仍然表现出自然的规制作用。但随着郭氏创造性主体意识的不断提升,以及其知力学养的不断拓展和提升,这种情况要不断好转起来。或者,用"创造性对抗"(creative confrontation)的概念更容易解释这种现象②,但这种"对抗"不能涵盖全部过程,也不是所有的情况下都属于"创造性"的对抗。

浮士德是德国学者,苏鲁支是波斯圣哲,而退尔则为瑞士英雄,这样三个不同国别的人物,出自德国诗人之手,却又别加改造,乃成就世界文学凌烟阁的"重要人物"。浮士德要放眼望洋,苏鲁支要下山救世,而退尔则要利箭出弦。在不同的语境中,不同的人物皆有其表现自我的象征行为,而诗人则隐于形象之后,相比较席勒的民族激情③,歌德以毕生之精力倾注于《浮士德》,其目的仍当在超越小我,走向世界,在他的心目中:"民族文学在现代算不了很大的一回事,世界文学的时代已快来临了。现在每个人都应该出力促使它早日来临。"④ 而尼采日后虽"走向疯癫",但却非常深刻地理解歌德的精神史意义:"歌德的文学属于比'民族文学'更高的那一类文学。因此,歌德同他的民族的关

---

① 转引自〔美〕雷纳·韦勒克:《近代文学批评史》第 1 册,杨自伍译,上海:上海译文出版社,1997 年,第 285 页。原注出自 1813 年 12 月 26 日致 Riemer 信,未能核到。

② 〔斯洛伐克〕马立安·高利克:《中西文学关系的里程碑(1898—1979)》,伍晓明等译,北京:北京大学出版社,2008 年。

③ 陈铨这样比较歌德与席勒:"歌德是'世界诗人',他的眼光常常都注意全人类的发展,他问题的对象,是整个世界人生。"相比之下:"席勒是'民族诗人',他的作品,比较多含地方性,他充分发挥德国民族精神,他有德国民族性格一切伟大的特点。"陈铨:《狂飙时代的席勒》,载《战国策》第 14 期,1940 年 12 月 1 日。

④ 德文原为:"Nationalliteratur will jetzt nicht viel sagen, die Epoche der Weltliteratur ist an der Zeit, und jeder muß jetzt dazu wirken, diese Epoche zu beschleunigen." Mittwoch, den 31. Januar 1827. in Johann Peter Eckermann: *Gespräche mit Goethe-in den letzten Jahren seines Lebens*(歌德谈话录——他生命中的最后几个年头),Berlin und Weimar: Aufbau-Verlag, 1982. S. 198. 中译文见〔德〕爱克曼辑录:《歌德谈话录》,朱光潜译,北京:人民文学出版社,1978 年,第 113 页。当然,我们注意到歌德说这番话的时候并非没有自家的民族指向,此处不赘。

系既不是生活上的关系，也不是一种新的关系或一种陈旧的关系。他过去是、现在仍然是仅仅为少数人而活着的；对于大多数人来说，他只不过是可以满足他们的虚荣心的喇叭，一代又一代的人拿起这喇叭向德意志以外的地方吹去。歌德不仅是一个善良的人和伟大的人，而且他就是一种文化。歌德是德意志历史上的一个前无古人后无来者的特殊现象。"① 所以尼采在盛年之际完成的《苏鲁支语录》，未尝不是一种以浪漫的态度书写歌德的理想。只不过他走得更远，更激烈，更极端！总体而言，在德国思想史上，歌德、席勒、尼采都大约可归纳到试图走中间道路的古典思脉中人物，但席勒略为偏左，即接近启蒙思脉；而尼采更为偏右，接近浪漫思脉。三者基本形成了一个左—中—右的格局。

这样一种内在的德诗本身的思想史位置，其实在相当程度上也规定了其在现代中国语境里的接受状况。尼采（Nietzschen, Friedrich, 1844—1900）作为后世之人，反而最受到追捧，成为清民之际最重要的文化象征之一；而作为前代大贤的歌德（Goethe, Johann Wolfgang von, 1749—1832）、席勒（Schiller, Friedrich, 1759—1805）其实和他相差近一个世纪。可在现代中国语境里，这样一种时间的历史感仿佛就被自然消解了。由此，我们可以观察到的一个有趣现象是，在以不同的德国诗人、镜像规划线索的研究过程中，本为现代中国接受创化主体的知识精英个体可能会不断地出现在尼采、歌德、席勒，以及苏鲁支、浮士德、退尔，甚至也包括迈士特、维特等人的中国之旅过程里，尤其是几个关键性人物，如郭沫若、冯至等。这样一种现象，体现出某种规定性色彩，也就是说，即便是在以受者为中心的接受史进程里，我们有时也不可能完全地按照自己的想法去"挥洒自如"，而是必须接受授者原型的基本元素制约，也就是必须在"原相变形"的基础上展开接受史研究。

---

① 德文为：Goethe gehört in eine höhere Gattung von Literaturen, als "Nationalliteraturen" sind; deshalb steht er auch zu seiner Nation weder im Verhältnis des Lebens, noch des Neuseins, noch des Verhaltens. Nur für wenige hat er gelebt und lebt er noch; für die meisten ist er nichts als eine Fanfare der Eitelkeit, welche man von Zeit zu Zeit über die deutsche Grenze hinüberbläst. Goethe, nicht nur ein guter und großer Mensch, sondern eine Kultur-Goethe ist in der Geschichte der Deutschen ein Zwischenfall ohne Folgern. Friedrich Nietsche 尼采：*Menschliches, Allzumenschliches*（人性的，太人性的），1886 年。转引自 Boerner, Peter: *Johann von Wolfgang von Goethe 1832/1982 – Ein biographischer Essay*（歌德传），Bonn: Inter Nationes, 1983. S. 188. 中文本参见〔德〕彼德·贝尔纳：《歌德》，李鹏程译，北京：中国社会科学出版社，1992 年，第 198—199 页。

就此而言，即便是一个区区德风东渐，这里甚至仅仅能说是"德诗东渐"，其转换化生的景象也是非常多元而复杂。我们如何才能在这"众声喧哗"之中"法乎其上，得乎其中"，如何不被湮没在数量众多、人物浩瀚的文学海洋中，才是至关重要的。总体来说，在接受史的细节层面，可以考察者众多。从群体的层级区分，到某个群体的分层研究，再到个体的聚焦，这样一种考察显然需要多维度的互释与渗透。而就诗人接受与形象接受而言，也很有不同之处。但无论其表象如何纷纭，我们应把握的核心本质则一，那就是要明确"主体原则"与"资源向度"的关系。

三、主体原则与资源向度

无论如何强调接受维度的路径区分，不可否认的事实仍然是，最关键的因素在于主体原则。也就是接受主体是否具有强势的知识拓新和学养奠基，这非常重要。

有论者指出中国百年以降尼采接受史之缺憾："尼采作为一个现代性思想家的形象未被中国知识界认真而充分地刻画出来。"具体言之则为："'新民'或'立人'与'立国'的思想更多地为'救亡'所导向，而作为其深层支持的哲学、政治学、社会学理论未及从学理上建树性地开拓过，即我们没有接着尼采这一契机而构造出自己的理性主义、个人主义以及功利主义思想体系。"① 现代性问题乃是 20 世纪以来的显学，但实际上早在 18 世纪后期，席勒等人即已非常敏锐地感受到启蒙可能带来的恶果，意识到现代性给人性所带来的断裂，强调说："给近代人造成这种创伤的正是文明本身。只要一方面由于经验的扩大和思维更确定因而必须更加精确地区分各种科学，另一方面由于国家这架钟表更为错综复杂因而必须更加严格地划分各种等级和职业，人的天性的内在联系就要被撕裂开来，一种破坏性的纷争就要分裂本来处于和谐状态的人的各种

---

① 金惠敏、薛晓源：《尼采与中国现代性》（代序），见金惠敏、薛晓源编：《评说"超人"——尼采在中国的百年解读》，北京：社会科学文献出版社，2001 年，第 19 页。

力量。"① 到了 19 世纪，片面的启蒙造成的欧西强势则体现在全球范围的殖民潮流中；20 世纪，这种启蒙的极端性发展又导致其内部分裂，英、法竞势于前，德、日突起于后，而美、俄继之。思想的潘多拉盒子就这样最终以大国纷争的戏剧登场，而受苦者是民众。黑格尔作为"第一位意识到现代性问题的哲学家"，虽然"无法解决现代性的自我确证问题"②，但终究明确地指出了主体性解救自己的方法，"必须与哲学对抗"③。但黑格尔的问题在于"过犹不及"，在他那里，"理性既是思想，又是事物的本质、存在的真理，同时又是真理的实现"，理性就是一切，成为了神话④。然而，对于所有这些深层的问题，五四诸贤又何尝能静心细思推究？总体来说，他们仍不能摆脱"救亡"与"启蒙"的双重变奏，而就"启蒙"而言又远非是能与西方主流概念对话者。有论者如此描述：

> 现代中国文化、文学是本源感性与外来意识形态争战协商下极其复杂的共生，借生物学的一个名词，可以称之为 Antagonistic Symbiosis（异质分子处于斗争状态下的共生），指的是十九世纪以来西方霸权利用船坚炮利、企图把中国殖民化所引起的异质文化与本源文化的争战。⑤

这样一种概括其实并不全面，因为如此"自我—他者"的二元概括，其

---

① 〔德〕席勒：《审美教育书简》，见冯至：《冯至全集》第 11 卷，石家庄：河北教育出版社，1999 年，第 36—37 页。这里的近代，亦可理解为现代。德文为："Die Kultur selbst war es, welche der neuern Menschheit diese Wunde schlug. Sobald auf der einen Seite die erweiterte Erfahrung und das bestimmtere Denken eine schärfere Scheidung der Wissenschaften, auf der andern das verwickeltere Uhrwerk der Staaten eine strengere Absonderung der Stände und Geschäfte notwendig machte, so zerriß auch der innere Bund der menschlichen Natur, und ein verderblicher Streit entzweite ihre harmonischen Kräfte." [*Schiller：Über die ästhetische Erziehung des Menschen in einer Reihe von Briefen. Schiller：Werke, S. 4012（vgl. Schiller-SW Bd. 5, S. 583）http：//www. digitale-bibliothek. de/band103. htm*]。

② 〔德〕哈贝马斯：《现代性的哲学话语》，曹卫东等译，南京：译林出版社，2004 年，第 51 页。

③ Hegel, Georg Wilhelm Friedrich：*Werke*（全集）. Band 2. Frankfurt am Main：Suhrkamp, 1970, S. 175。

④ 陈嘉明等：《现代性与后现代性》，北京：人民出版社，2001 年，第 129 页。

⑤ 《文化错位：中国现代诗的美学议程》，见〔美〕叶维廉：《中国诗学》（增订版），北京：人民文学出版社，2006 年，第 259 页。

实并不能穷尽中国文化面对外来者的全景。可毕竟，这比较简单的外力迫来之"冲击—反应"说要略进一层。而就文化思想层面的侨易与交流而言，则远比这样一种"社会进化论"的思维要更非功利一些，虽然它表现出来往往仍是以功利取向为原则的。

或许，我们还是要重新回到陈寅恪先生讲的那段话上面，也就是所谓如何才"真能于思想上自成系统，有所创获"的问题。[①] 因为这不但是陈氏个体所追求的终极理想，而且也是中国学术界与知识人理当追求的方向和设立的目标，它具有超越个体与时代的核心命题。问题在于，如何处理这一种主体原则和资源向度的关系。

"不忘本来民族之地位"自然是毫无疑问，具体地说，那就是确立自身文化主体性的绝对位置。可如何不忘，如何确立，却是陈氏语焉未详的。而"吸收输入外来之学说"，同样有这个问题，输入不等同于吸收，两者之间究竟是一种怎样的关系？而"道教之真精神"何指？"新儒家之旧途径"又何指？最后的标的则应是"思想上自成系统，有所创获"。成系统固然已难，有创获则更难，两者兼具，乃是当求理论上的整体建构与细节处的实质推进并行。"鱼与熊掌"，欲兼得之者。其实，说到底，"主体原则"与"资源向度"最后的指向都应是"归一"，即以学术创获为厚重积淀与坚实支撑的"成系统之思想"，由学而致思。

中国传统的二元思想结构中，道家日后发展为道教，虽然未免偏于幽远玄虚之讯，但其大道仍是明确的，而且由此可以观测作为中国社会二元结构的民间宗教方面；而儒家之变则更为清楚，当经历佛学之冲击后，儒家作为中国传统社会的思想支柱与社会主流，强烈意识到"不变不足以应大变"，乃开辟新儒家之源流，理学的诞生是最好的证明。儒、道二家作为中国传统思想——即本来民族之地位——的主要象征，它们的历史就是中国思想与中国社会的进程。但陈氏此处暗示的，乃另一非常重要的思潮，但此乃外来和尚。所谓的"道教之真精神"与"新儒家之旧途径"舍却佛教的传入与冲击都无可言，正是通过对佛家思想的全面辨识、改造与汲取，才有道家之新发、新儒家之崛起，并最终没有被外来强势文化所化，反而将其为我所化。蒋梦麟将中国接受外来文化分为两个大阶段，前者由新疆输入，"千余年来只点点滴滴地传入了少许外

---

① 《冯友兰〈中国哲学史〉下册审查报告》，见刘桂生、张步洲编：《陈寅恪学术文化随笔》，北京：中国青年出版社，1996 年，第 17 页。

国东西。因此它是逐步接受这些东西的，有时间慢慢加以消化"①，所言正是佛教东来这一段历史。反之，佛教虽诞之于印度，但发扬光大并成为世界性的宗教可谓在中国，这是经过中国化后的佛教才灼射出其灿烂光辉。而在这一过程中，我们应注意到："佛法，亦宗教，亦哲学。宗教情绪，深存人心，往往以莫须有之史实为象征，发挥神妙之作用。故如仅凭陈迹之搜讨，而无同情之默应，必不能得其真。哲学精微，悟入实相，古哲慧发天真，慎思明辨，往往言约旨远，取譬虽近，而见道深弘。故如徒于文字考证上寻求，而乏心性之体会，则所获者其糟粕而已。"②此理同样适用于对西方诗人的深层探究，如歌德这样的大诗人，其所蕴含之丰富，远非仅从文学文本角度就可以解释清楚；如果只将其视作一种小说、戏剧之类的消遣娱乐之作，不但大大低估了其文化史的价值，而且也将"入宝山而空归"。甚至更深一层，就是适得其反而取其糟粕。事实上，近代以来，西方文化由华东沿海输入中国，在"短短50年之内如潮涌至"，而"西方文化在法国革命和工业革命之后正是盛极一时，要想吸收这种文化，真像一顿要吃下好几天的食物"，其结果是"反感"。而1902年后，"胃口最佳的学生已为时代精神所感染，革命成为新生的一代的口头禅"③。这段描述虽然很是简短，但却触及了中国精神史上的核心环节所在，也就是中国文化三变的后二者，佛学东来与西学东渐。而其相异处恰恰在于，对于前者，经历漫长时间的遭逢、冲撞、融合之后终于变"佛教征服中国"为"中国融涵佛教"④；而对于西学，则还远没有足够的时间来从容消化之⑤，仓促之间所获，未必就是精华。

晚清以降，中国面临"三千年未有之大变局"，不仅表现在政治、

① 《敌机轰炸中谈中国文化》，见明立志等编：《蒋梦麟学术文化随笔》，北京：中国青年出版社，2001年，第339—340页。

② 汤用彤：《汉魏两晋南北朝佛教史》，见孙尚扬编：《汤用彤选集》，长春：吉林人民出版社，2005年，第380页。

③ 《敌机轰炸中谈中国文化》，见明立志等编：《蒋梦麟学术文化随笔》，北京：中国青年出版社，2001年，第339—340页。

④ 参阅〔荷〕许理和（Zürcher, Erich）：《佛教征服中国》（The Buddhist Conquest of China: The Spread and Adaptation of Buddhism in Early Medieval China），李四龙等译，南京：江苏人民出版社，2005年。

⑤ 当然中国与西学接触早在明清之际即开端，但大规模的西学涌来仍是19世纪以后的事情。参阅〔法〕谢和耐（Gernet, Jacques）：《中国文化与基督教的冲撞》（China and the Christian Impact: A Conflict of Cultures），于硕等译，沈阳：辽宁人民出版社，1989年。

社会层面，更表现在精英层次的思想、文化层面。"五四"一代人应对之仓促，实在出乎意料之外，他们虽然功绩显赫，但其责任也不容推卸。相比之下，由曾国藩—张之洞等演变之路径，似乎更加值得推敲。世无完人，然而后世衡史，毕竟是为了资鉴以往、有益当下，故此总结前贤之功过，非仅有"月旦人物"雅好，主要仍在于"面向未来"。

主体原则仍不是毫无疑义的"以我为主"，而是应当"求真、求善、求美"。所有这一切，当以求真为最基础之原则，这才是最为根本也能行之久远的"元规则"①。或许，在这个意义上，陈寅恪先生的判语要略作修正，首当不忘者，乃严守学人求真之本位，而非仅本来民族之地位。无论何时，当以求真为第一原则之"元规则"。而本来民族地位之彰显，主要表现在受者主体乃是具有独立精神和品格之人，他既是一个追求真理的"大丈夫"，也是"为此文化所化之人"，即代表此民族文化之人。或许用费希特所明确界定的人类各群体中"学者的使命"（Einige Vorlesungen über die Bestimmung des Gelehrten）来形容也可略作注脚："学者就是人类的教养员"②，不但要"在一切文化方面都应当比其他阶层走在前面"（der in allen Stücken der Cultur den übrigen Ständen zuvor seyn soll），而且"应当代表他的时代可能达到的道德发展的最高水平"（die höchste Stufe der bis auf ihn möglichen sittlichen Ausbildung in sich darstellen）③，学者应当树立起与普通人一样的最终目标"提高整个人类道德风尚"。许地山曾非常精辟地总结出两类民族的概念，或许可以为我们深入理解"本来民族地位"之确立而提供另一视角：

> 民族，可以分为两种，就是自然民族与文化民族。自然民族是

---

① "元规则"（meta-rules）这个概念来自西方学者。Brennan, Geoffrey & Buchanan, James M.: *The Reason of Rules: Constitutional Political Economy.* Cambridge: Cambridge University Press, 1985。

② 德文为：In dieser Rücksicht ist der Gelehrte der *Erzieher* der Menschheit. ［*Fichte: Einige Vorlesungen über die Bestimmung des Gelehrten. Quellen Philosophie: Deutscher Idealismus*, S. 9663 (*vgl. Fichte-W Bd. 6, S. 332*) http://www.digitale-bibliothek.de/QP03.htm］。费希特：《论学者的使命》，见梁志学主编《费希特著作选集》第 2 卷，北京：商务印书馆，1994 年，第 43 页。

③ *Fichte: Einige Vorlesungen über die Bestimmung des Gelehrten. Quellen Philosophie: Deutscher Idealismus*, S. 9665—9666 (*vgl. Fichte-W Bd. 6, S. 333*) http://www.digitale-bibliothek.de/QP03.htm，费希特：《论学者的使命》，见梁志学主编：《费希特著作选集》第 2 卷，北京：商务印书馆，1994 年，第 44 页。

"不识不知，顺帝之则"底。这种民族像蕴藏在矿床里底自然铁，无所谓成钢，也无所谓生锈。若不与外界接触，也许可以永远保存着原形。文化民族是离开矿床底铁，和族外有不断的交通。在这种情形底下，可以走向两条极端的道路。若是能够依民族自己的生活的理想与经验来保持他底生命，又能采取他民族底长处来改进他底生活，那就是有作为，能向上的。这样的民族底特点是自觉的，自给的，自卫的。若不这样，一与他民族接触，便把自己的一切毁灭掉，忘掉自己，轻侮自己，结果便会走到灭亡底命运。①

在这里，我们注意到，其划分标准正是"文化交流"。而世界历史中不断得以发展并成为强势国家的，当然都是通过这样一种不断的文化交流而获取新鲜血液和文化资源的文化民族。而中华民族恰是在这个方面表现非常突出的一个民族，关于中国文化大度能包的事实，翁文灏这样说道："我们推想中国以前的历史，似乎感觉有一种特别的力量，就是同化他民族或他文化的力量，常常在那儿活着，把各种个不同的民族或文化都慢慢地调和了，溶解了。这种调和民族及文化的溶解剂，大约就是我们汉族。他们的精神是大度包容，兼收并蓄，但仍能始终不失他的本来面目。好像沧海汪洋，黄沙黑土一律兼收，但终究不失他的本色。"② 此语极形象，汉族大度能包，中华民族大度能包，表现在现代中国，其巅峰之作就当为蔡元培改革北大时的"思想自由，兼容并包"，可惜并未确立为长久之计。蒋梦麟、胡适等幡然变计，固然有其客观场域因素，但不以求真为主体原则（元规则）、功利致用当为要旨，也反映出现代中国的主导型精英分子的远未臻成熟。从另一个角度来看，即便是中国之传统也是在不断变化中的，如此就要求我们能"握其大者"。我们现在谈中国传统，是无论如何不能脱离了佛学东渐的背景来谈的，离开了经过中国化之后的佛学知识体系，无论是新道家还是新儒家都无法成立。而五四"打倒孔家店"的口号，虽有其不破不立的不得已因素，但也同样见出其器局和气度。也就是由蔡元培—陈寅恪（部分包括吴宓等学衡

---

① 许地山：《造成伟大民族底条件——对北京大学学生讲》（1935 年），见范桥、欧阳京编：《许地山散文》，北京：中国广播电视出版社，1996 年，第 280 页。

② 《回头看与向前看》（1930 年），见翁文灏：《科学与工业化——翁文灏文存》，李学通选编，北京：中华书局，2009 年，第 74 页。

派）的路径，使我们略微感受到中国之传统大气尚未完全消失。这一点表现在文学接受史领域也很明显，除了鲁迅等极少数精英（当然也免不了向左转）的知识学和思想史意识外，更多人包括如郭沫若、林同济等，基本上都是在一种功利维度考虑问题的。主体虽呈现的很明显，但却并不能把握作为元规则的主体规则，即"求真"。

资源向度则是另外一个值得注意的点，也就是说，当主体原则明确之后，并非单一的国别资源就可以轻易形成一种决定性的影响，更不仅是"吸收输入外来之思想"之笼统概况就可了事。因为当主体面对他者之际，这个他者不是单一的，而是多重的。故此资源采择是多维度的，其间既有互补、互释，也有冲突、对抗，如何使之形成一种有序之博弈格局，并进而最终达成有效之融化、创生，乃是一个必须通过大量深入细致的个案研究进行探讨的问题。这其中我们既要注意到主体的能动性，也决不可忽视授者的客观规定性，这也是一种规训与规制，所谓"人生而自由，却又无往不在枷锁之中"所说也就是这个道理吧！我们只有客观地认识到这一点，承认这样的基本事实，才有可能真的冲破樊笼而进入一个"带着镣铐起舞"的自由境界。在个体是如此，在群体（或曰共同体）亦然，推而广之，就民族文化层面亦然。

所以，无论是"中学为体，西学为用"，还是"西学为体，中学为用"，甚至所谓"中体中用"、"西体西用"，都有其立论成说的内在逻辑。但不可忽略的根本原则是"主体原则"与"资源向度"的互动，即一方面必须意识到这样一种在"求真"基础之上的元规则与主体意识，另一方面充分意识到面对外来异者是在内在规定性基础上提供文化资源的，这样一种"资源向度"乃是意味着一种面对外部事物的客观理性态度。在德国三座诗人巨像进入现代中国语境的过程里，我们看到了逐一登场的各家知识精英，他们出于各种立场借助诗人巨像及其文学镜像而"翩翩起舞"于知识场域，然而能借助这种资源而成就自家"诗与思"之事业者，则凤毛麟角。即便其中突出者如郭沫若，其所提供的经验维度也是很不寻常的。这与德国古典时代知识精英如歌德等人凭借外来资源，区分"资源向度"而成就"诗与思"之人类文明史巅峰，恰成一比。其中可追究的原因固然多哉，然而在"主体原则"与"资源向度"方面，或许仍蕴藏有最基本的因子可以探寻！从这个意义上来说，本书的终篇，也意味着下一步探索的开始！

主要参考文献

一、中文文献：

（一）档案资料：

Gutachten der Dissertation von Herrn Feng Zhi（冯至博士论文的评语），Archiv der Universität Heidelberg：Akten über Feng Zhi（海德堡大学的冯至档案）。

《海宁王静安先生遗书》第15册，上海：商务印书馆，1940年。

《中国当代文学研究资料·陈白尘专集》，南京：江苏人民出版社，1983年。

《中国新文学大系·史料索引》，上海：上海文艺出版社，1981年。

（二）报刊资料：

《大公报·战国副刊》

《大中华杂志》

《东方杂志》

《今日评论》

《民族万岁》

《群言》

《文学周报》

《戏剧报》

《小说月报》

《新青年》

《新蜀报》

《新中华》

《战国策》

（三）著作及文章

阿英：《德国文豪格代希尔列尔合传》，载《教育世界》第 70 号，1904 年 3 月。

阿英：《关于歌德作品的初期中译》，载《人民日报》1957 年 4 月 24 日第 7 版。

［德］爱克曼辑录：《歌德谈话录》，朱光潜译，北京，人民文学出版社 1978 年。

白尘：《为什么演——〈民族万岁〉》，载《新蜀报》1938 年 2 月 17 日第 3 版。

北京大学比较文学与比较文化研究所编：《多边文化研究》第 2 卷，北京：新世界出版社，2003 年。

［美］杰里·本特利等（Bentley, Jerry H.）：《简明新全球史》（Tradtions & Encounters：A Brief Global History），魏凤莲译，北京：北京大学出版社，2009 年。

包时：《民族万岁——爱国同胞的精神食粮》，载《新蜀报》1938 年 2 月 20 日星期增刊第 4 版。

［德］彼德·贝尔纳：《歌德》，李鹏程译，北京：中国社会科学出版社，1992 年。

［法］马克·布洛赫：《历史学家的技艺》，张和声等译，上海：上海社会科学出版社，1992 年。

卜仲康编：《陈白尘专集》，南京：江苏人民出版社，1983 年。

陈安湖主编：《中国现代文学社团流派史》，武汉：华中师范大学出版社，1997 年。

陈淡如编：《歌德论》，上海：乐华图书公司，1933 年。

陈虹编：《舞台与讲台——戏剧家陈白尘》，南京：南京大学出版社，2003 年。

陈鼓应：《悲剧哲学家尼采》，北京：生活·读书·新知三联书店，1992 年。

陈嘉明等：《现代性与后现代性》，北京：人民出版社，2001 年。

陈平原、夏晓虹主编：《触摸历史——五四人物与现代中国》，广州，广州出版社，1999 年。

陈平原主编：《现代中国》第 4 辑，武汉：湖北教育出版社，

2004 年。

　　陈平原：《中国现代学术之建立》，北京：北京大学出版社，1998 年。

　　陈铨：《狂飙时代的席勒》，载《战国策》第 14 期，1940 年 12 月 1 日。

　　陈铨：《民族文学运动》，载《大公报·战国副刊》，重庆，1942 年 5 月 13 日。

　　陈铨：《中德文学研究》，沈阳，辽宁教育出版社，1997 年。

　　陈寅恪：《陈寅恪集·寒柳堂集》，北京：生活·读书·新知三联书店，2001 年。

　　陈寅恪：《陈寅恪集·金明馆丛稿二编》，北京，生活·读书·新知三联书店，2001 年。

　　陈寅恪：《陈寅恪集·书信集》，北京，生活·读书·新知三联书店，2001 年。

　　陈正宏：《陈寅恪先生与德国》，载《德国研究》，上海，1997 年第 3 期。

　　陈子善、王自立编：《卖文买书——郁达夫和书》，北京：生活·读书·新知三联书店，1995 年。

　　成芳：《尼采在中国》，南京：南京出版社，1993 年。

　　成芳主编：《我看尼采——中国学者论尼采（1949 年前）》，南京：南京大学出版社，2000 年。

　　成海鹰、成芳：《唯意志论哲学在中国》，北京：首都师范大学出版社，2002 年。

　　楚图南：《苣草集——楚图南诗词选集》，北京：人民文学出版社，1995 年。

　　［美］大卫·达姆罗什（Damrosch, David）、陈卫国、尹星主编：《新方向——比较文学与世界文学读本》（New Directions-A Reader of Comparative and World Literature），北京：北京大学出版社，2010 年。

　　［法］德·斯太尔夫人（Mme De Staël）：《德国的文学与艺术》（De L'allemagne Seconde Partie La Littérature et Les Arts），北京：人民文学出版社，1981 年。

　　［荷］许理和（Zürcher, Erich）：《佛教征服中国》（The Buddhist Conquest of China: The Spread and Adaptation of Buddhism in Early Medieval

China），李四龙等译，南京：江苏人民出版社，2005 年。

范劲：《德语文学符码与现代中国作家的自我问题》，上海：华东师范大学出版社，2008 年。

范劲：《影响的符号化和后现代时代的比较文学》，《中国比较文学》2007 年 4 期上。

［美］费正清编：《剑桥中国晚清史（1800—1911）》下卷，北京：中国社会科学出版社，2006 年。

范桥、欧阳京编：《许地山散文》，北京：中国广播电视出版社，1996 年。

［德］冯铁：《“尼采在中国的影响”专题研究参考书目》，《德国哲学》第 10 辑，北京：北京大学出版社，1991 年。

冯友兰：《三松堂自序》，北京：人民出版社，1998 年。

冯至：《冯至全集》12 卷，石家庄：河北教育出版社，1999 年。

冯至：《冯至学术论著自选集》，石家庄，河北教育出版社，1999 年。

福建师大中文系编选：《鲁迅论外国文学》，北京：外国文学出版社，1982 年。

高平叔编：《蔡元培全集》第 3 卷，北京：中华书局，1984 年。

高中甫：《歌德接受史 1773—1945》，北京：社会科学文献出版社，1993 年。

郜元宝编：《尼采在中国》，上海：上海三联书店，2001 年。

郜元宝、李书编：《李长之批评文集》，珠海：珠海出版社，1998 年。

［德］歌德：《浮士德》，董问樵译，上海：复旦大学出版社，1983 年。

［德］歌德：《威廉·麦斯特的漫游时代》，关惠文译，北京：人民文学出版社，1993 年。

［德］汉斯·尤尔根·格尔茨：《歌德传》，伊德、赵其昌、任立译，北京：商务印书馆，1995 年。

郭沫若：《创造十年》，上海：现代书局，1932 年。

郭沫若：《东方赤子·大家丛书：郭沫若卷》，北京：华文出版社，1999 年。

郭沫若：《郭沫若论创作》，上海：上海文艺出版社，1983 年。

郭沫若:《沫若文集》第 12 卷,北京:人民文学出版社,1954 年。

郭沫若:《雅言与自立——告我爱读〈查拉图司屈拉〉的友人》,原载《创造周报》1924 年第 30 期。

郭沫若:《致陈建雷》,载《新的小说》第 2 卷第 1 期,1920 年 9 月。

郭延礼:《中国近代翻译文学概论》,武汉,湖北教育出版社 1998 年。

[法] 马里奥斯·法朗索瓦·基亚(Guyard, M. - F.):《比较文学》(La Littérature Comparée),颜保译,北京:北京大学出版社,1983 年。

[德] 哈贝马斯:《现代性的哲学话语》,曹卫东等译,南京:译林出版社,2004 年。

韩琦、[意] 米盖拉编:《中国和欧洲:印刷术与书籍史》,北京:商务印书馆,2008 年。

贺麟:《德国三大哲人歌德、黑格尔、费希特的爱国主义》,北京,商务印书馆,1989 年。

贺麟:《文化与人生》,北京:商务印书馆,1998 年。

[美] 阿瑟·赫尔曼(Herman, Arthur):《文明衰落论》(The Idea of Decline in western History),张爱平等译,上海:上海人民出版社,2007 年。

贺桂梅:《转折的时代——40—50 年代作家研究》,济南:山东教育出版社,2003 年。

[德] 黑格尔:《历史哲学》,王造时译,上海:世纪出版集团/上海书店出版社,1999 年。

洪子诚:《问题与方法——中国当代文学史研究讲稿》,北京:三联书店,2002 年。

侯浚吉:《歌德传》,北京:世界图书出版公司,1995 年。

黄见德:《西方哲学东渐史》2 册,北京:人民出版社,2006 年。

[美] 塞缪尔·亨廷顿(Huntington, Samuel P.)、彼得·伯杰(Berger, Peter L.):《全球化的文化动力——当今世界的文化多样性》(Many Globalizations),康敬贻等译,北京:新华出版社,2004 年。

[美] 塞缪尔·亨廷顿:《文明的冲突与世界秩序的重建》(The

Clash of Civilizations and the Remaking of World Order），周琪等译，北京：新华出版社，1998 年。

［美］霍拉勃：《接受美学与接受理论》，周宁等译，沈阳：辽宁人民出版社，1987 年。

［法］谢和耐（Gernet, Jacques）：《中国文化与基督教的冲撞》（China and the Christian Impact：A Conflict of Cultures），于硕等译，沈阳：辽宁人民出版社，1989 年。

季羡林：《中印文化交流史》，北京：新华出版社，1991 年。

蒋纯焦：《近代中国留美和留日教育之比较》，载《江西社会科学》2000 年第 1 期。

江沛：《战国策派思潮研究》，天津：天津人民出版社，2001 年。

蒋天枢撰《陈寅恪编年事辑增订本》，上海，上海古籍出版社1997 年。

姜铮：《人的解放与艺术的解放——郭沫若与歌德》，长春：时代文艺出版社，1991 年。

金惠敏、薛晓源编：《评说"超人"——尼采在中国的百年解读》，北京：社会科学文献出版社，2001 年。

［日］近代日本思想史研究会：《近代日本思想史》第 2 卷，李民等译，北京：商务印书馆，1991 年。

金丝燕：《文学接受与文化过滤》，北京：中国人民大学出版社，1994 年。

［美］伯顿·克拉克：《探究的场所——现代大学的科研和研究生教育》，王承绪译，杭州：浙江教育出版社，2001 年。

［美］雷纳·韦勒克：《近代文学批评史》第 1 册，杨自伍译，上海：上海译文出版社，1997 年。

守常（李大钊）：《介绍哲人尼杰》，原载《晨钟报》1916 年 8 月22 日。

李长之：《德国的古典精神》，成都：东方书社，1943 年。

李凤苞：《使德日记》，商务印书馆发行，王云五主编：《丛书集成》初编，1935 年。

李金发：《德国文学 ABC》，上海：ABC 丛书社，1928 年。

李钧、孙洁编：《超人哲学浅说——尼采在中国》，南昌：江西高校出版社，2009 年。

李书编：《李长之批评文集》，珠海：珠海出版社，1998 年。

李喜所：《近代中国的留学生》，北京：人民出版社，1987 年。

梁志学主编：《费希特著作选集》第 2 卷，北京：商务印书馆，1994 年。

林同华：《宗白华美学思想研究》，沈阳，辽宁人民出版社，1987 年。

林同华主编：《宗白华全集》，合肥，安徽教育出版社，1994 年。

梁志学主编：《费希特著作选集》第 2 卷，北京：商务印书馆，1994 年。

刘大杰：《德国文学大纲》，上海：中华书局，1934 年。

刘大杰：《德国文学概论》，上海：北新书局，1928 年。

刘桂生、张步洲编：《陈寅恪学术文化随笔》，北京：中国青年出版社，1996 年。

刘梦溪：《传统的误读》，石家庄：河北教育出版社，1996 年。

刘锡鸿、李凤苞：《英轺私记·使德日记》，台北：文海出版社作为沈云龙主编《近代中国史料丛刊第十六辑》印行，无年份。

陆键东：《陈寅恪的最后二十年》，北京，生活·读书·新知三联书店，1995 年。

鲁迅：《鲁迅全集》第 1 卷，北京：人民文学出版社，2005 年。

梁柱著《蔡元培与北京大学》，北京，北京大学出版社，1996 年。

马克思、恩格斯：《马克思恩格斯选集》第 4 卷，北京：人民出版社，1972 年。

［斯洛伐克］马立安·高利克：《中西文学关系的里程碑（1898—1979)》，伍晓明等译，北京：北京大学出版社，2008 年。

茅盾：《我走过的道路》上册，北京：人民文学出版社，1981 年。

茅盾：《西洋文学通论》，上海：复旦大学出版社，2004 年。

毛泽东：《毛泽东选集》第 4 卷，北京：人民出版社，1991 年第 2 版。

［德］梅林（Mehring, Franz）：《论文学》（Aufsätze zur deutschen und ausländischen Literatur），张玉书等译，北京：人民文学出版社，1982 年。

［德］哈拉尔德·米勒：《文明的共存——对塞缪尔·亨廷顿"文明冲突论"的批判》（Das Zusammenleben der Kulturen），郦红等译，北京：新华出版社，2002 年。

闵抗生：《尼采及其在中国的旅行》，北京：当代中国出版社，2000 年。

明立志等编：《蒋梦麟学术文化随笔》，北京：中国青年出版社，2001 年。

莫世祥编：《马君武集（1900—1919）》，武汉，华中师范大学出版社，1991 年。

［德］尼采：《查拉图斯特拉如是说》（详注本），钱春绮译，北京：生活·读书·新知三联书店，2007 年。

［德］尼采：《苏鲁支语录》，徐梵澄译，北京：商务印书馆，1992 年。

钱理群：《1948：天地玄黄》，济南：山东教育出版社，1998 年。

钱钟书：《汉译第一首英语诗〈人生颂〉及有关二三事》，载《国外文学》1982 年第 1 期，北京。

钱钟书：《钱钟书集·七缀集》，北京：生活·读书·新知三联书店，2002 年。

秦川：《郭沫若评传》，重庆：重庆出版社，1993 年。

商章孙：《少年维特之烦恼考》，载《时与潮文艺》创刊号，1943 年 3 月 15 日。

石稼：《西学东渐中的德国资源与伟人意义——以席勒戏剧的中国接受为中心》，载《中国图书商报》2005 年 5 月 13 日。

［德］斯宾格勒：《西方的没落——世界历史的透视》，齐世荣等译，北京：商务印书馆，1963 年。

宋炳辉编：《辜鸿铭印象》，上海，学林出版社，1997 年。

宋时：《宋之的传略》，载《新文学史料》1984 年第 1 期。

宋之的：《宋之的散文选》，南京：江苏人民出版社，1983 年

宋之的、陈白尘：《民族万岁》，汉口出版：上海杂志公司，1938 年。

孙尚扬编：《汤用彤选集》，长春：吉林人民出版社，2005 年。

［英］汤因比：《历史研究》3 册，曹未风等译，上海：上海人民出版社，1997 年。

谭行、刘志坚、邓小飞编《马君武诗注》，南宁：广西民族出版社，1985 年。

田汉：《田汉论创作》第 376 页，上海：上海文艺出版社，1983 年。

万明昆、汤卫城主编：《旅德追忆》，北京：商务印书馆，2000 年。

王德胜：《宗白华评传》，北京，商务印书馆 2001 年。

王国维：《王国维学术随笔》，北京：中国青年出版社，1996 年。

王国维：《王国维哲学美学论文辑佚》，上海：华东师范大学出版社，1993 年。

王锦厚：《五四新文学与外国文学》，成都：四川大学出版社，1989 年版，1996 年第 2 版。

王奇生：《中国留学生的历史轨迹 1872—1949》，武汉，湖北教育出版社，1992 年。

王思隽、李肃东：《贺麟评传》，南昌，百花洲文艺出版社，1995 年。

王攸欣：《选择·接受与疏离——王国维接受叔本华、朱光潜接受克罗齐美学比较研究》，北京：生活·读书·新知三联书店，1999 年。

王琢编：《中日比较文学研究资料汇编》，杭州：中国美术学院出版社，2002 年。

王岳川编：《尼采文集 查拉图斯特拉卷》，周国平等译，西宁：青海人民出版社，1995 年。

汪毓和：《中国近现代音乐家评传》上册，北京，文化艺术出版社，1992 年。

汪荣祖：《陈寅恪评传》，南昌，百花洲文艺出版社，1992 年。

卫茂平：《德语文学汉译史考辨：晚清和民国时期》，上海：上海外语教育出版社，2004 年。

温儒敏、丁晓萍编：《时代之波——战国策派文化论著辑要》，北京：中国广播电视出版社，1995 年。

翁文灏：《科学与工业化——翁文灏文存》，李学通选编，北京：中华书局，2009 年。

吴宓：《吴宓日记》第 2 册，北京：生活·读书·新知三联书店，1998 年。

［德］席勒：《威廉·退尔》，项子龢译，上海：开明书店，1936 年。

［德］席勒：《席勒诗歌戏剧选》，钱春绮等译，北京：人民文学出版社，1996 年。

谢无量：《德国大哲学者尼采之略传及学说》，原载《大中华杂志》

1915 年第 84、85 号。

　　许广平：《欣慰的纪念》，北京：人民文学出版社，1951 年。

　　王栻主编：《严复集》第 3 册，北京：中华书局，1986 年。

　　杨武能：《歌德与中国》，北京，生活·读书·新知三联书店，1991 年。

　　杨武能编：《席勒与中国》，成都：四川文艺出版社，1989 年。

　　姚丹：《西南联大历史情境中的文学活动》，桂林，广西师范大学出版社，2000 年。

　　姚公骞等主编：《中国百年留学精英传》第 3 册，南昌，百花洲文艺出版社，1997 年。

　　〔德〕姚斯、〔美〕霍拉勃：《接受美学与接受理论》，周宁等译，沈阳：辽宁人民出版社，1987 年。

　　叶朗主编：《美学的双峰——朱光潜、宗白华与中国现代美学》，合肥，安徽教育出版社，1999 年。

　　叶廷芳：《扬子—莱茵——搭一座文化桥》，上海：上海外语教育出版社，2008 年。

　　叶隽：《陈寅恪的留学经济帐》，载《神州学人》2002 年第 6 期，北京。

　　叶隽：《创造的冷静与伟大的耐心——简论席勒"艺术创造"思想的当代意义》，载《中国图书商报》2005 年 5 月 13 日。

　　叶隽：《创造的热情与伟大的冲动——席勒逝世 200 周年纪念》，载《新京报》2005 年 5 月 13 日。

　　叶隽：《德国文化与马君武致用大学理念的形成》，载《德意志思想评论》第 1 辑，上海：同济大学出版社，2003 年。

　　叶隽：《德语文学研究与现代中国》，北京：北京大学出版社，2008 年。

　　叶隽：《救亡与沉潜——西南联大时代冯至、陈铨对歌德的诠释》，载《外国文学评论》2004 年第 4 期。

　　叶隽：《另一种西学——中国现代留德学人及其对德国文化的接受》，北京：北京大学出版社，2005 年。

　　叶隽：《留德学人与德国之一——陈寅恪》，载《德语学习》2000 年第 2 期，北京。

叶隽：《留德学人与德国之五——冯至》，载《德语学习》2000 年第 6 期，北京。

叶隽：《留德学人与德国之八——贺麟》，载《德语学习》2001 年第 3 期，北京。

叶隽：《侨易学的观念》，载《教育学报》2011 年第 2 期。

叶隽：《中德文化关系评论集》，上海：上海外语教育出版社，2008 年。

叶隽：《主体的迁变——从德国传教士到留德学人群》，上海：上海外语教育出版社，2008 年。

［美］叶维廉：《中国诗学》（增订版），北京：人民文学出版社，2006 年。

［日］伊藤虎丸：《鲁迅如何理解在日本流行的尼采思想》，程麻译，载《鲁迅研究》第 10 辑，北京：中国社会科学出版社，1987 年。

［日］伊藤虎丸：《鲁迅的早期尼采观与明治文学》，载王琢编《中日比较文学研究资料汇编》，杭州：中国美术学院出版社，2002 年。

殷克琪：《尼采与中国现代文学》，洪天富译，南京：南京大学出版社，2000 年。

应时：《德诗汉译》，上海：世界书局，1939 年再版。

郁达夫：《郁达夫文集》第 6 卷，广州/香港：花城出版社/生活·读书·新知三联书店香港分店，1983 年。

余祥森：《德意志文学》，上海：商务印书馆，1930 年。

余祥森编：《德意志文学史》，上海：商务印书馆，1933 年。

余祥森编：《现代德国文学思潮》，上海：华通书局，1929 年。

乐黛云：《尼采与中国现代文学》，载《北京大学学报》1980 年第 3 期。

［美］约翰·J. 迪尼、刘介民：《现代中西比较文学研究》第 2 册，成都：四川人民出版社，1988 年。

曾德珪选编：《马君武文选》，桂林，广西师范大学出版社，2000 年。

张崇智注释：《少年维特之烦恼》（Johann Wolfgang von Goethe：Die Leiden des jungen Werther），北京，外语教学与研究出版社，1997 年。

张辉：《审美现代性批判——20 世纪上半叶德国美学东渐中的现代

性问题》，北京：北京大学出版社，1999 年。

张君劢：《西方学术思想在吾国之演变及其出路》，载《新中华》第 5 卷第 10 期，1937 年 5 月。

张维：《学者型的外交活动家楚图南》，载《思想战线》第 25 卷总第 154 期，1999 年第 4 期。

张传普（张威廉）：《德国文学史大纲》，上海：中华书局，1926 年。

张威廉译注：《德国名诗一百首》，上海，上海译文出版社，1988 年。

张威廉：《德语教学随笔》，南京：南京大学出版社，2000 年。

张威廉主编：《德语文学词典》，上海：上海辞书出版社，1991 年。

张威廉：《"威廉·退尔"及其现实主义的成就》，载《南京大学学报》1956 年第 3 期。

闻天（张闻天）：《哥德的浮士德》（续），载《东方杂志》第 19 卷第 18 号，1922 年 9 月。

张西平：《中国与欧洲早期宗教和哲学交流史》，北京：东方出版社，2001 年。

张之洞：《劝学篇》，长沙：岳麓书社，1999 年。

郑伯奇：《沙上足迹》，哈尔滨：黑龙江人民出版社，1999 年。

周冰若、宗白华编：《歌德之认识》，南京，钟山书局，1933 年。

仲民：《读了马君武译的威廉退尔以后》，载《泰东月刊》第 1 卷第 5 期，1928 年 1 月 1 日。

钟叔河：《书前书后》，海口：海南出版社，1992 年。

周棉：《冯至传》，南京：江苏文艺出版社，1993 年。

周云龙：《越界的想象：跨文化戏剧研究（中国，1895—1949）》，厦门：厦门大学出版社，2010 年。

西文文献：

Albert, Claudia（Hrsg.）：Deutscher Klassiker im Nationalsozialismus-Schiller, Kleist, Hölderlin（民族社会主义时期的德国古典作家——席勒，克莱斯特，荷尔德林）. Stuttgart & Weimar：Metzler, 1994.

Boerner, Peter：Johann von Wolfgang von Goethe 1832/1982-Ein biographischer Essay（歌德传）. Bonn：Inter Nationes，1983.

Brennan，Geoffrey & Buchanan，James M.：The Reason of Rules：Constitutional Political Economy. Cambridge：Cambridge University Press，1985.

Buchwald，R：Goethezeit und Gegenwart（歌德时代与当代）. Stuttgart：Alfred kröner Verlag，1949.

Cheung，Chiu-yee：LuXun：theChinese "Gentle" Nietzsche. FrankfurtamMain：Peter Lang，2001.

Eckermann，Johann Peter：Gespräche mit Goethe -in den letzten Jahren seines Lebens（歌德谈话录——他生命中的最后几个年头）. Berlin und Weimar：Aufbau-Verlag，1982.

Espagne，Michel：Les transferts culturels franco-allemands（法德文化转移）. Paris：Presses Universitaires de France，1999.

［Fichte：Einige Vorlesungenüber die Bestimmung des Gelehrten. Quellen Philosophie：Deutscher Idealismus，（vgl. Fichte-W Bd. 6）http：// www. digitale-bibliothek. de/QP03. htm］

Findeisen，Raoul："Die Last der Kultur-Vier Fallstudien zur chinesischen Nietzsche-rezeption）"，in Minima Sinica. 2/1989，S. 1 - 42. 1/1990，S1 -40.

Friedrich Nietzsche：Werke und Briefe：Die Reden Zarathustras. Friedrich Nietzsche：Werke，S. 6320（vgl. Nietzsche-W Bd. 2）

Galik，Marian："Nietzsche in China（1918 - 1925）"，in Nachrichten der Gesellschaft für Natur-und Volkerkunde Ostasiens. Nr. 110，Hamburg，1971. S. 5 -47.

Goethe：Die Leiden des jungen Werther. In Fritz Martini und Walter Müller-Seidel（hrsg.）：Klassische Deutsche Dichtung. Band 1 Romane und Erzählungen. Freiburg im Breisgau：Verlag Herder KG，1962.

Goethe，Johann Wolfgang：Faust（浮士德）. Kommentiert von Trunz，Erich. München：Verlag C. H. Beck，1994.

Goethe，Johann Wolfgang：Gesammelte Gedichte. Geneva：Lechner Eurobooks，1994.

He Lin："Die Verbreitung der deutschen Philosophie in China"，in Kuo Heng-yue（Hrsg.）：Von der deutsch-chinesische Beziehung（德中关系）.

München：××K. G. Saur Verlag GmbH& Co. KG，1985. S. 443 - 467.

Hegel, Georg Wilhelm Friedrich：Werke（全集）. Band 2. Frankfurt am Main：Suhrkamp, 1970.

Hoff, Ansgar Maria：Das Poetische der Philosophie-Friedrich Schlegel, Friedrich Nietzsche, Martin Heidegger, Jacques Derrida（哲学之诗——施莱格尔、尼采、海德格尔、德里达）. Inaugural-Dissertation zur Erlangung der Doktorwürde der Philosophischen Fakultät der Rheinischen Friedrich-Wilhelms-Universität zu Bonn, Bonn, 2000.

Hsia, Adrian ／ Cheung, Chiu-Yee："Nietzsche's Reception of Chinese Culture", in：Nietzsche-Studien. Internationales Jahrbuch für die Nietzsche-Forschung. Vol. 32/2003.

Hsia, Adrian 夏瑞春："Zur Faustrezeption in China"（中国的浮士德接受）, in Hsia, Adrian（hg. ）Zur Rezeption von Goethes "Faust" in Ostasien（歌德《浮士德》的东亚接受）. Bern, Berlin, Frankfurt am Main, New York, Paris & Wien：Peter Lang Europäischer Verlag der Wissenschaften, 1993.

Kelly, D. A.：Nietzsche in China："Influence and affinity", in Far Eastern History 27, 1983. 5. pp. 143 - 172.

Kelly, D. A.： "The highest Chinadom：Nietzsche and the China mind（1907 - 1989）", in Graham, Parkes（ed. ）：*Nietzsche and Asian thought*. Chicago：University of Chicago Press, 1991.

Mandelkow, Karl Robert：Goethe in Deutschland-Rezeptionsgeschichte eines Klassikers（歌德在德国——一位古典作家的接受史）. München：C. H. Beck, 1982.

Mandelkow, Karl Robert（hrsg. ）：Goethe im Urteil seiner Kritiker-Dokumente zur Wirkungsgeschichte Goethes in Deutschland（批评者眼中的歌德——歌德在德国影响史资料）. Band II. München：C. H. Beck, 1984.

Salzer, Anselm & Tunk, Eduard von（Hrsg. ）：Illustrierte Geschichte der deutschen Literatur（插图本德语文学史）. Band 6. Köln：Naumann & Göbel（无出版年份）.

Schiller, Friedrich von：Wilhelm Tell. In Martini, Fritz und Müller-Seidel, Walter（Hrsg.）: Klassische Deutsche Dichtung. Band 16.（德国文学经典，第 16 册）Freiburg im Breisgau: Verlag Herder KG, 1964.

Schiller, Friedrich: Über die ästhetische Erziehung des Menschen in einer Reihe von Briefen. Schiller: Werke, S. 4012（vgl. Schiller-SW Bd. 5.

Spivak, Gayatri Chakravorty: Death of a Discipline. New York: Columbia University Press, 2003.

Thomas Harnisch: Chinesische Studenten in Deutschland-Geschichte und Wirkung ihrer Studienaufenthalte in den Jahren von 1860 bis 1945. Hamburg: Mitteilungen des Instituts für Asienkunde, Nr. 300. 1999.

Wagner, Bernd（Hg.）: Kulturelle Globalisierung-Zwischen Weltkultur und kultureller Fragmentierung. Essen: Klartext, 2001.

Wang Bingjun 王炳钧: Rezeptionsgeschichte des Romans "Die Leiden des jungen Werther" von Johann Wolfgang Goethe in Deutschland seit 1945（歌德长篇小说《少年维特之烦恼》1945 年以来的德国接受史）. Frankfurt am Main, Berlin, Bern, New York, Paris & Wien: Peter Lang Europäischer Verlag der Wissenschaften, 1991.

Wei Maoping & Wilhelm Kühlmann（Hg.）: Deutsch-chinesische Literaturbeziehungen-Vorträge eines im Oktober 2003 an der Shanghai International Studies University abgehaltenen bilateralen Symposiums. Shanghai, Shanghai Foreign Language Education Press, 2006.

Wolfgang Kubin: "Zong Baihua（1896 – 1996）und sein aesthetisches Werk", in Christoph Kaderas, Meng Hong（Hrsg.）: 120 Jahre chinesische Studierende an deutschen Hochschulen, 22 DAAD-Forum Studien, Berichte, Materialien. Bonn: Deutscher Akademischer Austauschdienst, 2000.

Yang, Wuneng: Goethe in China（1889 – 1999）（歌德在中国（1889 – 1999））. Frankfurt am Main, Berlin, Bern, Bruxelles, New York, Oxford & Wien: Peter Lang GmbH Europäischer Verlag der Wissenschaften, 2000.

Ying Sun: Aus dem Reich der Mitte in die Welt hinaus-Die chinesischen Gesandtschaftsberichteüber Europa unter besonderer Berücksichtigung Deutschlands von 1866 bis 1906（从中国走向世界——1866 至 1906 年间中国使节关于欧洲尤其是德国的报告）. Frankfurt am Mainz, 1997.

Zhu, Hong: Schiller in China（席勒在中国）. Frankfurt am Main, Berlin, Bern, New York, Paris & Wien: Peter Lang Europäischer Verlag der Wissenschaften, 1994.

索　引

H

哈代

海德格尔

海涅

荷尔德林

贺麟

黑格尔

亨廷顿

胡适

华伦斯坦

花之安

J

基尔克郭尔

季羡林

间性研究

蒋梦麟

接受美学

接受史

经世致用

酒神精神

君度

K

克鲁泡特金

孔家店

跨文明研究

狂飙突进

L

拉丁文化

莱璐

雷百韦

李凤苞

李鸿章

利己论

李石岑

梁启超

梁宗岱

林同济

雷海宗

刘恩久

留德学人

留日学人

刘文超

鲁迅

伦理学

M

马君武

茅盾

美国学派

民族复兴

民族国家

民族社会主义

民族诗人

模仿向度

摩罗诗力

N

尼采

奴隶道德

O

欧华丛书

P

平行研究

外文—中文对照表

V

Vater 父亲

W

Wassermann, Jacob 瓦塞曼

Wedekind, Franz 魏特金德

Whitman 惠迭曼

Wilhelm Hauff 豪夫

Wilhelm Tell 威廉·退尔

Z

Zarathustra 察罗图斯德罗

后 记

大体说来，此书纯属"水到渠成"，乃是自然产物，对于像我这样总是有事先的整体设计和宏观架构者来说不太容易。

就我的学术兴趣而言，撰作一册专门的中德比较文学研究方面的专著，不但本是"题中应有之义"，而且也是自己私心一直盼望的事。可自家的兴趣也实在太过汗漫，往往是计划太多，而能落实者少。这事也不例外。虽然我最初的学术兴趣就落在"比较"层面，发表的第一篇论文也是和尼采有关的（《尼采"超人"与儒家"内圣外王"之说的试比较》，载《德国研究》1996 年第 4 期），现在看去，自然是要"悔少作"的，但对于尼采的兴趣可谓是"有增无减"。这主要与自己对德国的深度认知有关。2003 年完成博士论文后，集中探研德国文化史（广义概念），更痛感自己的知识域积累的不足，不仅表现在宽度的横断面上，所谓"横通"（章学诚《文史通义》），对世界主要文明的把握还很是不够；也表现在"纵通"方面，譬如关于德国文学史、思想史的纵向度的探究，也还大有"百尺竿头更进一步"处。如此，除了席勒、歌德被作为自己的重点研究对象之外，则尼采作为当初的"Hobby"，也成为了进一步深度探究的线索型人物，当初做过的一个报告"谁持赤练当空舞：尼采之疯与俾斯麦去职"至今亦未最后成稿。但对尼采作为德国文化史上中心人物的定位，则愈发坚定。

自从在博士论文中涉猎到冯至、陈铨等人，虽当初主要以思想史比较为取向，可对于比较文学史的关注，也并不少。事实上，这批在中国现代文学里以"德诗型立"而标志其诗学特征的作家，其最重要的一位不是留德的，而是留日的郭沫若；这批人还包括了郁达夫、田汉等。郭沫若、陈铨等人的特点，就是超越纯文学的范畴，而更多具有思想史的意义。道理也不复杂，这本就是德国文学的重要特征。

对于中德比较文学领域的关注，始终是我的一个基本立足点。就中国学统而言，自陈铨先生《中德文学研究》首开风气，杨武能教授研究个案的《歌德与中国》，卫茂平教授在整体史领域先后撰作的《中国对德国文学影响史述》、《德语文学汉译史考辨：晚清和民国时期》；在德国完成的海外博士论文中涉及此题的更是比比皆是，其中如殷克琪的《尼采与中国现代文学》可堪代表；而后起者，如曹卫东梳理《中国文学在德国》、吴晓樵钩沉史实的《中德文学因缘》、范劲试图从理论上发微的《德语文学符码与现代中国作家的自我问题》等。在我，终于算是完成了一部此领域的著作，虽然《另一种西学》已有近半篇幅关涉中德文学关系，但毕竟还是以宏观文化史为整合思路；而随着自己一路行来，对以诗运思的德诗境界也有了更多的体味，也对文学史本身产生了浓厚的兴趣。但其所孕育之内容则实为至广至大，"无限风光在前头"，我这里仅仅算是交出一份作业而已，是否合格，还有待读者诸君评说。但无论如何，我总算完成了一部以中德文学关系为题的著作，这在我既是一种学术练兵的操练，也是一种夙愿的实现。这是私心稍可自慰的。

需要交代的是，为了考虑问题形成的完整性，从拙著《另一种西学》抽出了关于歌德接受的章节，以组成留德学人的歌德接受一章；而关于冯至的席勒接受、浮士德的接受等篇章，则本是因了各种机缘而提交国际学术会议的论文（2005 年法国巴黎四大举行的国际日耳曼学会议、2006 年加拿大蒙特利尔麦吉尔大学的"非基督教文化中的浮士德"研讨会），当初作文时的思路基本上是"靠"的路径，既有自己原有研究的积淀、又能接上研讨会主题的要求。如今在一种总体架构的驱动下重新编辑这组文章，才知道自己也还隐隐是有一个整体的构思的。治学到今天，早已不复了少年时代的"意气飞扬"，而更多希望体贴理解前贤的学人风范，从这个意义上来说，我们或许不仅必须具备本国学术史的建构意识，而且也应当逐步尝试以一种世界学术史的眼光来"确立标准"，设若如此，则作为学术史坐标的韦伯、涂尔干等大学者理应进入我们的视域。

陈寅恪先生批评其时学界谓："国人治学，早具通识"。确实是"一针见血"，但这或许并非中国学术的传统，章学诚论学，有所谓"横通"之说，其实在我看来，无论横通、纵通，"通人意识"是学人理当力求具备的基本素质，但这随着现代学科分立的趋势越来越成为一种"遥远的理想"。可这种理想，在吾辈，至少应该是"虽不能至，心向往之"。就此而言，这项研究也仅仅是起了个开篇，等待着续作，至少，我希望在此基础上进一步讨论的一个命题就是《择造与创生——中国现代文学经典形成过程的多边博弈与德诗型立》。那是需要在一个更为开阔的语境中考察德诗（广义概念）整体的东渐功用的，是否能顺利推进，也还需要依靠自家学力的不断积累。好在知海无涯、惟勤为舟。既然选择了"以学术为业"（Wissenschaft als Beruf），那就应当守住作为学人的职业伦理。更何况，知识的学习、思力的积累、自我的拷问，对我而言也都不乏快乐的一面。

我的学生董琳璐帮我编制了主要参考文献、西文—中文名词对照表、索引等，也特此致谢。

叶隽

2009 年 9 月 5 日于北京陋居

2014 年 4 月 15 日改定于北京

图书在版编目(CIP)数据

德国精神的向度变型：以尼采、歌德、席勒的现代中国
接受为中心／叶隽著. —北京：中央编译出版社,2015.5
ISBN 978 -7 -5117 -2484 -7

Ⅰ. ①德…

Ⅱ. ①叶…

Ⅲ. ①文学思想史－研究－德国

Ⅳ. ①I516.09

中国版本图书馆 CIP 数据核字(2015)第 018855 号

德国精神的向度变型

出 版 人：刘明清
出版统筹：贾宇琰
责任编辑：霍星辰
责任印制：尹　珺
出版发行：中央编译出版社
地　　址：北京西城区车公庄大街乙 5 号鸿儒大厦 B 座(100044)
电　　话：(010)52612345(总编室)　　　　(010)52612333(编辑室)
　　　　　(010)52612316(发行部)　　　　(010)52612317(网络销售)
　　　　　(010)52612346(馆配部)　　　　(010)55626985(读者服务部)
传　　真：(010)66515838
经　　销：全国新华书店
印　　刷：北京金瀑印刷有限责任公司
开　　本：787 毫米×1092 毫米　1/16
字　　数：240 千字
印　　张：13.5
版　　次：2015 年 5 月第 1 版第 1 次印刷
定　　价：55.00 元

网　　址：www. cctphome. com　　　邮　　箱：cctp@ cctphome. com
新浪微博：@ 中央编译出版社　　　　微　　信：中央编译出版社(ID: cctphome)
淘宝店铺：中央编译出版社直销店(http://shop108367160. taobao. com)
　　　　　(010)52612349

本社常年法律顾问：北京市吴栾赵阎律师事务所律师　闫军　梁勤
凡有印装质量问题,本社负责调换,电话：(010)55626985